Sébastien Le Fol

En bande organisée

Mitterrand, le pacte secret

Albin Michel

À Nicolas d'Estienne d'Orves

Sommaire

Introduction

J'ai toujours aimé les histoires de bandes. En littérature, j'ai choisi mes héros : d'Artagnan, Porthos, Aramis et Athos. À la question, quels livres emporteriez-vous sur une île déserte, je répondrais : *Les Trois Mousquetaires*, *Vingt ans après* et *Le Vicomte de Bragelonne* d'Alexandre Dumas.

Au cinéma, je regarde les films de Claude Sautet comme un album de ma propre famille. Vincent, François, Paul et les autres me parlent comme des frères.

Et en politique ? Mitterrand est assurément un orfèvre en la matière. « Vous devriez savoir, vous qui avez fait de l'histoire, que la politique, c'est une histoire de bandes[1] », lance-t-il à Jean Lacouture quelques mois après son élection de 1981. Ce mot a quelque chose d'équivoque, et le président de la République est trop fin lettré pour l'ignorer. Chez Corneille, qu'il lut avec ferveur, « bande » ne se disait que de voleurs…

Le célèbre dictionnaire Littré recense des « bandes armées », des « bandes de conjurés, de débauchés ». Il mentionne une « bande noire », qui sévit à la Restauration : « association de spéculateurs qui achètent les grandes propriétés pour les morceler, les vieux monuments pour les démolir et en revendre les matériaux ». Même s'il s'appliquait d'abord à une troupe de musiciens, le mot conserve une connotation péjorative, un peu canaille.

Le côté sulfureux du terme n'est pas pour déplaire à François Mitterrand. « J'aime le risque, sinon je m'ennuie[2] », écrivait-il à sa cousine Marie-Claire Sarrazin dans les années 1930. Le jeune homme si tenu et retenu dissimulait une âme de conspirateur. Il éprouvait une certaine fascination pour les sociétés secrètes et les conjurations. À commencer par celle de la Cagoule, cette société secrète qui fit parler d'elle en 1937 à cause de ses complots contre la République.

Très jeune, il mit grand soin à choisir ses amis. Il les compartimentait avec une attention maniaque. Le cloisonnement comme un des beaux-arts.

« Il édifie un réseau de relations, choisies dans des camps différents, qui vont favoriser, par les voies souvent les plus inattendues ou contradictoires, une fulgurante ascension[3] », analyse l'historien François Broche.

Beaucoup a été écrit sur certains cercles mitterrandiens : les prisonniers de guerre (Roger-Patrice Pelat, Jean Védrine), les amis (Georges Dayan, André Rousselet, Roland Dumas, Roger Hanin...), les socialistes (Gaston Defferre, Charles Hernu, Robert Badinter, Jack Lang...), les hommes de l'ombre (François de Grossouvre, Christian Prouteau, Gilles Ménage).

Mais il est une bande qui est demeurée dans l'ombre jusqu'à présent. Ses membres apparaissent toujours au second plan de ce qui s'est écrit sur Mitterrand. Serait-il devenu président sans ces trois complices qui ne l'ont pas quitté depuis l'adolescence ?

Ces hommes ont tous été de près ou de loin mêlés à la Cagoule. Ils ont suivi de près sa guerre, de la captivité à la Résistance en passant par Vichy. Ils l'ont aidé politiquement, moralement et, pour certains, financièrement à bâtir sa carrière. Peut-être furent-ils les seuls à connaître ses secrets. Ils partagèrent tout : les livres, les vacances, les peines, les nominations… et ils se disputèrent même certaines femmes.

Ces hommes ? Pierre de Bénouville, figure de la Résistance et éminence grise incontournable de la Ve République, François Dalle, l'emblématique patron de L'Oréal, et le quatrième compère de la bande, André Bettencourt, plusieurs fois ministre. « Il y avait une famille, c'est vrai : les deux François et André, m'explique Jean-Gabriel Mitterrand, le neveu du président. Bénouville était légèrement à l'écart, mais c'était la même lignée. » Mitterrand avait connu Bénouville sur les bancs du collège Saint-Paul d'Angoulême, et Dalle et Bettencourt au « 104 », le foyer des frères maristes de la rue de Vaugirard, à Paris, où il fut pensionnaire à partir de l'automne 1934. Soucieux de maintenir son rapport exclusif avec Mitterrand, Bénouville n'était guère partageur. Dalle et Bettencourt l'appréciaient, mais ils se méfiaient un peu de sa réputation sulfureuse. Bénouville et Bettencourt avaient pour Mitterrand une passion quasi amoureuse. « François était un allumeur[4] », analyse malicieusement Frédéric Mitterrand.

Leur histoire est celle de quatre bourgeois de province partis à la conquête de Paris : un Charentais (Mitterrand), deux Normands (Bettencourt et Bénouville qui était aussi alsacien par sa mère) et un homme du Nord (Dalle). Les trois premiers venaient d'une droite très conservatrice, voire extrême. Ce qui n'allait pas empêcher Mitterrand de se faire élire président de la République en tant que candidat de l'union de la gauche.

Un itinéraire pour le moins atypique que les compères évoquaient avec l'espièglerie de garnements ayant joué un bon tour. Témoin, cette scène à laquelle l'homme d'affaires Marc Ladreit de Lacharrière a assisté fin juin 1981, un mois après l'élection de Mitterrand, au domicile des Bettencourt, à Neuilly-sur-Seine. « Ladreit » était entré en 1976 chez L'Oréal et sera nommé numéro deux du groupe quelques années plus tard. « François Dalle et André Bettencourt m'avaient demandé de les rejoindre pour évoquer un dossier technique, me raconte-t-il. Lorsque je suis arrivé, ils étaient attablés avec Mitterrand. Je me souviens qu'il ironisait sur son parcours politique : parti de la droite dure, il avait conquis le pouvoir en rassemblant la gauche ! Cela amusait beaucoup ces copains. »

Les quatre hommes sont partis avec leurs secrets. Des archives du secrétariat particulier de François Mitterrand à la présidence de la République, le conservateur en chef du patrimoine des Archives nationales que j'ai sollicité n'a pu extraire qu'une cinquantaine de lettres entre les intéressés : témoignages d'amitié, remerciements pour les invitations, quelques interventions… Une dérogation délivrée par la présidence de la République est indispensable pour les consulter. Il m'a fallu partir à la recherche des quelques témoins encore en vie et explorer des archives privées jamais ouvertes.

Ces mousquetaires du XXe siècle ont-ils seulement prononcé le fameux serment : « Un pour tous et tous pour un ! » ? Se sont-ils rangés derrière Mitterrand ?

Pour la distribution des rôles, j'ai quelques certitudes. Aramis ? André Bettencourt. Porthos ? François Dalle. Pour les deux autres, d'Artagnan et Athos, j'hésite encore.

C'est cette incroyable histoire que je vais maintenant vous raconter.

1.
Un vieux jeune homme au Panthéon

Entrer au Panthéon de son vivant ! Il n'a pas pu résister. La République l'a si longtemps fait attendre. Cette cérémonie, il l'a conçue dans les moindres détails. Comme un retour aux sources.

Ce 21 mai 1981, François Mitterrand remonte la rue Soufflot. Les « Mitterrand, président ! » recouvrent les chœurs de l'orchestre de Paris, dirigé par Daniel Barenboïm. Il tend l'oreille, perçoit quelques notes du final de la neuvième symphonie de Beethoven. Enthousiaste, le peuple de gauche se presse sur les trottoirs.

Se revoit-il tel qu'il évoluait dans ce quartier, dans les années 1930 ? Pas sûr. Il a depuis longtemps fini par croire à sa légende. Il se rappelle, souvenir lointain d'étudiant à la faculté de droit, en face du Panthéon, qu'il avait adhéré aux Volontaires nationaux, l'organisation de jeunesse du mouvement des Croix-de-feu du colonel de La Rocque, une ligue considérée alors par la gauche comme d'extrême droite. À deux reprises au moins, il s'était mêlé aux militants d'Action française. La première, en février 1935, devant la faculté de médecine, contre les médecins étrangers autorisés à exercer en France. « Contre l'invasion métèque, faites grève », clamait une banderole.

En mars 1936, boulevard Saint-Michel, il avait manifesté pour exiger la démission de Gaston Jèze. Cet éminent professeur de droit, antifasciste de la première heure, conseillait l'empereur d'Éthiopie, chassé par les troupes de Mussolini. « Jèze, dehors ! », « À mort le Juif Jèze ! ». Avait-il prononcé ces slogans haineux ? En 1935, il était loin de l'union de la gauche. Bénouville, Dalle et Bettancourt ne sont pas au premier rang du cortège qui le suit rue Soufflot, et dont il sent l'enthousiasme le pousser.

En compagnie de Dalle, il se rendait tous les matins à la faculté de droit, devant laquelle il passe maintenant. En chemin, ils s'arrêtaient dans une pâtisserie pour s'acheter un croissant. La fac était dominée par les Croix-de-Feu et l'Action française. L'après-midi, une autre ambiance, marxiste celle-là, les attendait en philosophie à la Sorbonne. Plus raccord avec celle de ce 21 mai.

« Mitterrand, président ! »

En fin d'après-midi, Bettencourt les rejoignait à la brasserie Le Biarritz, boulevard Saint-Michel. Le 4 juillet 1936, ils avaient fêté le premier article du Charentais dans *L'Écho de Paris*, un journal qui fustigeait Moscou, les bolcheviks, les républicains espagnols et Léon Blum. Quelques heures avant son sacre, il a demandé à son conseiller, Jacques Attali, d'aller fleurir la tombe de l'ancien leader du Front populaire, jadis honni, à Jouy-en-Josas.

De *L'Écho de Paris*, la gauche disait qu'il était « la succursale de l'archevêché, de l'état-major et de la Banque de France ». Mitterrand y signait essentiellement des articles littéraires. Bénouville était également bon critique. En 1936, il avait publié un essai, *Baudelaire le trop chrétien*, salué par les feuilletonistes littéraires. Il maniait aussi bien la plume que le poing. Dans ces années-là, il préférait user du second. Avec ses amis royalistes, il avait fort à faire. On disait même qu'il était allé en Espagne prêter main-forte aux franquistes.

En 1943, à son retour de Londres, Mitterrand l'avait rencontré non loin du Panthéon et lui avait demandé : « As-tu des nouvelles de Danielle ? »

Le nouveau président pénètre dans la crypte. Un jeune socialiste, tapi dans l'ombre pour ne pas apparaître dans le champ des caméras filmant la cérémonie, lui tend une rose rouge. Il la dépose sur le cénotaphe de Jean Moulin. Le héros emblématique est mort sous la torture nazie et on n'a jamais identifié son corps. Ce sont ses cendres présumées qui ont été transférées du Père-Lachaise en décembre 1964. A-t-il été victime d'un complot menant à son arrestation par la Gestapo à Caluire, dans la banlieue de Lyon, le 21 juin 1943 ? Mitterrand n'ignore rien des suspicions qui pèsent sur Bénouville. Ce dernier a toujours plaidé sa bonne foi.

Il s'avance ensuite vers le tombeau du grand leader socialiste qu'a été Jean Jaurès puis vers celui de l'antiesclavagiste Victor Schœlcher. Cérémonie d'intronisation ou bien d'expiation ? À soixante-cinq ans, François Mitterrand marche sur les pas du jeune homme qu'il fut.

Il se remémore l'inquiétude qui l'étreignait devant les événements ces années-là, mais aussi sur le destin de la civilisation occidentale.

Le 10 avril 1937, il signait dans *L'Écho de Paris* un article intitulé « Y a-t-il encore un Quartier latin ? ». « Le Quartier latin est la proie du Dehors, écrivait-il, et j'appelle Dehors ce qui, dans le domaine intellectuel ou seulement national, a bouté l'exacte connaissance de soi-même et le désir d'un peu de raison par-dessus la toute-puissance du cœur. Désormais, le Quartier latin est ce complexe de couleurs et de sons si désaccordés qu'on a l'impression de retrouver cette tour de Babel à laquelle nous ne voulions pas croire… »

« Dehors », « tour de Babel »... Ces mots forts évoquent toute une rhétorique nationaliste désormais bien loin de l'esprit du président.

Le temps est lourd, un orage a éclaté. Il en est sorti purifié comme le ciel.

2. Veillée funèbre

Jusqu'au bout, Bénouville a gardé sa main dans la sienne. Comme s'il voulait le suivre dans le cercueil.

Mitterrand est allongé dans la chambre mortuaire, vêtu d'un costume gris sombre, toiletté, maquillé. Nous sommes le lundi 8 janvier 1996. L'ancien président est mort à 7 heures du matin.

Bénouville venait de s'éveiller dans l'appartement de Monique Legrand, la charismatique administratrice judiciaire qui partage sa vie depuis 1977. Il est resté marié à Georgie Thimonnier, une Slave gaulliste et résistante qu'il a épousée le jour de l'arrestation de Jean Moulin à Caluire, en 1943. Lorsque celle-ci est décédée, il a fait de la première sa légataire universelle. « Mademoiselle Monique Legrand me rejoindra dans la tombe que je possède au cimetière de Passy à Paris où j'ai gardé une place pour elle », a-t-il précisé par disposition testamentaire établie le 17 avril 1990. Deux de ses vieux copains d'Action française, Michel de Camaret et Jehan de Castelane, occupent déjà une partie de la tombe.

Debout dans le salon, Bénouville contemplait le dôme

des Invalides lorsque le téléphone a sonné. « Quelqu'un l'a prévenu, mais je n'ai pas su qui », se souvient sa compagne[1].

Dans la vie comme dans la mort, il a choisi son tour pour voir son ami. Il a attendu que tous les officiels soient venus s'incliner et que les hiérarques socialistes se soient montrés pour se présenter avenue Frédéric-Le-Play.

Son cher Jacques Chirac, élu six mois plus tôt, allait enfin pouvoir devenir président de la République. Il a apprécié le ton rassembleur de son intervention télévisée et l'émotion qu'il y a mise. « Ma situation est singulière, a dit le chef de l'État, car j'ai été l'adversaire du président Mitterrand. Mais j'ai été aussi son Premier ministre, et je suis, aujourd'hui, son successeur. Tout cela tisse un lien particulier. » Le général a notamment apprécié ce passage : « Mitterrand n'est pas réductible à son parcours. Au contraire, il donne le sentiment d'avoir débordé sa propre vie. »

S'il avait eu à prononcer l'éloge de son ami, il n'aurait pu refréner son lyrisme. « Le jour où François est mort, la France n'a pas su qu'elle perdait sa rose des vents », dira-t-il à Laure Adler[2]. Lui est déboussolé.

En duplex de Genève, où il s'était établi depuis quelques années, François Dalle a rappelé, au journal de 20 heures de France 2, « le caractère calme et pondéré » de leur ami. « Il cherchait la vérité à un moment où la France était assez bouleversée, entre 1936 et 1939. Nous étions des gens inquiets mais pas angoissés, notamment François Mitterrand car il savait qu'il dirigerait sa vie dans un sens d'utilité et d'efficacité. »

Avenue Frédéric-Le-Play, Bénouville est accueilli par Roland Dumas. En fin de soirée, quand l'appartement a retrouvé sa sérénité, ils entament ensemble la veillée funèbre. Sur les tables basses, gisent, abandonnées, les dernières lectures du président : *Axel*, de Villiers de l'Isle-

Adam, *Isabelle*, de Gide. Un exemplaire du *Livre des morts des Anciens Égyptiens* trône dans la bibliothèque, et un autre sur Vézelay – l'un de ces lieux où souffle l'esprit, comme l'écrivait leur cher Maurice Barrès. Bénouville reconnaît les reliures de quelques ouvrages qu'ils ont dégotés ensemble chez l'un de leurs libraires fétiches.

Dans la nuit, on vient glisser un oreiller réfrigérant sous la tête du défunt[3]. L'ami de toujours murmure des prières et des poèmes. Il revoit le visage encore ensommeillé de François lors de la prière du matin à la chapelle du collège Saint-Paul d'Angoulême.

À l'aube, le docteur Tarot s'est faufilé dans la chambre. « Rentrez chez vous maintenant. » Son chauffeur, Raoul, l'a reconduit chez Monique Legrand. « Il pleurait », se souvient-elle.

Quelques heures plus tôt, Bénouville a aperçu le visage d'Anne Pingeot. Lui, François ne l'a pas caché, mais il l'a aussi tenu dans l'ombre.

Quel est le masculin de maîtresse ? se demande-t-il. Maître ! sourit-il intérieurement. Après tout, ne joua-t-il pas quelque peu ce rôle auprès de son copain ?

En tout cas, grâce à lui, François n'ira pas en enfer.

3.
46, avenue Montaigne

Ce mercredi de 1981, à l'heure du goûter, une Renault 30 noire officielle s'immobilise avenue Montaigne, à Paris, non loin de la célèbre boutique Dior. Le nouveau président de la République, François Mitterrand, s'extrait du véhicule. Le nouveau chef d'État socialiste ne vient pas faire du shopping. Il se dirige vers un immeuble voisin, le 46, dans lequel il s'engouffre seul.

Il a rendez-vous pour prendre le thé avec un homme dont le parcours politique ferait frémir le moindre partisan du Programme commun.

Pierre de Bénouville, c'est son nom, siège alors comme député RPR de la douzième circonscription de Paris. À la ville, ce fervent gaulliste officie comme homme de confiance de l'avionneur Marcel Dassault. Dassault, une entreprise que les socialistes ont promis de nationaliser s'ils parvenaient au pouvoir.

Dans sa jeunesse, cet esprit castagneur s'illustra à l'Action française, notamment au cours des journées de février 1934. Partisan de l'Algérie française, il rendit visite aux généraux putschistes à la prison de Tulle, après l'indépendance, pour leur apporter son soutien.

Bénouville a beau être un Compagnon de la Libération, son pedigree demeure radioactif pour les narines socialistes.

Mais ni Twitter ni Instagram n'existaient en 1981. La divulgation de cette rencontre eût sans doute provoqué au bas mot une polémique. Mieux, une affaire politique.

Que valait donc cette visite présidentielle au domicile de cet homme au passé si sulfureux ? François Mitterrand réservait en principe cette marque d'attention aux dames.

« Bénouville est mon meilleur ami d'enfance », a-t-il confié en lui présentant son futur ministre Roland Dumas[1], qui fut de tous ses combats politiques mais aussi l'ami et l'avocat de Bénouville... Depuis Angoulême, Pierre et François ne se sont jamais perdus de vue. Le Quartier latin de l'entre-deux-guerres, Vichy, la Résistance, l'épuration, la politique, les femmes, l'argent... Ils en partagent, des secrets. Malgré leurs talents de prestidigitateurs, ils ne les ont pas tous emportés dans la tombe.

Au sixème étage du 46 avenue Montaigne, une porte s'ouvre. La journaliste Christine Clerc a décrit ainsi les lieux : « Dans l'atmosphère incroyablement chaude et parfumée de cette garçonnière où l'on a toujours l'impression excitante d'arriver dans le sillage d'une jolie femme[2]… »

Une petite silhouette dynamique, légèrement claudicante, apparaît dans l'encadrement. Pierre revient de chez le coiffeur où il a fait raser de frais son beau crâne chauve. Il pose sa canne à pommeau de chez Cartier offerte par Marcel Dassault contre le meuble de l'entrée, et accueille son visiteur d'un chaleureux « François » prononcé avec sa voix de fausset. Les deux hommes se donnent l'accolade. Puis Pierre fixe son ami de ses yeux bleus très clairs, métalliques et pourtant doux. C'est la première fois qu'ils se revoient en tête à tête depuis le 10 mai. Il le conduit dans le salon qui embaume les pivoines. En s'asseyant dans l'un des fauteuils, François se dit que son camarade n'a pas beaucoup changé. Le port de tête est toujours aussi mobile. Il reconnaît « cette vitalité, cette présence et cette ubiquité » qui avaient frappé les journalistes lorsqu'il avait publié son beau livre sur la Résistance en 1946, *Le Sacrifice du matin*.

Pierre lui désigne une boîte posée sur la table basse. Il en extrait une vieille casquette bleu marine floquée de deux lettres entremêlées : « S » et « P ». Les initiales du collège Saint-Paul.

– Et dire que, venu de SP, tu as conquis la France sous la casquette du PS* !

* Les paroles introduites par un tiret sont des reconstitutions de dialogues entendus lors de l'enquête.

François éclate d'un rire sonore. Pierre exhume ensuite un fascicule au papier jauni : le calendrier de leur collège pour l'année scolaire 28-29, celle où ils ont lié connaissance. Le président s'en saisit et l'ouvre au hasard. Il lit à voix haute la page de la journée type des élèves : « 5h3/4… Lever. Toilette ; 6h5… Prière à la chapelle, suivie d'une lecture méditée. Pendant ce temps, on lit la sainte messe ; 6h1/2… Étude… » Ce programme raconte leur histoire. Eux seuls en connaissent le son.

C'est ce passé qu'ils se remémorent par cet après-midi de mai 1981 devant des tasses fumantes. Entre deux gorgées, ils plaisantent comme deux enfants à l'évocation d'un vieil abbé étourdi ou d'un bon canular.

Avec Pierre, ils parlent la même langue : celle de la terre et des morts. Ils croient aux forces de l'esprit, à la puissance des arbres et de la géologie. Ils communient dans la même passion de l'histoire royale française et peuvent citer de mémoire des pages entières de Maurice Barrès, l'un des maîtres de leur jeunesse.

De politique, il n'en est point question ce jour-là. Pierre a rassuré ses amis de la bourgeoisie et du grand capital : « Mon oncle nous répétait : “Ne vous fiez pas aux apparences, François est des nôtres, se souvient son neveu, le colonel Jacques Hogard qui a participé à de nombreuses missions extérieures, notamment au Rwanda et au Kosovo. Les Français ont élu le dernier président de droite mais ils ne le savent pas[3].” »

Et sa conversion au socialisme ? Enfin, sa « conversion »… Rien à voir avec la foi de leur enfance qu'ils ont encore chevillée au cœur. Ils ont tous les deux conservé leur exemplaire de *L'Imitation de Jésus-Christ*, ce texte écrit par un moine allemand du XVe siècle. Pierre montre la nouvelle reliure du sien. François l'apprécie en connaisseur.

– Tu es comme moi, François. Même les livres religieux, tu les caresses comme les femmes, lui fait remarquer Pierre d'un air malicieux.

– Quand on aime le créateur, on aime la création, s'amuse le président.

Un coup à la porte du salon interrompt leur bavardage grivois. Le président est attendu à l'Élysée. Il reviendra plusieurs fois en ces lieux au cours de ces deux septennats.

– Je vais retrouver le monde des adultes, soupire François en quittant son ami.

C'est une autre face, invisible jusque-là, du règne qui sort brusquement de l'ombre.

4.
Le verbatim retrouvé de Jacques Attali

Dans son *Verbatim*[1], chronique détaillée du règne de François Mitterrand, le nom de Bénouville est mentionné deux fois ; ceux de Dalle et de Bettencourt, jamais.

« L'histoire de ces quatre hommes est un angle mort pour moi, m'avoue Jacques Attali. Je savais que cette bande était importante à ses yeux. Il y avait une grande proximité entre eux. On sentait que ça datait de sa vie d'avant[2]. »

L'ancien conseiller spécial du président me reçoit à son domicile de Neuilly-sur-Seine. Les épreuves de son prochain livre sont déposées sur une table basse : une histoire mondiale de l'éducation. Il est grippé. Nous nous parlons d'un bout à l'autre d'une longue table rectangulaire.

J'observe cet érudit crépitant chercher dans sa boîte crânienne des souvenirs. « Mitterrand était hypermnésique », m'explique-t-il. Il se souvient que le président lui avait demandé d'être accompagné de la fille d'André et Liliane Bettencourt, Françoise, lors d'un dîner d'État. Pour le reste, il est formel : « Ces amis ne "tenaient" pas Mitterrand. Ils n'ont pas pesé sur sa politique, notamment économique. »

Ce n'est pas l'avis d'Alain Boublil, haut fonctionnaire nommé, en 1981, conseiller technique au secrétariat général de la présidence de la République, chargé notamment de l'industrie. « Dalle et Bettencourt étaient des relations politico-mondaines, estime-t-il. Ils venaient souvent à l'Élysée avec quelques patrons proches de Mitterrand, comme Jean Riboud, président de Schlumberger, ils pesaient sur l'orientation politique, sur la fiscalité ou le droit du travail[3]. »

Jean Peyrelevade, qui occupa à partir de 1981 le poste de directeur adjoint du cabinet de Pierre Mauroy, le Premier ministre, renchérit : « Mitterrand était nul en économie, et, en plus, il était très mal entouré. Dalle et Riboud, sous prétexte qu'ils étaient de grands chefs d'entreprise, lui faisaient croire qu'ils maîtrisaient la macro-économie[4]. »

Un constat sévère pour François Dalle, à qui le pouvoir socialiste commandera un rapport sur l'industrie automobile en 1984. Ses conclusions, très inspirées par ses nombreux voyages au Japon, la puissance conquérante des années 1980, seront écoutées.

À l'automne 1981, le gouvernement socialiste dévoile son projet instaurant un impôt sur les grandes fortunes.

Dalle et Bettencourt ont-ils joué de leur proximité avec le président pour infléchir cette mesure ? On l'a beaucoup lu. Le ministre du Budget, Laurent Fabius, ajoutera à la loi initiale sur l'IGF l'exonération de « l'outil de travail ». Les amis du président avaient en effet intérêt à ce que la participation dans l'entreprise ne soit pas prise en compte dans le calcul de l'impôt.

Pierre de Bénouville jouera, lui, un rôle décisif dans un autre dossier, et cette fois Jacques Attali le reconnaît. Il revoit la silhouette arpenter les couloirs de l'Élysée. « Je le croisais parfois et il m'a invité à déjeuner à cinq ou six reprises. Mais je n'ai perçu qu'une seule fois l'influence qu'il avait sur le président : à propos du cahier des charges négocié lors de la nationalisation partielle du groupe Dassault… »

Le général et le président, me confirme-t-il, étaient sensiblement du même avis sur l'école libre et l'avortement. Même si, sur ces questions-là, Mitterrand était aligné sur les positions de l'une de ses sœurs, Geneviève Delachenal, directrice des relations extérieures du groupe Bayard-Presse.

Dans *C'était François Mitterrand*[5], Attali rapporte une scène saisissante. Le 3 mars 1982, Yvette Roudy annonce au président que la Sécurité sociale va rembourser l'interruption volontaire de grossesse. Mitterrand lui aurait répondu : « Je n'ai pas autorisé cette décision, je suis contre cette banalisation de l'avortement et vous ne me forcerez pas la main. » Sa main paraphera tout de même le décret.

« N'en faites pas un homme de droite[6], me dira Hubert Védrine, secrétaire général de la présidence de la République de 1991 à 1995, et fils de Jean, un ami de longue date du président, ancien prisonnier du Stalag VIIIC, qu'il avait connu à Vichy. Il y a tellement d'apports chez Mitterrand qu'il est impossible de le réduire à un seul. Le jeune homme n'a pas été effacé par le vainqueur du congrès d'Épinay, même s'il a finalement incarné l'union de la gauche. Il est resté capable de comprendre presque toutes les sensibilités françaises. »

L'« apport » catholique offre tout de même une clé d'entrée importante pour pénétrer l'âme de Mitterrand. Avec Attali, Mitterrand avait un sujet de prédilection : la religion. Ils eurent de longues discussions sur Moïse, les monothéismes et les textes sacrés.

Je l'interroge sur l'amitié de François Mitterrand avec René Bousquet, l'ancien secrétaire général de la police de Vichy. L'écrivain a raconté maintes fois ce déjeuner auquel Mitterrand l'avait convié en 1977, dans l'un de ses restaurants préférés, Dodin Bouffant, tout près de son domicile rue de Bièvre. La carte du chef, Mark Singer, regorgeait de gibier. Mitterrand appréciait tout particulièrement les bécasses cuites au Château Gloria, dont l'établissement disposait d'un « sérieux stock de demi-bouteilles à écouler », se souvient mon ami, le critique gastronomique François Simon.

Parmi les convives de Mitterrand ce jour-là, il y avait, entre autres, Henri Frenay, le chef du mouvement de résistance Combat, et un homme dont Attali comprit plus tard le rôle joué durant la collaboration : René Bousquet. « En 1977, ce nom ne me disait rien », me confie-t-il. Mitterrand lui a dit : « Bousquet a sauvé tout le monde autour de cette table. » Sous-entendu, lui aussi.

Stagiaire à l'ENA, Attali avait connu Mitterrand par un des plus proches amis de celui-ci : Georges Dayan. En 1974, Mitterrand lui demande de diriger sa campagne. Attali a trente et un ans. Lors d'un déplacement en Normandie, le jeune haut fonctionnaire se souvient d'avoir interrogé le candidat du Parti socialiste sur sa francisque. « Il m'a répondu qu'il avait déjà quitté Vichy lorsqu'il a été décidé de lui accorder cette distinction. »

Avec le recul, comment Attali explique-t-il le choix fait par Mitterrand de mentir sur son passé ? « En 1969, lorsqu'il a publié son livre *Ma part de vérité*[7], il ne pouvait justement pas dire la vérité. Il aurait été mort politiquement. » Et il ajoute : « S'il m'avait dit la vérité en 1974, lorsqu'il m'a demandé de diriger sa campagne, je ne l'aurais pas suivi. »

Le trait de caractère qui l'a le plus marqué chez Mitterrand, c'est son goût de la transgression. « Comme Emmanuel Macron », remarque-t-il au passage.

Lors du fameux déjeuner de 1977, il y avait aussi autour de la table Jean-Paul Martin, qui fut directeur de cabinet de Bousquet et, après-guerre, de Mitterrand. Jacques Attali me fait une confidence qu'il n'a jamais faite[8]. Jean-Paul Martin est venu le voir à plusieurs reprises à l'Élysée. « J'ai toujours senti chez lui de l'amertume. » Un jour, fin 1981, début 1982, il entre dans son bureau avec un pli : ses mémoires. Un document potentiellement explosif. « Peu de temps après qu'il a été reparti, Mitterrand m'appelle sur la ligne directe : "Vous avez reçu Martin ? Que voulait-il ?" » Le conseiller évoque le texte laissé par son visiteur. « Mitterrand a demandé à le récupérer. Je n'en ai plus jamais entendu parler. »

Mitterrand ou l'art d'effacer les traces.

5.
Les archives du ministre

« Monsieur le ministre a laissé quelque chose pour vous. Il ne pourra pas vous recevoir. » Dans les premiers jours de 2014, je trouve ce message déposé par une voix féminine sur mon répondeur.

Ministre, Jean Charbonnel le fut, de 1972 à 1974. Pierre Messmer lui avait confié le portefeuille du Développement industriel et scientifique. Politiquement, il se situait « à la gauche du Général », pour reprendre le titre d'un de ses livres. Autrement dit : un gaulliste de gauche. Bien que député RPR, il refusa de soutenir la candidature de Jacques Chirac aux élections présidentielles de 1981 et de 1988, lui préférant Michel Debré puis Raymond Barre. Ce qui lui vaudra d'être exclu du mouvement. En 1974, entre les deux tours de la présidentielle, François Mitterrand, candidat contre Giscard d'Estaing, avait demandé à le rencontrer. Mais Charbonnel refusera de se rallier à lui.

Ce Corrézien, diplômé de l'École normale supérieure, avait suivi depuis très longtemps la carrière du candidat de la gauche. Entre août 1961 et mars 1962, il travaillait au cabinet du garde des Sceaux, Edmond Michelet, corrézien lui aussi. « Les gaullistes s'intéressaient beaucoup au passé de Mitterrand. On m'a demandé de me renseigner sur ses liens avec la Cagoule », m'a-t-il raconté lors de notre première rencontre. Un ami, l'écrivain (corrézien) Denis Tillinac, m'avait conseillé d'aller le voir pour mes recherches sur Mitterrand.

Avec Charbonnel, nous nous vîmes une demi-douzaine de fois, chez lui, rue Dupont-des-Loges, près de la tour Eiffel, ou dans des restaurants de son quartier. C'était un homme à la culture ample et maîtrisée, passionné par l'histoire politique. La Cagoule occupa l'essentiel de nos conversations. Il se souvenait précisément de ses recherches. Il avait travaillé plusieurs mois sur le sujet, fouillant méticuleusement les archives. Le procureur général de la cour d'appel de Paris l'avait mis en relation avec les deux magistrats connaissant le mieux cette affaire.

Les cagoulards devaient être jugés en 1939, mais leur procès fut reporté à cause de la déclaration de guerre. Le dossier d'instruction fut perdu au moment de l'exode. Le procès de l'organisation n'eut lieu qu'en 1948. Certains avaient rejoint la Résistance, d'autres avaient collaboré.

« J'en suis arrivé à la conclusion que Mitterrand appartenait bien à la Cagoule, me dit-il la dernière fois que je le vis. Son nom figurait sur une liste qui a été retrouvée chez un cagoulard de Nice, Maurice Juif. Mais la page où figurait son nom a disparu. Edmond Michelet m'a dit l'avoir vue. Mitterrand a probablement fait le ménage lorsqu'il était ministre de l'Intérieur [1954-1955] ou garde des Sceaux [1956-1957] [1]. »

Allais-je retrouver le nom de Mitterrand dans le dossier cartonné bleu qui m'attendait sur la table de son salon ? Ou tout au moins des indices menant à lui ? Sur une carte de visite, le ministre m'avait laissé ce mot : « Cher ami, je ne suis pas certain de vous revoir. J'espère que vous ferez bon usage de ces documents. Amitiés. Jean Charbonnel. » Il mourut quelques semaines plus tard à l'âge de quatre-vingt-sept ans.

Depuis neuf ans, je conserve ses notes comme une carte au trésor que j'apprends à déchiffrer patiemment. Dans une sous-chemise, j'ai bien trouvé une liste, celle des pseudonymes des cagoulards. Eugène Deloncle se faisait appeler « Mon oncle » ou « Marie » ; son épouse, Mercedes,

« La Vierge » ; Henri, son frère, « Grosset », Gabriel Jeantet, « Gabes », « Robert » et « Delangre » ; Jacques Corrèze, « Jacques », « Jacquet », « Buche » et « Guérin » ; François Méténier, « « Metais », « Duchesnes », « Jacques Margot », « Fabre » et « David »… et Maurice Juif, dont m'a parlé Charbonnel, « Israël ».

Nulle trace de Mitterrand et de Bénouville parmi les cadres de l'association secrète. Celle-ci avait été baptisée par ses créateurs l'OSARN (Organisation secrète d'action révolutionnaire nationale). Ses détracteurs, notamment à l'Action française, l'avaient renommée Cagoule pour moquer ses frasques et ses rituels ésotériques.

Eugène Deloncle a toujours affirmé que le but primordial de l'association était la lutte contre le communisme. Son organisation ne devait en principe bouger que si les communistes passaient à l'action. Et beaucoup de Français le craignaient après la victoire du Front populaire, en 1936.

Mais, a noté Jean Charbonnel, « un gouvernement qui n'aurait pas eu l'autorité nécessaire pour empêcher le développement d'un putsch communiste n'aurait pas mérité la confiance de l'OSARN et après avoir brisé l'insurrection communiste, l'association n'aurait pas déposé les armes, avant d'avoir instauré un gouvernement de son choix. La constitution de dépôts d'armes allait d'ailleurs dans le même sens, celui du complot ».

À la tête de l'organisation, Eugène Deloncle était assisté d'une sorte de conseil privé, dont il prenait chaque jour l'avis, et composé de Filiol, Corrèze, Jeantet et Henri Deloncle.

Pour la seule région parisienne, les troupes cagoulardes comprenaient deux divisions, soit six brigades. Chacune des brigades pouvait puiser dans un dépôt d'armes. Ceux-ci étaient parfois bien dissimulés. Dans une villa de Rueil-

Malmaison, près de Paris, les policiers découvrirent une cellule secrète dont l'entrée était dissimulée dans la cave « avec une porte en fer et maçonnerie d'un poids de 200 kilos ». Revolvers à barillet, baïonnettes, fusils de chasse, Beretta, FM Schmeisser, mitrailleuses... Ces caches dissimulaient un impressionnant arsenal.

Les cagoulards se reconnaissaient à un signe consistant à faire sauter dans la main droite une pièce de monnaie. Les recrues devaient prêter serment de fidélité et d'obéissance. Il y avait parmi eux des ingénieurs, affectés à la fabrication de grenades ou d'engins explosifs, et des officiers de réserve, qui reçurent des fonctions de commandement. Mais l'armée refusa de suivre la Cagoule dans son projet.

6.
Ces gens sont à moi

« On ne voit toujours aucun élément sérieux susceptible d'accréditer la légende selon laquelle [Mitterrand] aurait eu plus ou moins partie liée avec la Cagoule[1]. » L'historien Éric Roussel résume bien l'état des connaissances sur ce sujet. Comment expliquer alors la présence d'autant de cagoulards dans son entourage ? Par les seuls liens familiaux ?

« Tout ça était un marigot, me dit Frédéric Mitterrand. Mon oncle n'y a pas trempé bien qu'il ait été éclaboussé. Son intelligence et sa curiosité l'en ont éloigné. Mais son goût du trouble et son attirance pour les canailles, qu'elles soient de droite ou de gauche, l'ont rendu parfois trop indulgent. »

Robert, le père de Frédéric et le frère aîné de François, s'est marié le 5 février 1939 avec Édith Cahier, fille du commandant (et futur général) Paul Cahier, dont la sœur Mercedes épousa successivement Eugène Deloncle, le fondateur de la Cagoule, et Jacques Corrèze, son bras droit, également haut responsable chez L'Oréal aux États-Unis.

J'ai pu consulter à la BnF, au site François-Mitterrand, le petit ouvrage que celle-ci avait fait paraître à compte d'auteur. Un recueil de souvenirs intitulé *Histoire sans égoïsme*[2], dont le titre est un clin d'œil à celui de l'écrivain et académicien Jacques Laurent, *Histoire égoïste*, qui était le neveu de Deloncle.

« Je me dois de lui reconnaître une grande fidélité dans ses amitiés, écrit-elle en désignant François Mitterrand. C'est sans crainte d'être blâmé et critiqué qu'il défend ses anciens amis dans le malheur et assiste à leurs enterrements [...] J'ai le culte de l'amitié comme celui de la famille, et je ne peux m'empêcher d'avoir une sorte de sympathie pour ceux qui le pratiquent envers et contre tout. » Mercedes Deloncle fait sans doute allusion à Jean Bouvyer, fils d'amis des parents de Mitterrand, qui sera accusé d'avoir participé en 1937 à l'assassinat des frères Rosselli, deux antifascistes italiens, à Bagnoles-de-l'Orne.

Pourtant, en 1938, François fréquente beaucoup Jean Bouvyer, presque autant que François Dalle, comme en témoigne son agenda de cette année-là, retrouvé récemment par Frédéric Mitterrand dans les archives de son père Robert.

Antoinette Bouvyer, la mère de Jean, a beaucoup d'affection pour le jeune François. Elle le considère un peu comme son fils. Fin 1936, début 1937, elle devient la

« protectrice des cagoulards[3] », selon Pierre Péan. Elle deviendra plus tard la marraine de Jean-Christophe Mitterrand, le deuxième fils de François et Danielle Mitterrand. Non seulement Mitterrand rendra visite à Bouvyer en prison, mais il refusera de croire à sa culpabilité. Le 2 août 1945, alors qu'il vient d'être interné à la prison de la Santé, il rédige une attestation qui vaut brevet de Résistance. Pierre Péan l'a exhumée. Sur papier à en-tête du « comité national de coordination MNPGD », il explique que « Jean Bouvyer a eu pendant l'Occupation une attitude irréprochable ». Irréprochable, vraiment ? Jean Bouvyer travaillait au Commissariat général aux questions juives, où il fut promu, au printemps 1944, chef du service des enquêtes...

Par l'intermédiaire des Bouvyer, François Mitterrand a également connu un « grand cagoulard », François Méténier, l'un des principaux activistes de la société secrète, qui a notamment pris part à l'attentat contre le siège du patronat en 1937. Du gros calibre comparé à Jean Bouvyer. Méténier rejoindra Vichy ensuite. Après la guerre, il retournera en prison, mais, « grâce à l'intervention de son ami François Mitterrand, écrit Pierre Péan, il a été libéré en 1951 pour raisons de santé ».

Danielle Mitterrand, que François a épousée en 1944, se souvenait bien de ce jour. Elle l'avait raconté à Pierre Péan : « Nous avons fêté son retour. Quelle fête, nous étions fous de joie ! Méténier était un aventurier, mais un bon bougre, très chaleureux, très sympathique. »

Après la guerre, les Mitterrand, les Bouvyer et les Méténier se fréquenteront – jusqu'à la mort de Méténier en 1956. Alors garde des Sceaux, François Mitterrand assistera, là encore, à son enterrement. En compagnie de Bénouville.

« Méténier a rendu un grand service à Colette [Colette

Landry, l'une des sœurs de Mitterrand], confiera le président de la République à Pierre Péan. Méténier m'aimait. [...] Il m'a beaucoup servi et beaucoup nui... C'était un homme d'action. » Toute l'ambiguïté mitterrandienne affleure dans cette dernière phrase.

« Mitterrand avait une attirance pour les parias et les persécutés[4] », selon Jean-Marie Le Pen, qui connut un autre cagoulard, Gabriel Jeantet, parrain de Mitterrand lorsqu'il reçut la francisque à Vichy. Bénouville avait été très lié avant la guerre avec Jeantet. En 1952, ce dernier sollicita son aide. Il souhaitait lancer une revue de prestige, Essor, qui devait « faire connaître toutes les belles réalisations de notre technique et de nos industries ». Il souhaitait obtenir le soutien du patronat français pour son projet. Bénouville l'introduisit auprès du CNPF.

La rumeur de l'appartenance à la Cagoule de Mitterrand est restée tenace. Dans ses souvenirs posthumes, le journaliste Pierre Péan rapporte un échange qu'il eut le 26 février 1992 à l'Élysée avec le président de la République. Le journaliste préparait alors un livre sur le docteur Martin, l'un des fondateurs de la Cagoule. « Vous pourrez ainsi tordre le cou à la légende sur ma soi-disant appartenance à la Cagoule », lui dit-il.

L'historien nationaliste Dominique Venner, qui se suicida à Notre-Dame de Paris le 21 mai 2013, eut l'occasion d'aborder ce sujet avec un très proche du président, François de Grossouvre : « Il y avait une dimension féodale dans cette relation avec les cagoulards. C'était une manière de dire : "Ces gens sont à moi[5]" », m'a-t-il dit. J'ai rendu visite à Venner dans sa gentilhommière normande plus d'un an avant sa mort. Il me raconta comment Grossouvre l'avait incité à écrire son *Histoire critique de la Résistance* parue en 1995. Un projet d'édition né dans le bureau du conseiller de Mitterrand ! Et qui poursuivait quel objectif? « Tordre le cou aux mensonges de la gauche sur la Résistance et réhabiliter le rôle de la droite nationale dans le combat contre l'occupant »... On ne sait ce que Mitterrand a pensé de l'ouvrage.

7.
Voulez-vous en être ?

« Une des premières fois que j'ai vu François Mitterrand, il m'a expliqué sa stratégie politique, me confie Roland Dumas. Il a sorti une feuille de papier blanc de sa veste et il a commencé à dessiner un petit cercle et des flèches qui partaient de ce rond. Et là, il m'a dit, je m'en souviens bien : "Vous voyez, Roland, il suffit d'une poignée d'hommes bien décidés et compétents pour prendre le pouvoir." » Le futur président de la République aurait ajouté : « Voulez-vous en être ? »

Mitterrand a été un maître ès réseaux. Il les a cultivés, nourris. Il fut le chef de plusieurs bandes simultanément. Chacune évoluait dans une sphère bien délimitée. Et leurs membres ne se croisaient pas.

La bande qu'il a constituée avec Pierre de Bénouville, François Dalle et André Bettencourt s'est cristallisée à une époque décisive de sa vie. Ces quatre-là ont construit leur amitié dans l'adversité et le soufre. Celle-ci a poussé sur une terre de secrets. Comme l'écrit Franz-Olivier Giesbert en oubliant Bénouville, « Mitterrand-Dalle-Bettencourt [...] c'est une filière qui ne rompra jamais. Des années plus tard, rien ne séparera jamais le socialiste, le patron et l'homme de droite. Eux non plus ne se quitteront plus[1]. »

La bande des quatre a-t-elle prêté un serment, signé un pacte de fidélité ? À quel moment se sont-ils juré de « se faire la courte échelle », selon l'expression de Jean-Marie Degueldre[2], avocat et ami de François Dalle ? Ont-ils seulement échafaudé ensemble un plan de conquête du pouvoir ?

Mitterrand s'est longtemps cherché. Mais son ambition s'est dessinée assez nettement dans ces années-là. Des quatre, il était le plus charismatique. En 1933, il a remporté le concours d'éloquence du collège Saint-Paul. « François Mitterrand a su saisir son auditoire par beaucoup de poésie unie à beaucoup de vraie et communicative émotion », estime le jury.

Il est aussi plus ambitieux sans doute. Politiquement s'entend. Mais en attendant de donner corps à son ambition, il semble sous l'influence de François Dalle, promis alors à une brillante carrière de juriste. L'historien Jean Lacouture qualifie même celui-ci de « mentor[3] ».

Mitterrand est admiratif de la culture et de la force de caractère de son ami. « C'était un entraîneur d'hommes », me dira de lui l'homme d'affaires Marc Ladreit de Lacharrière.

Né en 1918 à Hesdin, dans le Pas-de-Calais, Dalle a fait ses études secondaires chez les Jésuites, à l'Institut Saint-Joseph à Lille. La silhouette massive, la tête ronde, son enfance a été marquée par la maladie. « Asthmatique, il était souvent alité pendant l'adolescence. Il a même été envoyé un an à Épinal où l'air était censé être plus sain[4] », raconte son fils Jean-Baptiste. Il en a profité pour tout lire. D'un coup de pied reçu dans la cloison nasale lors d'une partie de football, il a gardé ce phrasé essoufflé.

Dalle a une revanche à prendre sur ses années

souffreteuses. Son objectif est de passer l'agrégation de droit. Il est le moins snob des quatre amis. Les trois autres cultivent une certaine aristocratie caustique. Ce sont des esthètes. Bettencourt, le plus racé et le plus raffiné du trio, ressemble à un lord anglais.

Tous ont reçu une éducation très catholique. L'un des frères d'André est prêtre. Lorsqu'il reçoit François à Saint-Maurice-d'Etelan, en Normandie, les deux amis se déguisent à leur tour en hommes d'Église. François Dalle comptera aussi un abbé dans sa famille. Vicaire à la chapelle Dom Bosco après-guerre, l'abbé André Dalle sera désigné aumônier de la Jeunesse ouvrière chrétienne de Roubaix. « Mon père était habité des valeurs chrétiennes qui lui avaient servi de repères toute sa vie, poursuit Jean-Baptiste Dalle. Il avait néanmoins peur de la mort, peur de l'enfer », à cause de ses quatre divorces.

Mitterrand perdit la foi. Mais il ne cessa de croire en lui.

8.
L'homme qui avait été acquitté par la haute cour de justice

« Je me suis demandé si Bousquet ne lui avait pas un jour épargné quelque chose que nous ne connaissons pas, confie Pierre de Bénouville à Laure Adler. François était capable de garder cette chose pour lui-même. Il ne m'en a jamais parlé. Mais sinon, comment expliquer[1] ? »

Oui, comment expliquer que François Mitterrand ait

conservé son amitié à René Bousquet, l'ancien secrétaire général de la police de Vichy, qui a notamment coordonné la rafle du Vel d'Hiv, les 16 et 17 juillet 1942 ? En quelques heures, 12 884 Juifs « étrangers et apatrides » ont été arrêtés pour être envoyés dans les camps de la mort.

Le 12 septembre 1994, à la télévision, le président répond aux questions pressantes de Jean-Pierre Elkabbach. Le 8 juin 1993, Bousquet a été assassiné de cinq balles par un déséquilibré à son domicile, avenue Raphaël, à Paris. Pour se défendre, Mitterrand rappelle qu'en 1949 Bousquet a été acquitté par la haute cour de justice. Voici le verdict exact que celle-ci a rendu :

> *« Considérant que pour si regrettable soit le comportement de Bousquet en divers moments de son activité comme secrétaire général à la Police et notamment lorsqu'il a accepté d'aider à l'action de la mission Desloges, il n'apparaît qu'il ait sciemment accompli des actes de nature à nuire à la Défense nationale dans le sens de l'article 83 du Code pénal et qu'il échet, en conséquence, de prononcer son acquittement,*
> *« Considérant d'autre part qu'en acceptant de remplir dans le ministère constitué par Laval au mois d'avril 1942 le poste de secrétaire général à la Police qui est un de ceux qui le rende [sic] justiciable de la Haute Cour, il s'est rendu coupable du crime d'indignité nationale,*
> *« Mais considérant qu'il résulte de l'information et des débats la preuve qu'en de nombreuses circonstances Bousquet a, par ses actes, participé de façon active et soutenue à la Résistance contre l'occupant,*
> *« Par ces motifs, acquitte Bousquet René du chef d'atteinte aux intérêts de la défense nationale, le déclare convaincu de crime d'indignité nationale, le condamne à la peine de cinq ans de dégradation nationale de ce chef, le relève de ladite*

peine en application de l'article 3 paragraphe 4 de l'ordonnance du 26 décembre 1944. »

Elkabbach relance Mitterrand. Il fait état des différentes actions en justice intentées depuis 1986 contre l'ancien préfet de Vichy. Ainsi, en 1989, l'association des Fils et Filles des déportés juifs de France de Serge Klarsfeld a porté plainte contre lui. Bousquet a été inculpé en 1991. Elkabbach relaie aussi les accusations qui le visent, lui, président de la République, et soutiennent qu'il est intervenu pour freiner ces démarches judiciaires. « Le dossier s'enlise dans les dédales du palais de justice, guidé par des mains expertes..., écrit *Le Monde*. La Justice montre sa dépendance et le chef de l'État n'explique pas les raisons qu'il a d'épargner le procès Bousquet. »

Ministre de la Justice de 1988 à 1990, Pierre Arpaillange me le confirmera : « Mitterrand ne souhaitait pas ce procès, il me l'avait dit. Mais il n'est pas intervenu[2]. »

Avec Elkabbach, Mitterrand proteste de son innocence. Toutefois, il concède avoir pris ses distances avec Bousquet aux alentours de 1986, « quand a commencé à se répandre le bruit [suivant] : "Oui, mais le procès de 1949 ne possédait pas toutes les informations sur l'affaire du Vel d'Hiv ; C'est plus grave que cela, son rôle est plus directement engagé[3]" ».

Malmené, et surtout épuisé par son cancer, le président lâche cette phrase, révélatrice de son caractère, et qui pourrait s'appliquer à lui-même : « Beaucoup de gens de Paris, dont certains ne sont pas forcément parmi les plus honorables, qui ont une façade honorable jusqu'à ce que l'on sache que ce n'est qu'une façade[4]... »

Toujours cette ambiguïté, cette manie de botter en touche. Pourquoi ne dit-il pas la vérité, en tout cas celle qui apparaît clairement dans un témoignage inédit recueilli par Éric Roussel dans sa biographie[5] ? Il émane de Philippe Dechartre, un résistant qui fut par la suite ministre du général de Gaulle et de Georges Pompidou. Selon lui, en novembre 1943, alors qu'il devait rentrer de Londres, Mitterrand « fut averti par Jean-Paul Martin, agissant en accord avec Bousquet, du danger que représentait alors son retour en France, la Gestapo l'ayant repéré et s'apprêtant à l'arrêter à son arrivée ».

Ce qui corrobore la confidence en ce sens que Mitterrand avait faite à Jacques Attali en 1977, à l'issue de ce fameux déjeuner dans le Quartier latin. Comment ne pas être proche de celui qui lui avait donc sauvé la vie ? Mitterrand chercha à banaliser la présence de Bousquet dans son entourage.

Alors qu'une photo les montrait dînant ensemble dans sa maison landaise de Latche, il assura à Jean-Pierre Elkabbach l'avoir rencontré « avec d'autres personnes, je n'ai pas fait le compte, mais, enfin, au moins dix ou douze fois ». S'il l'invitait dans son repaire le plus privé, c'était bien qu'ils partageaient une intimité, ou tout du moins un compagnonnage.

Encore une fois, devant l'évidence, Mitterrand nie en se cabrant. Il a fini par croire les légendes qu'il s'est inventées. Mais on voit, là encore, à quel point l'amitié supplante tout autre considération chez lui.

Il apparaît, avec le recul, comme un puzzle dont lui seul connaît le tableau à reconstituer. Assurément, Bousquet en était une pièce maîtresse.

9.
Sur la piste de la Cagoule

Dans cette époque trouble, les itinéraires des proches du futur président se croisent souvent, formant une mosaïque ésotérique dont le centre est cette fameuse société secrète. Pierre de Bénouville a longtemps voulu écrire justement un livre sur la Cagoule. Il entendait réhabiliter cette initiative de « patriotes » qui, selon lui, avait probablement évité à la France une révolution bolchevique. Le journaliste Philippe Bourdrel, qui a consacré une enquête très fouillée à cet épisode de l'histoire de France, détaille, lui, « un exemple unique en France d'une tentative intrinsèquement fasciste d'occupation du pouvoir[1] ».

Au soir de sa vie, Bénouville confia à la journaliste Laure Adler avoir détruit les pages qu'il avait écrites[2]. C'est François Mitterrand qui les avait présentés l'un à l'autre. De 1989 à 1993, celle-ci fut sa conseillère à la culture. Mais trop d'acteurs de cette ténébreuse opération étaient encore en vie. Et beaucoup gravitaient dans l'entourage mitterrandien.

Fils d'un capitaine au long cours, polytechnicien, ingénieur maritime, Eugène Deloncle participa à la construction du célèbre paquebot *Normandie.* « Yeux noirs de magnétiseur, front dégarni, la figure pleine et pâle, le menton volontaire, une belle tête romaine... », le décrit-on à l'époque. Un sosie de Mussolini. Fanatique du mystère et du secret, ce quadragénaire se piquait d'ésotérisme.

« François Mitterrand et Eugène Deloncle assistaient probablement à mon baptême, en 1940 », me confie le galeriste Jean-Gabriel Mitterrand, neveu de l'ancien président.

Deloncle avait été abattu à son domicile par les Allemands, le 7 janvier 1944. Sa veuve, Mercedes, a laissé un souvenir extravagant aux Mitterrand. « C'était Bette Davis dans *Qu'est-il arrivé à Baby Jane ?*, selon Jean-Gabriel Mitterrand. Elle était enragée. À quatre-vingt-dix ans passés, elle distribuait des tracts pour le Front national avenue Foch. » François Mitterrand la tenait à distance. A-t-il assisté à son enterrement, en 1988, à Versailles ? Son neveu, qui n'était pas présent à la cérémonie, en doute. Mais un ancien conservateur du cimetière des Gonards, où elle est enterrée, a affirmé à l'une de mes sources y avoir vu le président.

Mitterrand en avait enterré, des cagoulards ! En 1956, alors qu'il était garde des Sceaux du gouvernement Guy Mollet, il avait accompagné jusqu'à sa dernière demeure François Méténier. Un homme du Puy-de-Dôme, brun et exalté, qui, après avoir échoué dans le commerce de caoutchouc, s'était reconverti dans les engins explosifs. En 1937, il organisa notamment l'attentat qui visa le siège du patronat français, rue de Presbourg à Paris. Entre deux coups de feu, il s'occupait des « affaires extérieures » du mouvement. Il négocia, entre autres, le soutien du pouvoir mussolinien.

Quelques années plus tard, à Vichy, on le retrouve à la tête des groupes de protection (GP), la police supplétive de Pétain. « Mains d'égorgeur et cœur de grisette[3] », ainsi le surnommait-on dans la ville d'eaux. En 1945, à l'issue du procès de la Cagoule, Méténier fut condamné à vingt ans de prison. Mais on le remit en liberté provisoire dès 1947. Comme plusieurs anciens responsables de l'organisation d'extrême droite, Méténier retrouva du travail chez L'Oréal. C'est l'autre raison pour laquelle

Mitterrand ne voyait pas d'un bon œil le projet littéraire de Bénouville.

À la Libération, le futur président avait lui aussi dégoté un emploi chez L'Oréal grâce à André Bettencourt et François Dalle, qui prendrait la tête de l'entreprise à la fin des années 50. Enfin, un emploi…

10.
La bande vue par Jack Lang

Il fait les cent pas dans le restaurant où nous avons rendez-vous : Tomy & Co[1]. Une adresse que j'ai choisie avec soin. Cette fine gueule est intraitable sur ce qu'il mange.

J'ai quelques minutes de retard et je pense que ce manquement à la ponctualité explique son agitation. Je n'y suis pas : Jack Lang a oublié son imperméable dans le taxi. « Un cadeau », me dit-il. Il a également laissé sur la banquette une écharpe que lui a offerte son épouse Monique et à laquelle il est très attaché. Un avis de recherche a été lancé. Le téléphone du ministre à vie de la Culture sonne. Le taxi a été repéré. Il est en route.

Deux minutes après, un chauffeur algérien se présente à notre table. Lang demande son mail, son téléphone. Il lui promet des billets pour les prochaines expositions de l'Institut du monde arabe, l'institution culturelle qu'il dirige à Paris depuis 2013. Diriger : le mot est faible. Il la fouette.

Jack Lang tiendra sa promesse au chauffeur de taxi. C'est un homme ordonné, qui ne laisse rien au hasard. Je l'ai découvert dans une sphère privée. Il observe une discipline drastique, qui frise la maniaquerie. C'est la face B d'une personnalité davantage connue pour sa créativité prolifique et son lyrisme.

Le soir même il doit accueillir un spectacle de l'artiste Daniel Buren, dont il imposa les célèbres colonnes rayées dans la cour du Palais-Royal. Cette fois, c'est « un cirque étonnant ». « Il faut absolument que vous veniez voir notre prochaine exposition, "Être LGBTQ+ dans le monde arabe" », me dit-il.

Lang est comme un bateau arrimé au présent. Il ne s'aventure dans le passé qu'en longeant les côtes bien balisées. Celui de Mitterrand ? « Je ne savais pas grand-chose de sa guerre, consent-il. Ce qui m'intéressait, c'est ce que je voyais de lui lorsque je l'ai connu. »

Jack Lang se revoit lycéen à Nancy : « J'étais militant anticolonialiste et, à mes yeux, deux personnages incarnaient un espoir : Pierre Mendès France et François Mitterrand. » À la fin des années 1950, le jeune professeur de droit international attiré par la scène a créé une troupe. En 1963, il joue le rôle de Caligula, l'un des pires tyrans de la Rome antique, dans la pièce d'Albert Camus. Cette même année, il a créé le festival de théâtre universitaire de Nancy. Très vite, cette manifestation fait parler d'elle dans le monde entier. Fort de ce succès, Lang sera nommé dans les années 1970 à la tête du théâtre de Chaillot, à Paris. C'est là qu'il rencontre Mitterrand et va devenir son éclaireur culturel. Cet enfant de la grande bourgeoisie de province initie le Charentais lecteur de Chardonne aux arts de la scène.

Mitterrand l'intègre à son « cercle des intimes », pour reprendre le titre du livre de sa fille, Caroline Lang. Président, il viendra dîner chez les Lang, place des Vosges.

Et ces derniers iront dîner rue de Bièvre, au domicile de Mitterrand, certains dimanches soir.

Il n'a pas croisé les Bénouville, Dalle et Bettencourt dans ces circonstances. « Ils ne participaient pas à notre cercle politique, m'explique-t-il. Il les voyait seul. Il y avait des cloisons entre ses amitiés, liées aux différentes périodes de sa vie. » Même à l'Élysée, Mitterrand cloisonnait. Il refusait de réunir son cabinet au complet.

Dans la bande, Jack Lang se souvient un peu d'André Bettencourt, « personnage effacé et faux » ; beaucoup plus de Pierre de Bénouville. Il me décrit lui aussi cette scène de la fin : le petit homme chauve priant devant la dépouille de Mitterrand. « J'ai été frappé par son amour pour Mitterrand, car c'en était, en tout cas son amitié totale. »

Une amitié de droite, catholique, de nature différente de celle qui liait Mitterrand à un homme de gauche, Georges Dayan, rencontré avant-guerre. « Georges était son meilleur ami », me dit Lang, qui s'est rapproché du leader socialiste grâce à lui. Il me cite de tête quelques lignes de la lettre écrite par Mitterrand à Dayan, le 12 mai 1940, alors qu'ils sont séparés par la guerre : « Dis-moi que ni le temps ni le silence ne rompent les liens qui font de notre amitié quelque chose, une des rares choses solides et fidèles de ma vie, de plus sûre et plus vraie que tant d'événements quotidiens. »

Bénouville aurait pu être destinataire de cette lettre. Lang me dit qu'il a eu du mal à « imaginer que Mitterrand et lui aient pu être des adversaires politiques tant leur affection réciproque était forte ». Tout en reconnaissant que le chef de l'État était « attiré par la marge ». « Y compris artistique », précise-t-il.

Bénouville lui a vanté « le courage hors normes » de son vieil ami. Cela a rappelé à Lang ce que Marguerite Duras lui avait dit de Mitterrand, quand elle l'a connu dans la Résistance : « Je n'ai jamais vu un homme aussi courageux, intellectuellement et physiquement. »

Ne comptez pas sur Jack Lang pour dénigrer Mitterrand. Il s'est toujours refusé à juger *a posteriori* la trajectoire pour le moins sinueuse de son grand homme. Il s'en tient aux éléments de langage mitterrandiens : « Mieux vaut être passé de la droite à la gauche que l'inverse. »

Il a certes entendu de ces accusations contre « Mitterrand-Vichy ». Mais il n'a pas cherché à en savoir plus. « Nous étions pris par l'action. Je préférais œuvrer avec lui plutôt que de mener des investigations sur son passé. » Il y a bien eu, en 1978, des accusations portées contre l'ami René Bousquet par Louis Darquier de Pellepoix, dans un entretien à *L'Express*. « Bousquet avait été blanchi par les tribunaux après-guerre. C'était un officiel de la IVe République. Et il dirigeait un journal de gauche, *La Dépêche du Midi*. »

Lang admet que le livre de Pierre Péan, *Une jeunesse française*, en 1994, a été un déclic. « Mais c'était aussi un effet de loupe, me dit-il. Tout à coup on ne montrait plus que ça de Mitterrand. »

À cette occasion, Lang a demandé à être reçu par le président. Avant de passer à l'émission d'Anne Sinclair, *7 sur 7*, il voulait entendre de sa bouche ses explications sur son amitié avec Bousquet. « Il m'a dit qu'après la plainte lancée par les époux Klarsfeld contre lui, il avait cessé de le voir. »

Devant un œuf mollet saupoudré de graines de sarrasin, l'ancien ministre de la Culture amorce une sorte de mea culpa : « Parfois je me dis que j'aurais dû creuser davantage. »

11.
Le mépris

«Jeune, infiniment sensible et peut-être humilié, vous êtes prêt pour l'ambition.» La phrase de Maurice Barrès a certainement résonné dans la tête des Mitterrand, Bénouville, Dalle et Bettencourt. L'écrivain fut pour cette bande un professeur d'énergie.

Tous les quatre ont été ces « garçons chrétiens » de province, selon les mots de François Mauriac. Ces « enfants barrésiens, souffrant jusqu'à serrer les poings du désir de dominer leur vie ». Ils ont choisi de « tout sacrifier pour cette domination ». L'auteur de *Génitrix* désignait ainsi le seul François Mitterrand[1]. Mais ses mots peuvent s'appliquer aux trois camarades du Charentais.

« Sensibles » assurément. Mais « humiliés » ? Quelle humiliation ont-ils bien pu éprouver, eux ?

À Jarnac, le pays charentais où Mitterrand a d'abord rêvé sa vie, deux mondes cohabitaient. Celui des riches négociants du cognac, les Delamain et les Courvoisier, si bien dépeints par Jacques Chardonne, autre auteur fétiche du président de la République, et celui des vinaigriers, auquel ce dernier appartient. Les premiers regardent les seconds de haut.

« Dans les années 30, m'explique Jacques Baudet, ancien professeur d'histoire à Saint-Paul, les gens du cognac dominaient la petite société d'Angoulême avec ceux du papier. Les fils de certains papetiers venaient au collège avec leur chauffeur. Enfants de la moyenne bourgeoisie, Mitterrand et Bénouville étaient un peu modestes au milieu de tout ça. Ils ne roulaient pas sur l'or. Le père de François avait été chef de gare. »

Mitterrand en concevra une morsure à l'orgueil. « Le futur leader de la gauche a peut-être ressenti quelque atteinte de cette envie sociale qui engendre des complexes d'infériorité (excellents bouillons de culture, parfois, pour des idées socialistes), note Catherine Nay. À tout le moins, y a-t-il découvert [à Jarnac] – avant la lutte des classes – la lutte des classes méprisantes, et parfois vénéneuses[2]. » Le mépris, ce mal français qui vous fait sentir le poids des lignées et l'importance de l'étiquette. Cela donne une conscience aiguë du jeu social.

Pierre de Bénouville en souffrit certainement lui aussi. Il s'appelait en réalité Bénouville, sans particule. Son père, Jean, était inspecteur général de compagnie d'assurances. Très jeune, Pierre adopta ce patronyme d'une famille de la noblesse normande. Sans qu'« aucun changement de nom n'ait été prononcé ni qu'aucun lien ne soit prouvé entre lui et l'ancienne famille Guillain de Bénouville », selon son biographe Guy Perrier[3].

Jean-Marie Le Pen prétend avoir eu en sa possession une copie de l'acte de naissance du résistant, qui a vu le jour à Amsterdam[4]. Le document a brûlé dans l'incendie de sa maison à Rueil-Malmaison, près de Paris : « Il s'appelait bien Bénouville ! » Coquetterie de la part d'un royaliste amateur de sang bleu ? Ou désir de reconnaissance d'un jeune homme complexé par son pedigree familial ? Un peu des deux sans doute.

André Bettencourt, lui, n'avait pas de particule. Sa famille était tombée en roture au XVIe siècle. Mais « ses manières distinguées », son profil de médaille antique et sa « prévenance » étaient comme « un incessant rappel de ces origines[5] », note la journaliste Marie-France Etchegoin.

Héritière de L'Oréal, Liliane Schueller n'en était pas moins petite-fille de pâtissier… Après son mariage avec André, en 1950, elle pourra « presque toucher du doigt la noble ascendance de son époux quand elle ira en Normandie, dans le manoir de quinze pièces, “Belle Roche”, où il a passé sa jeunesse[6] ».

Le dernier de la bande des quatre, François Dalle, était quant à lui fils d'un petit brasseur du Nord. Il ne semble pas en avoir conçu de complexe social. Mais une chose frappe dans tous ses écrits : sa détestation de l'establishment français. Il n'eut de cesse de brocarder son endogamie. Et de plaider son ouverture à des profils moins stéréotypés.

Lui se voyait plutôt comme un outsider des affaires. Eugène Schueller, génial autodidacte qui fit de lui son successeur chez L'Oréal, contribua sans doute à forger sa vision : « On n'est pas général parce que fils de général ; on n'est pas patron parce que fils de patron », aimait à répéter le père de Liliane. Schueller fit sans doute prendre conscience à ces jeunes provinciaux qu'ils pouvaient devenir généraux.

12.
Le sacrifice du matin

« Dis à Dalle mon amitié[1] », écrit François Mitterrand à sa fiancée Marie-Louise Terrasse, la future speakerine Catherine Langeais, le 24 juillet 1940. Que deviennent donc les trois autres membres de la bande au moment de la débâcle ?

François Dalle a été fait prisonnier dans la Somme. Après quelques jours de captivité, il s'évade. Il se rend en zone Sud, dite « libre », administrée par Pétain. Durant un an, il « fait la navette » avec la zone occupée par les Allemands, où ses parents sont restés. Il transporte le courrier que les gens du Nord, réfugiés dans le Midi, souhaitent envoyer chez eux.

Ce qui est risqué. À l'instar de dix autres départements, le Nord et le Pas-de-Calais ont été placés en « zone interdite » par les Allemands. Comme raconte Henri Amouroux dans *La Vie des Français sous l'Occupation*[2] : « Ceux-ci sont totalement ou partiellement, en dépit de toutes les conventions d'armistice, soustraits à l'administration et à la communauté françaises. Tout retour y est impossible. »

Au début de 1941, Dalle regagne Paris. À la faculté de droit, il ne trouve pas ses maîtres, René Cassin et René Capitant. « Je me sentais orphelin », dira-t-il. Il vient de se marier. Il lui reste à trouver un travail.

Plus floue apparaît l'année 1940 d'André Bettencourt. Lui aussi a étudié le droit. *La Terre française*, l'hebdomadaire « de la renaissance paysanne » dans lequel on retrouvera sa signature au bas d'articles pétainistes en 1941, a été lancé le 2 novembre 1940. « La rédaction qui se voulait ouverte sur le monde rural m'avait contacté sans doute parce que j'avais eu un rôle actif au secrétariat de la Jeunesse agricole catholique », racontera-t-il en 1995.

Mobilisé dans un corps franc de la VIIIe armée, Picrre de Bénouville est dans les Vosges. Il se bat jusqu'au bout, avec sa fougue, contre ceux qu'il appelle « les Boches ».

Avec une poignée de camarades, dont un ouvrier en chaudronnerie et un ancien légionnaire, ils refusent de se rendre. Capturés, ils parviennent à s'échapper. Bénouville racontera, après la guerre, cette camaraderie des fourrés dans *Le Sacrifice du matin*. Un livre trempé dans l'encre du lyrisme, qui contribuera à forger la légende de la France résistante.

Après avoir traversé l'est de la France en guenilles, Bénouville se retrouve sur la Côte d'Azur. « Je ne connaissais qu'un homme dans le Midi, racontera-t-il plus tard à Laure Adler, [Léon] Bailby[3]. » Un patron de presse très à droite, qui, après avoir dirigé *L'Intransigeant* et lancé *Le Jour*, créera *L'Alerte*.

Le premier numéro de ce journal, installé 29 avenue de la Victoire, à Nice, paraît le 24 septembre 1940. La mention « Hebdomadaire de la révolution » barre la couverture sous le titre. On s'en était douté à la lecture du premier éditorial, signé de Léon Bailby, et intitulé... « Avec Pétain ou contre la France ».

Entré comme journaliste littéraire, Bénouville se voit confier la rédaction en chef du titre. Il explique que Léon Bailby était « beaucoup moins de droite que [lui] ». Bénouville se définira toujours comme « monarchiste. Maurrassien de cœur[4] ».

« Je disposais d'une liberté totale sur le plan éditorial », explique-t-il. J'ai consulté la collection complète de *L'Alerte* à la Bibliothèque nationale François-Mitterrand. Le journal était clairement antijuif, antimaçonnique, antigaulliste et antirépublicain. On y croise des signatures prestigieuses : les écrivains Henry de Montherlant, Guy des Cars et Maurice Martin du Gard, le cinéaste Jean Renoir.

Bénouville signe de nombreux articles, pas tous politiques, loin de là. On lira même sous sa plume un éloge du clown Paul Fratellini. Ces écrits sont d'une tonalité maréchaliste et revancharde. Bénouville décoche ses flèches les plus piquantes aux responsables de la débâcle, selon lui : les élites républicaines.

On retrouvera sa signature dans *L'Alerte* jusqu'à

l'automne 1943, alors que dès janvier 1941 il a tenté de rejoindre les Forces françaises libres en Afrique du Nord, ce qui lui a valu d'être arrêté par la police de Vichy.

Il se rend à Vichy en 1940. Sur les bords de l'Allier, Bénouville renoue avec quelques-unes de ses connaissances cagoulardes. À commencer par le colonel Georges Groussard, ancien commandant de l'école de Saint-Cyr. Sous le Front populaire, celui-ci avait créé un réseau anticommuniste dans l'armée, qui était lié à ce qu'on a appelé « la Cagoule militaire ». Il noua des contacts avec Eugène Deloncle. Sa mutation au Maroc, en décembre 1936, lui évitera d'être mêlé au complot.

Bénouville a eu vent que Groussard recrutait des anciens de la Cagoule pour bâtir une formation militarisée, résistante aux Allemands et camouflée en police. Ce sera le Centre d'information et d'études (CIE) et sa branche militaire, les Groupes de protection (GP). Groussard est secondé par un autre cagoulard, bien connu de François Mitterrand : François Méténier. Un vieil ami de Bénouville, Michel de Camaret, en est également.

L'aventure s'arrêtera en décembre 1940. Les GP ont arrêté Pierre Laval à la demande de Pétain. Les Allemands y voient une provocation. Ils font libérer Laval. Le groupe de Groussard est dissous.

« Je suis venu à Vichy pour faire de la propagande pour la Résistance auprès de mes petits camarades de Vichy », affirmera Bénouville à Laure Adler. Tout en précisant : « Je pensais qu'il [Pétain] ne pouvait pas être une fripouille. »

Il n'était pas le seul à penser cela. « Selon toute vraisemblance, la grande majorité des Français a été maréchaliste, et une bonne part d'entre eux pétainiste[5] », selon Jean-Pierre Azéma et Olivier Wieviorka. Par maréchalisme, on entendait un attachement à la personne de Pétain et par pétainisme, une adhésion à l'idéologie de la Révolution nationale.

Ces vichystes « n'éprouvent guère de sympathie pour le régime nazi, selon Azéma et Wieviorka, et quémandent surtout une collaboration ». Tandis que « les collaborationnistes de Paris réclament une alliance placée sous le signe de la croix gammée, d'autant qu'ils adhèrent pleinement aux valeurs hitlériennes ». Une distinction importante que la lecture *a posteriori* des événements gommera et tentera de faire de Mitterrand, Bénouville et Bettencourt des « collabos ». Ce qu'ils ne furent pas.

13.
Écrits de jeunesse

« Le Maréchal a mis dans la jeunesse une bonne part de ses espérances [...] Allons-nous lâcher le Maréchal au moment de l'effort, quand il faut savoir s'afficher, quitte à se faire des ennemis [...] ? Les jeunes gens doivent être, dans chaque village, les agents du Maréchal, je dirai volontiers la police de la révolution. C'est peut-être une triste chose de demander une tâche d'inquisition à la jeunesse. D'autres devraient s'en charger, ils ne s'en chargent pas[1]. »

Quelle est donc cette plume, qui, le 16 août 1941, dans la revue agricole *La Terre française*, célèbre ainsi les vertus de la dénonciation ? C'est André Bettencourt. Comme ses amis Mitterrand et Bénouville, il a semé beaucoup d'écrits entre 1940 et 1942. Des écrits de jeunesse, reflets d'une époque et d'un milieu, dont ils s'affranchiront par la suite. « J'avais 22 ans, j'étais loin de Paris, je manquais de maturité et de recul », se justifiera-t-il lorsque ses textes seront exhumés.

Ces quatre hommes ont changé avec le temps et on ne saurait les réduire à ces années-là. Mais ce sont autant de petits cailloux qui mettront, jusqu'à la fin de leur vie, leurs détracteurs sur un chemin qu'ils auraient bien voulu enfouir : celui menant à leur pétainisme.

Tous les trois sont, aux yeux de Bernard-Henri Lévy, des produits de ce qu'il appelle « l'idéologie française », titre de son livre paru le 14 janvier 1981. « Un ventre fécond, abominablement fertile, quoique obstinément ignoré, et où se sont enfantés, de l'affaire Dreyfus à Vichy et de Vichy jusqu'à nos jours, quelques-uns des plus sombres délires de l'Âge où nous vivons », annonce l'éditeur Grasset. En résumé : la matrice d'un fascisme aux couleurs de la France.

L'ouvrage a hérissé François Mitterrand, qui s'est promis d'en discuter avec l'auteur, mais la campagne électorale ne lui en a pas laissé le temps. Dans les semaines suivant son élection, il demande à voir celui que l'on ne surnomme pas encore « BHL ». « Nous avons eu une longue et franche discussion, me raconte le philosophe. Il m'a reçu avec mon livre à la main, souligné. Il m'a reproché de "voir l'antisémitisme partout". Ce qui l'insupportait, c'est que je puisse épingler les vichysto-résistants comme lui. Or, lui et ses amis, Bénouville et Bettencourt notamment, incarnaient bien cette idéologie française. Et il le savait[2]. »

André Bettencourt fut, dans ses écrits tout du moins, le plus virulent. Lui, dont les proches vantaient la stricte tenue et la courtoisie exquise. « Tout était en demi-teinte chez lui, m'expliqua Monique de Libouton, l'amie d'enfance de Liliane Bettencourt (née Schueller), qu'elle a connue en 1942. André était très conciliant mais il manquait un peu de caractère. »

Quel rôle joua le jeune Normand au sein de *La Terre française*? Un journal publié par le ministère de la Propagande du IIIe Reich. Sous l'Occupation, les nazis ont en effet acheté de nombreux journaux au nom de sociétés françaises qu'ils financent eux-mêmes.

Bettencourt affirmera ne pas connaître les propriétaires du titre. Et se défendra d'avoir fait partie de la rédaction. « J'étais un simple pigiste, chargé d'une chronique qui était envoyée à Paris par la poste », explique-t-il au *Figaro*, en 1995.

La chronique de Bettencourt s'intitule « Ohé les jeunes ». Elle est illustrée par son visage souriant. On retrouve au fil de sa prose le ton revanchard que l'on a vu dans celles de Mitterrand et de Bénouville, et la même charge contre les élites décadentes qui ont mené le pays à la débâcle.

« Dénonçons la trahison des professeurs et des écrivains, et des démagogues, de tous les mauvais bergers de notre jeunesse, de tous les "amateurs" de civilisation [...] », s'exclame-t-il le 24 mai 1941. Et d'appeler à un régime autoritaire : « La liberté totale conduit à la ruine [...] La liberté est un slogan [...], une histoire à dormir debout, une aventure de polichinelle. La liberté n'a jamais existé en fait. »

Ses cibles ? En juillet 1941, Vichy promulgue une loi contre les francs-maçons. Bettencourt les accuse d'avoir « porté atteinte à notre civilisation chrétienne » et de mener la France « avec une rapidité croissante vers la catastrophe[3] ».

Les Juifs ont droit aussi à toutes ses attentions. En décembre 1941, il écrit : « Les Juifs s'imaginaient avoir gagné la partie. Ils avaient réussi à mettre la main sur Jésus et à le crucifier. En se frottant les mains ils s'étaient écriés : "Que son sang retombe sur nous et nos enfants !" Vous savez d'ailleurs de quelle manière il est retombé et retombe encore. Il faut que s'accomplissent les prescriptions du Livre éternel. »

Ce qui frappe surtout, c'est l'admiration que le chroniqueur voue à l'Allemagne et à son régime. « Je me souviens d'avoir vu en Allemagne, quelques mois avant la guerre, un camp de jeunesse dédié à Ludwig van Beethoven [...] Des bâtiments noirs et rouges, accrochés à flanc de coteau [...], un grand portail de bois sculpté, et, déployé dans le ciel [...], un immense drapeau aux couleurs du Reich [...]. Venant des sapins [...] un chant d'une puissance et d'une beauté extraordinaires [...] L'expression d'un peuple entier nous arrivait par rafales [...] Ce jour-là, pour la première fois, j'ai pris conscience de ce que faisait à côté de nous un grand peuple [...] pour le corps et pour l'âme de sa jeunesse. Ce jour, moi et les amis avec lesquels je voyageais, nous nous sommes posé quelques questions. Oh ! nous ne nous sommes pas interrogés réciproquement à voix haute. Non ! Mais dans le plus intime de notre être vibrait une corde secrète, faite d'admiration, certes, mais aussi d'amertume et d'envie. Qu'est-ce qu'on a fait de notre jeunesse française ? »

Parmi les amis qui accompagnaient André Bettencourt dans ce voyage, il y avait notamment François Mitterrand et François Dalle. Aux vacances de Pâques 1939, la bande avait accompli un petit périple jusqu'aux Pays-Bas. C'est à la frontière entre le Luxembourg et l'Allemagne qu'ils avaient vu tous ces jeunes Allemands chantant nus avant de se jeter dans la rivière.

En Belgique, les copains avaient demandé à rencontrer le comte de Paris, le prétendant au trône de France, qui les reçut au manoir d'Anjou. François Dalle avait organisé l'entrevue, par l'intermédiaire de son beau-frère. « Aucun d'entre nous n'avait d'appétit royaliste, expliquera Dalle, mais on était très heureux de voir le comte de Paris[4]. » Pol Pilven, leur condisciple du « 104 », qui participait à la virée, se souvient que « François a parlé tout le temps et de façon très brillante[5] ».

Dans une lettre à Marie-Louise Terrasse, datée du 15 avril 1939, Mitterrand relate laconiquement la royale visite : « Longue conversation sympathique avec le comte de Paris. »

Élu président de la République, il renouera le dialogue avec celui qu'il considérait comme le chef de la Maison de France. Il lui réservera une place à part à l'Élysée, comme le relate un ancien conseiller de la présidence, Cyrille Schott, dans son livre *La Rose & le lys*[6]. « Nous sentons les mêmes choses », confia Henri d'Orléans au jeune énarque. Mitterrand défendait la « continuité historique ». Alors que s'ouvrait à Lille le congrès du parti socialiste, il tint à assister, le 3 avril 1987, à l'ouverture des fêtes du millénaire capétien à la cathédrale d'Amiens. Entre le lys et la rose, son cœur flanchait.

14. Eugène, nous voilà

Mais pourquoi donc, à la Libération, Mitterrand, Dalle, Bettencourt et Bénouville se font-ils autant de cheveux (quand ils en ont encore) pour un « roi de la teinture » ?

C'est en effet le surnom que l'on donnait alors au patron de la Société des savons français, qui exploitait notamment la marque Monsavon : Eugène Schueller. Avec 800 francs de l'époque, ce fils de pâtissier avait créé L'Oréal, futur géant mondial de la cosmétique.

Un visionnaire, ce Schueller, dont la maxime était : « Faire, défaire pour mieux faire ». Dans son appartement-bureau-laboratoire, du 4, rue d'Alger, à Paris, il avait mis au point, avant-guerre, une teinture pour cheveux, qui allait changer la vie des femmes. Il fut aussi pionnier en matière de marketing et de publicité.

À la Libération, cet industriel passionné de recherches a des ennuis. Les tribunaux de l'épuration lui cherchent des poux dans la tête. Le 29 mai 1945, il est cité devant le comité départemental de confiscation. Ses comptes personnels, comme ceux de L'Oréal, sont bloqués. Les profits qu'il a réalisés entre le 1er septembre 1939 et le 31 décembre 1944 sont scrutés à la loupe. Sa déclaration détaillée des biens et revenus[1] offre une vision de son patrimoine : une villa à Franconville, près de Paris, une propriété à l'Arcouest, en Bretagne, un immeuble d'habitation à Paris, une ferme agricole, un yacht baptisé *Edelweiss*, ses parts et actions de la société L'Oréal et un portefeuille boursier (Pétroles privés, cycles Peugeot, Minières du Sud-Ouest...). Sur sa fiche de renseignements personnels[2], Eugène Schueller indique à la rubrique « Éléments du train de vie » qu'il est passé de six domestiques en 1939 à quatre en 1944. Ses revenus sont de 2 347 957 francs (contre 868 218 en 1939). Le 6 novembre 1946, le comité régional interprofessionnel d'épuration dans les entreprises estime que Schueller a, « par son attitude publique pendant l'Occupation, favorisé les desseins de l'ennemi ». On l'accuse d'avoir financé le Mouvement social révolutionnaire (MSR), collaborationniste, de fréquenter des « collaborateurs notoires » et d'avoir défendu à la radio la Relève (dispositif vichyste de fourniture de main-d'œuvre à l'Allemagne).

Le patron des entreprises Monsavon, L'Oréal et Valentine écope d'une « interdiction d'occuper un poste de commandement dans la profession, de faire partie de conseils d'administration ou de surveillance de sociétés commerciales, interdiction d'exercer les pouvoirs de gestion ou d'administration qu'implique la qualité d'associé ». Son dossier est transmis à la cour de justice[3].

> « *Vous m'avez dit vos craintes,* écrit André Bettencourt à Eugène Schueller le 29 janvier 1944. *Différentes conversations avant mon départ de Paris me les font croire malheureusement justifiées. Soyez donc très prudent. Vous êtes, en toutes choses, terriblement impulsif, mais je considère que l'appui dont vous font bénéficier plusieurs d'entre nous doit être sauvegardé, et qu'il ne faut absolument pas qu'on puisse savoir ces amitiés ; dans la mesure où vous serez publiquement compromis, ceux qui vous approchent pourraient se trouver dans une situation délicate*[4]. »

Ce courrier est pour le moins ambigu. Bettencourt s'y montre aussi soucieux de la sécurité de Schueller qu'inquiet que la divulgation de leur proximité puisse les compromettre, lui et ses amis.

Six ans se sont écoulés depuis leur première rencontre en 1938, à l'issue d'une conférence donnée par le chef d'industrie sur son sujet de prédilection : le salaire proportionnel. Emballé par le personnage et ses idées, André Bettencourt avait aussitôt fait sa promotion auprès de son ami François Dalle. Le 20 juillet 1942, ce dernier entrait chez Monsavon comme assistant de la secrétaire du directeur des ventes.

« Votre aide m'a été utile personnellement plus d'une fois. Encore très grand merci, mais je crois franchement qu'il faut que vous surmontiez tous ces événements, c'est l'intérêt du pays, écrit Bettencourt à Schueller. Il est utile de préparer pour une période meilleure le programme social qui vous est si cher et dont il n'aurait pas été opportun de parler si tôt... »

Dans une autre lettre exhumée par le journaliste Ian Hamel, datée du 27 septembre 1944, André Bettencourt remercie Eugène Schueller de lui avoir apporté une aide financière (qu'il n'a finalement pas acceptée) pour une mission en Suisse qu'il devait mener dans le cadre de ses activités au sein de la Résistance. Le Normand a en effet rejoint son ami Mitterrand dans la Résistance en 1943. Parce qu'il « présentait bien », celui-ci en a fait l'ambassadeur du mouvement qu'il a créé : le MNPGD. Selon Pierre Péan, « Bettencourt a été chargé par Mitterrand de le représenter à Genève au sein de la délégation du Conseil national de la Résistance. Il est spécialement chargé de la liaison entre cette délégation et celle d'Alger pour tout ce qui concerne les réseaux de prisonniers de guerre en Allemagne, les parachutistes en France, les relations avec les délégués du mouvement à Alger[5]... »

Bettencourt est passé en Suisse « grâce au réseau de Pierre de Bénouville ». Il arrive à Genève muni d'une lettre de recommandation auprès de la filiale suisse de L'Oréal (créée en 1942), signée d'un certain... Eugène Schueller. Durant la guerre, Bettencourt n'a pas perdu le contact avec l'industriel.

À Genève, l'ancien du « 104 », toujours selon Pierre Péan, assure également la liaison avec les Américains et les Anglais. Bénouville, lui, a sympathisé avec le chef de l'OSS (Office of Strategic Services, les services américains de l'époque), Allen Dulles. En 1953, ce dernier prendra la tête de la CIA.

En dépit des poursuites contre lui, Eugène Schueller demeure libre. L'épuration fut bien plus sévère avec d'autres patrons, notamment dans le secteur automobile. Il a perdu une bataille, mais pas la guerre. En tout cas, pas celle-ci. Bénouville va sortir le grand jeu pour lui éviter d'être frappé d'indignité nationale.

15.
On ne résiste pas à Bénouville !

« Voyons avec Pierre, il a sans doute une idée. » Quand, à la Libération, on a des ennuis, c'est vers Bénouville qu'il faut se tourner. Que pourrait-il refuser à ses amis ? Rien. Promu par de Gaulle au grade de général de brigade FFI avec Jacques Chaban-Delmas, Maurice Chevance-Bertin et Alfred Malleret-Joinville, compagnon de la Libération, chevalier de la Légion d'honneur, dans la clandestinité membre du Comité directeur du Mouvement de libération nationale, chef du Service des relations extérieures de la Résistance... Lorsqu'il décline son pedigree, les épurateurs l'écoutent.

Bénouville épluche le dossier d'Eugène Schueller. Il ne comprend pas la décision qui le frappe. Le comité d'enquête n'a-t-il pas délivré un avis favorable à l'industriel ? D'autres résistants que lui ont témoigné en sa faveur : le communiste Jacques Sadoul, un de ses amis d'enfance, et Bernard de Chalvron, membre du Conseil national de la Résistance. Des employés de sa société ont attesté qu'il avait protégé des Juifs.

On lui reproche son livre, *La Révolution de l'économie*, paru en 1941, et dans lequel il aurait énoncé les principes d'un « patronat de combat » ? « Si vous voulez bien prendre connaissance de cet ouvrage, écrit-il, le 19 novembre 1946, à l'une des personnalités en charge du dossier, M. Jouannet, vous verrez sans peine l'absurdité de ces accusations ».

Et la causerie à la radio sous l'Occupation pour la Relève ? « J'ai interrogé M. Schueller sur ce point ; en fait, voici la vérité : il a accepté de faire à la radio quatre conférences sur les cantines ouvrières, pour inciter les patrons à créer des cantines dans une période où les ouvriers ne pouvaient pas se nourrir ; sur les jardins ouvriers, dans une période où il était nécessaire de tout faire pour augmenter le rendement agricole de notre pays. Au terme de la quatrième conférence, interrogé sur la Relève, il a déclaré qu'il trouvait normal que ceux qui n'avaient pas souffert de la captivité aillent relever ceux qui en souffraient encore. Est-il utile de dire que cet Alsacien, lieutenant d'infanterie, chevalier de la Légion d'honneur au titre militaire, ignorait les conditions dans lesquelles allait s'opérer la Relève, qui ne se ferait pas à un contre un mais à un contre trois ou quatre[1]. »

Bénouville ne s'en tient pas là. Il multiplie les interventions auprès des commissaires du gouvernement, des préfets et des magistrats. Il exige d'être entendu et, comme il voyage beaucoup, notamment aux États-Unis, il demande que l'on ait « l'extrême complaisance de vouloir bien attendre jusqu'à son retour en ce qui concerne l'affaire Schueller ».

Son témoignage en faveur du patron de L'Oréal aura

un effet décisif. Il affirme que de ce dernier a été depuis 1942 en contact avec les services qu'il dirigeait dans la clandestinité et a « couru les mêmes risques qu'eux », écrit-il à un commissaire du gouvernement.

1942 marque un tournant important dans la guerre. L'opération Torch permet aux Anglais et aux Américains de débarquer en Afrique du Nord, au mois de novembre. Ce débarquement « fragilise l'État français en lui retirant ses atouts, notent Jean-Pierre Azéma et Olivier Wieviorka. Pour se faire entendre du Reich, il ne disposait que de trois cartes – l'Empire, la flotte et son maigre territoire. Mais, en le privant de ces moyens en moins de deux semaines, la marche du conflit précipite la satellisation d'un régime désarmé, dorénavant soumis à l'entière volonté du vainqueur[2] ». Le 11 novembre 1942, Hitler déclenche l'opération Anton et les Allemands occupent la zone libre. L'opinion, jusque-là plutôt attentiste, va changer.

Schueller a sans doute, lui aussi, senti le vent tourner. Le 27 décembre 1946, Bénouville a rédigé une attestation qui précise les faits de Résistance de l'entrepreneur : « J'ai utilisé les informations de Monsieur Schueller depuis 1942 jusqu'en mars 1944, par l'intermédiaire de Max Brusset, dit Motherland, aujourd'hui député de la Charente-Maritime. M. Schueller avait pour mission principale de réunir certains documents confidentiels tels que ceux émanant de l'agence pro-allemande "InterFrance" et, par ailleurs, de nous fournir des renseignements sur les milieux industriels. Je suis rentré moi-même en contact direct avec M. Schueller lorsque je lui ai demandé l'établissement d'un long rapport détaillé qu'il devait me remettre en mains propres au domicile de Max Brusset, 63, bd Raspail, un jour du mois de mars 1944, à 11 heures du matin. La Gestapo s'étant emparée ce jour-là dès 7 heures du matin du domicile de

M. Brusset, et M. Schueller et moi-même ayant pu être avertis à temps, cette dernière rencontre n'a pas eu lieu. Il est néanmoins indiscutable qu'il a rendu dans les limites du temps ci-dessus indiqué des services constants à nos formations et qu'il rentre donc dans la catégorie des personnes ayant participé à la Résistance, lesquelles, conformément aux termes de la loi, ne sauraient être inquiétées pour des activités antérieures. »

Son activisme paie. Il obtient que le dossier soit à nouveau examiné. Le 25 juin 1947, le comité d'épuration prononce un nouveau jugement. Eugène Schueller, le roi de la teinture, est blanchi. Il a « peut-être commis une imprudence », mais uniquement « pour soutenir sa thèse favorite sur le salaire proportionnel ». Oubliée, sa participation au Mouvement social révolutionnaire. Oubliée, sa visite à l'ambassade d'Allemagne. En aucun cas il n'a eu l'« intention consciente de favoriser les desseins de l'ennemi ». Mieux : « Depuis le premier jour jusqu'au dernier de l'Occupation, écrit le comité d'épuration, Schueller a prouvé qu'il était un bon patriote et a pris une part active dans la Résistance. »

On croirait lire du Bénouville... Le dossier Schueller sera classé le 6 décembre 1948.

16.
Technique du coup d'État

En 1931 paraît en France un livre que François Mitterrand et ses amis sont trop jeunes pour lire : *Technique du coup d'État.* Mais ils s'y plongeront probablement bientôt.

Son auteur est un personnage flamboyant, précurseur de l'intellectuel engagé : Curzio Malaparte. « Conspirateur roué, envoyé sur tous les fronts de guerre, capable de passer des salons aux tranchées, des usines aux longues marches, des bûchers aux bénitiers, de Lénine à Hitler, de Mussolini à Mao, des anarchistes au pape[1] », ainsi le décrit son biographe Maurizio Serra.

En 1931, Malaparte n'a pas encore publié ses deux chefs-d'œuvre, *Kaputt* et *La Peau*. Mais son texte va nourrir d'âpres débats. L'écrivain a été l'un des théoriciens du fascisme avant d'en devenir un féroce critique. *Technique du coup d'État* peut se lire au premier degré comme un mode d'emploi pour prendre le pouvoir. Malaparte décortique huit coups d'État modernes parmi lesquels ceux de Bonaparte, de Mussolini, d'Hitler et la révolution bolchevique de 1917. En réalité, cet ouvrage constitue un formidable guide de survie pour les démocrates. Informés des stratégies déployées par les forces totalitaires, ils pourront mieux se défendre.

Le chapitre consacré à la révolution de 1917 suscitera beaucoup d'intérêt… à la droite de la droite. Malaparte oppose Lénine à Trotski. Lénine, selon lui, « n'avait pas le sens de la réalité, il manquait de précision et de mesure […] ». Il voulait « soulever les masses contre le gouvernement […], submerger la Russie sous la marée prolétarienne, donner le signal de l'insurrection à tout le peuple de Russie ».

Tout autre se révèle la stratégie de Trotski : pour lui, il faut « avant tout occuper la ville, s'emparer des points stratégiques, renverser le gouvernement. Il est nécessaire, pour cela, d'organiser l'insurrection, de former et de dresser une troupe d'assaut. Peu de gens ; les masses ne nous servent à rien ; une petite troupe suffit. […] Je ne crois pas que ce soit tellement compliqué. Les choses dangereuses sont toujours extrêmement simples. Pour réussir, il ne faut point se méfier des circonstances défavorables, ni se fier à celles qui sont favorables. Il faut frapper au ventre : cela ne fait pas de bruit. L'insurrection est une machine qui ne fait pas de bruit ».

Craignant un coup d'État communiste, les animateurs de la Cagoule étudièrent les techniques de Trotski. Et s'inspirèrent de certaines d'entre elles[2]. « Peu de gens ; les masses ne servent à rien » : la devise trotskiste semble avoir nourri le petit cours de conquête du pouvoir que François Mitterrand donnera à son complice Roland Dumas vingt ans plus tard. Que ce soit dans la Résistance, après la guerre ou lors de sa prise de contrôle du Parti socialiste au congrès d'Épinay, le Machiavel charentais procédera-t-il autrement ?

17.
Les premières attaques

Les premiers coups de semonce ne vont pas tarder à se faire entendre. Ils viennent de la gauche.

En 1948, François Mitterrand est nommé secrétaire d'État à l'Information. *L'Humanité-dimanche*, publication du Parti communiste français, brosse son portrait : « Ce sous-ministre fut l'un des premiers vichystes de France, ce qui lui valut de figurer sur la liste des dignitaires de la francisque. » *Le Progrès social du Centre*, organe de la fédération socialiste de la Nièvre, où Mitterrand a été élu député sur une liste de droite, renchérit : « De la francisque à l'extrême gauche, buvant le calice jusqu'à la lie, "Mitterrand le déloyal" va au comble de l'abjection. La légende est détruite, mais cet homme reste dangereux. »

La droite gaulliste embraiera un peu plus tard. Le 3 décembre 1954, alors que Mitterrand est ministre de l'Intérieur de Pierre Mendès France, le député de la Sarthe Raymond Dronne l'apostrophe violemment : « Le grand républicain que vous prétendez être a un passé trop fluctuant pour pouvoir inspirer ce sentiment qui ne se commande pas, qui est en quelque sorte un élan instinctif et qui s'appelle la confiance. Je ne vous reproche pas d'avoir arboré successivement la fleur de lys et la francisque d'honneur… » Mitterrand, la lèvre méprisante, le coupe en lançant du tac au tac : « Tout cela est faux. »

Ce « mutisme hautain » sera presque, jusqu'à sa mort, sa ligne de conduite face aux critiques sur sa Résistance. Pierre de Bénouville l'explique ainsi à Franz-Olivier Giesbert en 1977 : « François Mitterrand a été l'un des grands résistants français. Mais l'Histoire a été injuste avec lui. N'importe ! Il a toujours su mesurer l'importance des choses. Il n'a pas confondu cette injustice avec la peine qu'il en avait. Alors, il n'a pas cherché à prouver ou à réfuter. Il a laissé dire[1]. »

Qu'aurait-il eu à « prouver » ou à « réfuter » ? Cette francisque, Mitterrand l'a bien obtenue au tout début du printemps 1943 des mains du maréchal Pétain.

18.
Un programme cagoulard

Le 10 novembre 1946, les électeurs de la Nièvre, comme tous les Français, sont invités à élire leurs représentants à la première Assemblée nationale d'après-guerre. La Constitution de la IVe République vient d'être adoptée.

La « Liste d'action et d'unité républicaine[1] », qui se présente à leurs suffrages, ne cache pas son orientation. Elle veut en finir avec le tripartisme (Parti communiste, SFIO, MRP), qui a « suscité des scandales », « accumulé les réglementations, les brimades, les interdictions », « tenté de supprimer les libertés publiques » et « violé la propriété individuelle ». Elle entend notamment rétablir « la liberté d'enseignement contre le monopole de l'État » et « la liberté du commerce et de l'agriculture contre les contrôles excessifs, les règlements abusifs ». Certes, elle rappelle que « les droits économiques et sociaux des travailleurs sont respectés ainsi que leur liberté syndicale ». Mais ses ennemis sont clairement désignés : tous ceux qui préparent « la bolchévisation de la France ».

À la tête de cette liste, un « garçon charmant, très intelligent et bel orateur », comme le décrira Edmond Barrachin, chef de file du Parti républicain de la liberté, une formation de droite de l'époque qui le recommande aux électeurs. Il s'est déclaré candidat à la dernière minute et s'appelle François Mitterrand.

Le futur patron des socialistes apparaît pour l'heure comme le « candidat des châteaux », selon la formule de l'historien Éric Roussel[2]. Les « châteaux », fort puissants dans un département où l'on compte « trois ducs et pairs » (l'expression est de François Mitterrand, note le biographe), se mobilisent pour le faire élire.

Pour financer sa campagne, Mitterrand bénéficie de l'aide du marquis de Roüalle, propriétaire du jambon Olida. Le fils de ce dernier brossera à Catherine Nay le portrait suivant du candidat : « Un jeune homme catholique et bien-pensant... Il était pour nous le candidat idéal, tout à fait de notre bord[3]. »

Mitterrand, qui a échoué six mois plus tôt aux élections à l'Assemblée constituante dans la cinquième circonscription de la Seine (Neuilly, Asnières, Saint-Ouen, Clichy, Levallois, Courbevoie, Puteaux), se fait cette fois élire. Il a trente ans.

Le roi du jambon a-t-il été son seul bienfaiteur ? Dans leur livre *La Main droite de Dieu*[4], une enquête sur les liens entre François Mitterrand et l'extrême droite, les journalistes Emmanuel Faux, Thomas Legrand et Gilles Perez affirment qu'Eugène Schueller a encouragé « son nouveau cadre à faire de la politique ». Selon eux, « Mitterrand ne cherche pas vraiment à se faire prier. Il dispose d'une enveloppe budgétaire de L'Oréal pour boucler sa première campagne ».

En 1972, le périodique satirique *Le Crapouillot*, créé en 1915 par Jean Galtier-Boissière, avait publié un dossier très fouillé sur le futur président de la République : « Le petit Mitterrand illustré ». Au départ, *Le Crapouillot* était une feuille artistique et littéraire. Elle s'est beaucoup politisée par la suite. Et droitisée. En 1972, sa direction est assurée par trois hommes partisans de l'Algérie française : Jean Boizeau, Jean Bourdier et l'éditeur Roland Laudenbach. À l'époque, cette publication a encore la réputation d'être bien informée. Notamment sur la droite dure.

Que lit-on dans ce numéro spécial consacré à Mitterrand ? « En 1946, Eugène Schueller poursuit ses rêves de pouvoir. Pour les concrétiser, il finance de jeunes espoirs qu'il lance à l'assaut de circonscriptions. Pour le département de la Nièvre, il a trouvé son candidat : un jeune homme plein d'allant au nom prestigieux et aux idées saines. »

Un jeune fonctionnaire, écrit *Le Crapouillot,* dont Schueller rédige l'affiche et la profession de foi. L'impétrant se rend sur le terrain et remonte, affolé : « C'est un programme d'extrême droite que vous voulez me faire défendre ! Un programme cagoulard. Je refuse ! » Schueller lui aurait répondu : « Tant pis pour vous ! J'ai quelqu'un d'autre. Lui, il acceptera. » « Lui », c'est François Mitterrand.

19.
« Je n'ai pas à faire le tri des bulletins »

En 1992, Jean-Pierre Soisson, homme politique de centre-droit qui fut le ministre d'ouverture du gouvernement de Michel Rocard, est élu à la présidence du Conseil régional de Bourgogne grâce aux voix du Parti socialiste, des Verts et du… Front national. Il démissionne un an plus tard à la suite de la polémique déclenchée par les circonstances de son élection.

On n'accepte pas les voix du diable, clame la gauche.

François Mitterrand tient pourtant un autre discours à Soisson. Le président est très attaché à cette région où de nombreux noms de villes lui rappellent des souvenirs :

Cluny, Vézelay, la roche de Solutré. Il a même envisagé de se faire enterrer au sommet du mont Beuvray, un site gaulois remarquable.

« Je l'ai eu au téléphone, se souvient Soisson, et je lui ai expliqué mon dilemme. Il m'a répondu : "Quand on a la Bourgogne, on la garde", et il a raccroché[1]. »

En 1998, Soisson sera réélu, toujours avec certaines voix du FN, mais cette fois avec aussi celles du RPR, des centristes et des chasseurs. La Bourgogne a bon dos. En réalité, Mitterrand n'a pas les mêmes scrupules que ses thuriféraires socialistes. Lui aussi a été élu avec des voix d'extrême droite.

À l'élection présidentielle de 1965, il réussit à mettre de Gaulle en ballottage. Il l'affronte au second tour. Et qui donc appelle à voter pour lui ? Le candidat d'extrême droite, Jean-Louis Tixier-Vignancour, arrivé en quatrième position avec 5,20 % des suffrages exprimés. Mitterrand connaît bien cet avocat de l'Algérie française, qui lui a demandé de témoigner au procès du général Salan. Tixier est, comme lui, décoré de la francisque (numéro 75). De 1940 à 1941, il a été secrétaire général adjoint à l'Information du gouvernement de Vichy. Lui aussi était partisan de Pétain tout en étant opposé aux Allemands. Tixier s'est choisi comme directeur de campagne un agitateur qui fait déjà beaucoup parler de lui : Jean-Marie Le Pen.

Comment Mitterrand a-t-il réagi à ce ralliement ?

Après la proclamation des résultats du premier tour, le candidat de l'union de la gauche se rend chez son ami Georges Dayan, rue de Rivoli, à Paris. Pierre Mendès France l'y rejoint. Jacques Derogy et Jean-François Kahn rapportent leur échange dans leur livre *Les Secrets du ballottage*[2] : « Et les tixiéristes, allez-vous les récuser publiquement ? » lui demande Mendès. « Je n'ai pas à faire le tri des bulletins qui se porteront sur moi », lui répond Mitterrand. Pierre Mendès France prend ses distances.

Dans les jours qui suivent, racontent Emmanuel Faux, Thomas Legrand et Gilles Perez, « les manifestations de soutien de l'extrême droite au candidat de la gauche se multiplient[3] ». Elles ont toutes un point en commun : leur attachement à l'Algérie française.

« Il faut bien comprendre une chose, m'expliqua Dominique Venner, ancien de l'OAS. Pour notre famille politique, comme pour Mitterrand, de Gaulle était l'adversaire absolu. Il était un ennemi à double titre : parce qu'il avait combattu Vichy et parce qu'il bradait l'Algérie. Mitterrand, lui, savait ce que c'était Vichy. Et il avait sincèrement cru, sous la IVe République, que l'Algérie devait rester dans un ensemble français[4]. »

Pendant que Mitterrand sculptait son image d'homme de gauche, la France antigaulliste de droite voyait en lui un autre visage. Il sut lui adresser les messages subliminaux qu'il fallait pour la neutraliser. Cet homme était vraiment le Fantômas de la politique française.

20.
« Cela mettrait en cause trop de gens connus… »

Au centre de tout, on y revient toujours, cette fameuse Cagoule. Elle jouera un rôle, certes différent mais bien réel, après la guerre. C'est vrai pour la joyeuse bande et notamment pour le plus exalté d'entre eux, Pierre de Bénouville.

« Schueller et lui ont dû faire connaissance avant guerre, avance Jacques Hogard. Tous deux étaient dans la mouvance de la Cagoule. S'il s'est battu pour lui à la Libération, c'était probablement au nom de cette proximité politique mais aussi de cette fidélité à ses engagements et à ses amis, qui est la marque la plus caractéristique de toute sa vie. Mais il est également possible que Mitterrand et ses amis Dalle et Bettencourt lui aient demandé ce service. »

« J'étais convaincu qu'il fallait s'insurger, finit par avouer Bénouville à Laure Adler lors de leurs entretiens. J'ai toujours été comme ça, oui. Ma vie s'organisait autour de ce groupe : avoir des rendez-vous, des conciliabules. »

A-t-il été plus loin dans son engagement ? La Cagoule a commis des attentats et des assassinats. À commencer par celui du banquier russe Dimitri Navachine, qui prit part à la révolution d'Octobre. Le 24 janvier 1937, avenue du Parc-des-Princes, à Paris, il est exécuté de six coups de baïonnette tronquée dont un en plein cœur. L'auteur des coups mortels se nomme Jean Filiol, un cagoulard qu'Eugène Schueller retrouvera en 1941-1942 au sein du Mouvement social révolutionnaire. Un boucher, ce Filiol, qui aurait sur les mains le sang d'une centaine de crimes. Lui aussi vient, comme Bénouville, de la XVIIe section des Camelots du roi...

« Je suis sûr que Navachine était dangereux pour l'indépendance nationale », affirme Bénouville. Il conteste avoir été mêlé à cette histoire. « Mais à d'autres ? » lui demande Laure Adler. « Oui », répond-il.

S'ensuit ce dialogue entre le général et l'ancienne conseillère de François Mitterrand à l'Élysée : « Eh bien, un jour il faudra bien le dire, alors pourquoi pas aujourd'hui ? le relance-t-elle.

– Non.

– Comment, non ? Vous n'allez pas me mentir ?

– Je ne parlerai pas. Cela mettrait en cause trop de gens connus... » À qui songe-t-il alors ?

À Eugène Schueller et à son entourage ? Dans leur livre *Les Patrons sous l'Occupation*[1], Renaud de Rochebrune et Jean-Claude Hazera tiennent pour acquis que le patron de Monsavon et de la peinture Valentinc finançait Eugène Deloncle, dont il était l'ami. On n'a jamais pu apporter les preuves de son financement.

Dans l'enquête réalisée par Jean Charbonnel, son nom n'est même pas mentionné parmi les financiers de l'OSARN. Celle-ci a dépensé des « sommes énormes » pour l'achat des armes, la construction d'ouvrages secrets pour les cacher, l'entretien d'agents à l'étranger, et la recherche de renseignements. « Certains de ses agents vivaient uniquement des subsides de l'organisation : ainsi Jean Bouvyer, une connaissance de François Mitterrand, pour faire des filatures. » D'où provenaient les fonds ? De subventions de particuliers et surtout de sociétés commerciales, notamment de la région lyonnaise, avec une « très large participation du groupe Péchiney ».

Selon les indicateurs de police, d'autres gros industriels auraient participé à l'affaire. Lesquels ? « Les experts financiers qui ont examiné la comptabilité des établissements Michelin n'ont trouvé aucune trace de versements effectués par cette firme. L'examen des comptes de Citroën n'a pas donné de résultats plus fructueux.

Schueller était-il vraiment un type d'extrême droite ? « Je continue à penser qu'il n'a pas eu d'engagement politique sérieux[2] », dira François Dalle.

21.
La francisque

Mitterrand décoré de la francisque, c'est une image qu'on découvrira en 1994 sur la couverture du livre du journaliste Pierre Péan, *Une jeunesse française.* Une photo « choc », comme on dit, qui scandalisera beaucoup de Français.

Ceux-ci verront dans cette francisque une marque d'infamie sur la veste du président socialiste, qui achève alors son second septennat. Le symbole d'une grande duperie en même temps que d'une trahison impardonnable.

Qu'est-ce donc que cette francisque ? La « distinction récompensant les plus zélés partisans de Philippe Pétain, maréchal de France, chef de l'État », rappelle Éric Roussel dans sa biographie de Mitterrand. « Pour y prétendre, explique-t-il, il fallait tout à la fois avoir manifesté avant la guerre une action politique conforme aux principes de la révolution nationale, avoir montré depuis 1940 un attachement actif à l'œuvre et à la personne du Maréchal, enfin faire état de brillants états de services militaires ou civiques[1]. »

Ce jour-là, dans le salon de l'hôtel du Parc, François Mitterrand est entouré de ses deux parrains : le journaliste Simon Arbellot de Vacqueur, directeur des services de presse de Vichy, et Gabriel Jeantet, directeur de *France,* « revue de l'État nouveau », à laquelle l'impétrant collabore. Jeantet a été, avant-guerre, membre de la Cagoule, encore elle…

22.
Guerre d'Algérie, l'autre trou de mémoire

Il est un autre trou noir dans l'histoire de François Mitterrand : la guerre d'Algérie. J'ai grandi avec l'idée que celui-ci avait été un libéral sur les questions de décolonisation. Ministre de la France d'outre-mer de juillet 1950 à juillet 1951, il se préoccupe de l'Afrique subsaharienne. Sa politique allait plutôt dans le sens d'une « indépendance progressive ».

Le 1er novembre 1954, lorsque éclate l'insurrection en Algérie, Mitterrand occupe les fonctions de ministre de l'Intérieur. Il défend l'ordre avant tout. En février 1956, il prend le portefeuille de la Justice dans le gouvernement de Guy Mollet. À ce titre, il est également vice-président du Conseil supérieur de la magistrature chargé d'examiner les dossiers de recours en grâce des militants du FLN. Un rôle prépondérant.

En 2010, l'historien Benjamin Stora et le journaliste François Malye révèlent dans un livre[1] que, « lorsque Mitterrand quitte le pouvoir, le 21 mai 1957, 45 condamnés à mort ont été guillotinés ». Il a refusé sa grâce pour la majorité des condamnés. Le même homme qui, un quart de siècle plus tard, abolira la peine de mort.

Comment expliquer l'attitude de Mitterrand ? « Durant ces seize longs mois, racontent Stora et Malye, il s'est tenu à l'affût, en retrait. Il apparaît silencieux, calculant toujours, en fin politique, le coup d'après. Mais, pour durer, il fait donner des gages, montrer aux plus durs du gouvernement qu'ils peuvent compter sur lui. »

Ce passé-là aussi, il s'emploiera à soigneusement le dissimuler lorsqu'il s'agira de rassembler la gauche.

Les révélations de Stora et Malye n'ont guère surpris Jean-Marie Le Pen. Député, il s'est engagé pour six mois dans le 1er régiment parachutiste en 1956. Plusieurs fois accusé d'avoir pratiqué la torture, il a nié.

La villa blanche de Rueil-Malmaison, près de Paris, où le leader nationaliste coule sa retraite est en effervescence ce jour-là.

Non pas à cause du léger AVC que le fondateur du Front national a subi la veille. Au téléphone, il règle les détails de son hospitalisation le soir même à l'hôpital Ambroise-Paré. Il arrivera discrètement pour subir un scanner cérébral et une échographie des carotides. Mais ce qui préoccupe davantage le Breton, c'est la décision de sa petite-fille, Marion Maréchal, de ne pas soutenir sa tante Marine Le Pen à la présidentielle de 2022. On s'attend à ce qu'elle rallie Éric Zemmour.

Notre rendez-vous a été pris depuis plusieurs semaines. Et Le Pen, malgré son état de santé et cette actualité politico-familiale chargée, a tenu à l'honorer. C'est la troisième fois en dix ans que j'ai l'occasion de l'interroger sur ses relations avec Mitterrand, Bénouville, Dalle et Bettencourt. Un sujet qu'il a plaisir à aborder jusqu'à un certain point.

Lors d'un entretien, je lui avais demandé de me situer la compatibilité des présidents de la République avec l'extrême droite, sur une échelle de 1 à 10. « Mitterrand, c'est 6 sur 10. Chirac, 2 sur 10 ! » m'avait-il répondu dans un éclat de rire carnassier. L'hostilité à de Gaulle a là aussi joué dans son appréciation.

En 1955, Le Pen était allé porter la contradiction à Mitterrand, alors candidat à la députation dans la Nièvre, lors de l'un de ses meetings. Les deux fauves font ensuite connaissance au procès du général Salan devant le haut tribunal militaire, en 1962. L'audience a pris du retard. Les deux témoins se retrouvent dans la même salle à patienter. « C'était très sympathique, se souvient Le Pen. Ce roué savait séduire[2]. »

Le Pen sait, plus que d'autres, quel rôle a joué Mitterrand au moment de la guerre d'Algérie. Et il l'approuve plutôt.

Au procès Salan, Mitterrand rappelle que ce dernier a fait l'objet d'un attentat en 1957, dont il a réchappé, contrairement à son accompagnateur, le commandant Robert Rodier. « Commencer à tuer un Français parce qu'on n'est pas d'accord avec lui, cela oblige à poser cette question : quand donc la patrie reconnaîtra-t-elle les siens ? » s'interroge à haute voix Mitterrand. Partisan de l'Algérie française, Le Pen apprécie en écoutant son témoignage.

En 1965, l'avocat Tixier-Vignancour, candidat à la présidentielle, appellera au second tour à voter Mitterrand, on l'a vu. « Ce ralliement s'est organisé derrière mon dos, affirme Le Pen. C'est la génération de Vichy qui a organisé cela. Gabriel Jeantet, qui a été le parrain de Mitterrand pour l'obtention de la francisque, avant de militer dans nos rangs, a beaucoup œuvré à ce moment-là[3]. »

Après son élection à la présidence de la République, Mitterrand montre qu'il n'a pas changé d'opinion vis-à-vis de l'Algérie : « Il appartient à la nation, au bout de vingt ans, de pardonner », déclare-t-il. Et il va faire un geste qui lui vaudra la grande mansuétude de Jean-Marie Le Pen. En même temps que l'incompréhension d'une partie des socialistes.

Le 29 septembre 1982, le chef de son premier gouvernement, Pierre Mauroy, présente au Conseil des ministres un projet de loi « relatif au règlement de certaines conséquences des événements d'Afrique du Nord ». Celui-ci comporte un volet hautement inflammable : la réhabilitation de huit généraux putschistes, parmi lesquels Raoul Salan, qui prend la forme d'une « réintégration dans le cadre de réserve », comme le raconte le journaliste spécialiste des questions de défense Jean Guisnel.

Président du groupe socialiste à l'Assemblée nationale, Pierre Joxe, qui a effectué son temps de service militaire en Algérie, ne veut pas entendre parler d'amnistie. Il n'a pas oublié que l'OAS avait mis à prix la tête de son père, Louis, ministre du général de Gaulle et négociateur des accords d'Évian. Le bureau exécutif du Parti socialiste exige le retrait du texte ou l'exclusion des putschistes de son bénéfice.

Paule Dayan, chargée des relations entre l'Élysée et le Parlement, et fille de Georges Dayan, autre ami très proche de François Mitterrand, se rend devant le groupe socialiste pour confirmer que la loi d'amnistie exprime bien la volonté présidentielle.

Qu'à cela ne tienne, les socialistes, rejoints par quelques gaullistes et communistes, font adopter un amendement qui exclut les généraux putschistes de la loi. Mitterrand a beau tenter de retourner certains de ses soldats, c'est un camouflet pour lui.

Pierre Mauroy doit se résoudre à demander l'autorisation d'engager la responsabilité de son gouvernement pour faire adopter son texte. C'est la première fois de l'ère mitterrandienne.

« Mitterrand avait fait des promesses aux pieds-noirs, m'explique Roland Dumas. Il ne voulait pas revenir dessus. Quand ça a coincé avec les socialistes, Bénouville, qui était très Algérie française, l'a poussé à ne pas lâcher[4]. »

Jean-Marie Le Pen se souvient que Bénouville lui a parlé lors de cette polémique. Ce dernier voulait le rassurer sur la volonté de son ami président d'aller au bout de ce « geste de réconciliation ».

« Politiquement, avec Bénouville, nous n'étions pas loin, confie Le Pen. Nous avions des relations très cordiales, très chaleureuses. Il a fait passer des messages[5]... »

23.
Un homme libéré

Début juin 1944, François Mitterrand a vingt-sept ans et il appartient déjà à l'équipe qui assure le pouvoir civil en attendant le débarquement et la Libération. Il a été nommé secrétaire général provisoire, correspondant du ministre des Prisonniers, Déportés et Réfugiés.

En août, lors de la libération de Paris, avec son ami Jean Munier, connu en captivité, il prend possession, arme au poing, du Commissariat général aux prisonniers, rue Meyerbeer, près de l'Opéra Garnier. « Il n'y a plus à discuter, c'est la révolution », aurait-il dit à l'occupant des lieux, qui tardait à céder sa place.

Pendant ce temps-là, un autre de ses camarades, Roger-Patrice Pelat, investit le siège de Radio Paris, sur les Champs-Élysées. Puis celui que l'on surnomme « le colonel Patrice » s'empare, rue du Croissant, là où Jaurès a été assassiné, d'une imprimerie. Très vite, Mitterrand et les siens y font fabriquer les premiers numéros d'un journal, *L'Homme libre*, qui est l'organe du Mouvement national des prisonniers de guerre et déportés.

Rue Meyerbeer, il constitue une équipe autour de lui, et fait notamment appel à André Bettencourt.

Le 25 août, il se trouve aux côtés de de Gaulle, à l'Hôtel de Ville. D'une fenêtre, ce dernier salue la foule. Mitterrand l'aurait empêché de tomber dans le vide. Quelques jours plus tard, le rencontrant, le chef de la France libre le salue d'un « Encore vous ! ».

Semaines grisantes pour Mitterrand. Mais il déchante vite. De Gaulle forme un nouveau gouvernement, dont Mitterrand est écarté. Henri Frenay, qui hérite du ministère des Prisonniers et des Déportés, propose au Charentais un poste de secrétaire général. Chef de l'administration, en quelque sorte.

« L'offre, me semble-t-il, est alléchante, presque inespérée pour un homme de son âge et de sa formation, écrit le chef de Combat dans son livre *La nuit finira*[1], édité avec l'aide de Pierre de Bénouville. Elle est cependant déclinée car les ambitions de François Mitterrand sont ailleurs, et plus encore. »

Pour ce dernier, c'est une rupture nette avec les dirigeants de la France libre. Mais il se retrouve sans situation.

Le 28 octobre 1944, il épouse Danielle Gouze en l'église Saint-Séverin, dans le Quartier latin. André Bettencourt l'aide à revêtir son habit de marié. Le couple s'installe à Auteuil, dans le XVIe arrondissement de Paris. *Auteuil*, c'est aussi le titre d'un délicieux roman amoraliste de Jean Freustié qu'il lira quelques années plus tard. L'histoire d'un jeune médecin célibataire épris d'une femme mariée.

En attendant, il cherche une situation stable. Ses amis Dalle et Bettencourt lui en procurent une. Ils le pistonnent auprès d'Eugène Schueller. Ce dernier « sait bien qu'il aura des comptes à rendre à la justice pour ses activités avant la guerre et pendant l'Occupation, écrit

Franz-Olivier Giesbert. Il a donc tout intérêt à s'assurer la caution de résistants tel François Mitterrand ».

Mitterrand prend la tête de la société d'exploitation de la revue que Schueller a créée avant-guerre, *Votre beauté*, consacrée à la mode et aux femmes.

J'ai eu toutes les peines du monde à en trouver des exemplaires. Le site du Boncoin m'en a proposé deux, ultérieurs au passage de Mitterrand. C'est une élégante revue très illustrée, remplie de considérations sur la chevelure, le bronzage et la manucure. Selon Giesbert, ce dernier y aurait signé des « chroniques parfumées à l'eau de rose » sous le pseudonyme de Frédérique Marnais.

« Il faut que tous les foyers s'animent, qu'ils se fleurissent de berceaux, lit-on sous cette signature dans le numéro de janvier 1946. C'est la vie des petits qui fait le bonheur des parents, le vrai, le solide, le durable. » Quelques mois plus tard, François et Danielle perdront, deux mois après sa naissance, leur premier enfant, baptisé Pascal.

24.
Coucou, le revoilà !

Relaxé ! Eugène Schueller peut reprendre une activité normale.

L'Alsacien serait donc un naïf embarqué malgré lui dans des aventures hasardeuses ? À la lecture de sa correspondance avec Pierre de Bénouville[1], se profile un homme obsédé par ses idées pour moderniser l'économie française, à commencer par le salaire proportionnel, basé sur la valeur et le volume de la production. Après la création du RPF par les gaullistes, au premier rang desquels Pierre de Bénouville, Schueller lui écrit pour commenter leur programme. Un seul point de celui-ci lui paraît « constructif » : l'association capital-travail. Mais, selon lui, ce n'est qu'une « interprétation un peu démagogique » de son salaire proportionnel. « Il faut donner au monde une structure nouvelle – réaliser le « plein achat » de Keynes, le « plein-emploi » de Beveridge – promettre aux hommes la plénitude matérielle – créer l'Europe. »

Bénouville lui dit transmettre ses réflexions au général de Gaulle. Le 16 mai 1951, il lui promet même, « dès que cela va être possible, d'organiser une rencontre chez le Général ».

En attendant Schueller planche, grâce à son jeune ami, devant le Comité d'études économiques du RPF. Il a fait de même en Espagne, « appelé par des personnalités du gouvernement Franco », lui raconte-t-il dans une lettre du 2 mai 1951.

Bénouville assiste à certaines de ses conférences et l'invite à lui adresser toutes ses propositions.

Le 22 novembre de la même année, le gaulliste accuse ainsi réception de la nouvelle « invention » de son aîné : « André Bettencourt m'apporte votre magnifique projet de loi, permettant à chacun une maison ou appartement. Bravo ! Félicitations pour les intentions ! »

Schueller donne du « bien affectueusement » à Bénouville. Et, dans un courrier du 17 février 1951, ce dernier exprime le souhait de le rejoindre à la Mamounia, le célèbre hôtel de Marrakech. Il termine ainsi sa missive : « Embrassez Liliane pour moi ; voici, ci-joint, une lettre pour elle. »

Un courrier galant ? Monique de Libouton, dont le

père, sympathisant de l'Action française, était à la fois le dentiste et l'ami d'Eugène Schueller, m'a assuré que Bénouville « était plutôt du genre de Liliane ». Cette dernière aurait parlé de lui à son amie au cours de leurs virées à bicyclette jusqu'au Racing, où elles allaient nager ensemble, et au théâtre, où elles allaient voir les pièces d'Anouilh. Mais comme d'un ami.

Le jeune Camelot du roi a-t-il connu le chef d'industrie avant ses amis, comme le laisse penser le témoignage de son neveu Jacques Hogard ? C'est-à-dire avant 1938, date de la rencontre d'André Bettencourt avec lui. Rien ne permet de l'attester. Mais rien ne permet non plus de l'exclure.

Un détail m'intrigue. Qui est donc cet ami journaliste qui a dit à André Bettencourt en 1938 : « Il y a un homme que tu devrais connaître, qui est vraiment extraordinaire, c'est Schueller, il faut que vous déjeuniez ensemble » ? Je n'ai pas retrouvé sa trace. Il se trouve qu'en 1938 Pierre de Bénouville venait d'entamer une carrière de journaliste. Il collabora à la presse de droite en tant que critique littéraire. Avant de signer, après l'armistice, des articles beaucoup plus politiques dans un journal pétainiste de Nice, *L'Alerte*.

Et si c'était lui, l'intermédiaire entre Bettencourt et Schueller ? Mais dans ce cas, pourquoi Bénouville aurait-il présenté Bettencourt à Schueller avant son ami du collège Saint-Paul d'Angoulême, François Mitterrand ? Quelque chose m'échappe.

La réponse est peut-être contenue dans le livre que la journaliste britannique Ruth Brandon a consacré à l'histoire secrète de l'industrie cosmétique : *La Guerre de la beauté*[2]. Selon elle, « c'est Mitterrand qui introduit Pierre de Bénouville dans la saga Schueller ». Son explication : Mitterrand avait le bon profil pour témoigner en faveur de l'industriel. Il était « haut placé dans la Résistance » et « bien vu au gouvernement ». La cour l'aurait sans doute écouté.

Seulement voilà, en 1946, Mitterrand, alors directeur du magazine *Votre beauté*, propriété du groupe L'Oréal, se lance en politique. Il mène sa première campagne électorale. Ruth Brandon évoque un manque de temps. Et s'il s'agissait plutôt de prudence ?

25.
Résister à… de Gaulle

Si Bénouville réussit à convaincre Mitterrand de mourir dans la religion de son enfance, il ne parvint pas à le convertir au gaullisme.

Gaulliste, Bénouville le fut ardemment même s'il eut des désaccords avec le Général, notamment sur l'Algérie, qu'il souhaitait française. Mais il avait une admiration sans borne pour l'homme. « J'éprouvais des sentiments filiaux à son égard[1] », dira-t-il. Et de Gaulle le lui rendit bien, ponctuant chacune de ses lettres de formules amicales et affectueuses.

Un épisode peu connu éclaire leur relation : la publication du premier tome des *Mémoires de guerre* de Charles de Gaulle, au mitan des années 50. En 1954, Bénouville travaille pour le compte de la maison Robert Laffont, dont il détient des parts. Robert Laffont a été sa « boîte aux lettres » à Marseille durant la guerre. Bénouville se déploie pour attirer de Gaulle chez Laffont. Le 13 avril 1954, il lui écrit à Colombey-les-Deux-Églises[2]. Une lettre de deux pages dans laquelle il vante les « garanties techniques supérieures » de l'éditeur qu'il représente et où il s'engage à s'aligner sur les conditions financières des maisons concurrentes, même si elles devaient être « le double des nôtres ».

Et il en profite pour dézinguer les deux autres éditeurs sur le coup, Plon et Gallimard : « Même si je n'étais pas éditeur, écrit-il, je ne pourrais pas ne pas vous dire les raisons pour lesquelles il me semble difficile d'imaginer que vos Mémoires puissent paraître soit dans une grande maison qui a une fort belle collection de Mémoires [Plon], mais qui n'a jamais su en tirer parti pour en faire de grands succès, faute du dynamisme nécessaire ; soit dans une autre très grande maison littéraire [Gallimard] dont vous ne pouvez pas ignorer qu'elle publie tous les ennemis de ce que fut la France libre, qu'elle vous considère vous-même comme un ennemi de ce qu'elle imagine être les intérêts généraux du pays, c'est-à-dire la déliquescence, et au catalogue de laquelle figurent les noms de tous ceux [Céline et Rebatet notamment] qui ont couvert la Résistance d'injures. »

Le 22 avril, de Gaulle lui répond : « Mon cher ami, je crains de vous faire de la peine. Si c'est le cas, je serai plus chagriné que vous. Si je m'appartenais assez pour n'agir que suivant ma profonde inclination, c'est à Robert Laffont que je demanderais, comme vous le souhaitiez, de se charger de l'édition du premier tome de mes mémoires de guerre. Vos projets, comme leurs auteurs, me sont, en effet, encore plus sympathiques. Mais, après avoir beaucoup réfléchi, j'ai dû me faire à l'idée qu'il était préférable ou, mieux, plus "conforme" (choix de mot affreux) de placer la présentation de l'ouvrage dans un cadre d'édition plus spécialement appliqué à ce qui est l'Histoire… » Ce refus affectera Bénouville, comme en témoigne sa correspondance privée. Lui qui est si sensible aux témoignages d'amitié et aux preuves de fidélité.

Une rencontre avait scellé leur histoire en 1942 à la villa des Oliviers, à Alger. À la suite d'un de leurs entretiens, Bénouville se rend compte, dans le jardin, qu'il a oublié son cartable. Il revient sur ses pas et découvre le Général tenant dans ses bras Anna, sa petite fille infirme, et lui chantant une chanson d'amour. « À partir de ce moment-là, mes relations avec le Général sont devenues beaucoup plus intimes. Il a vu que j'avais vu. »

Lors de la création du RPF, de Gaulle le charge des questions de défense nationale et des relations extérieures du mouvement. Après le départ du gouvernement du Général en 1946, il l'abreuve de notes sur les questions militaires et diplomatiques. Au cœur de leurs échanges : la menace soviétique. Au printemps 1948, de Gaulle charge Bénouville d'une mission aux États-Unis, où il a noué des relations haut placées durant la guerre.

Dans une lettre du 14 mai 1948[3], il lui résume « les raisons fondamentales » de son « action actuelle ». « Ma première tâche intérieure a consisté, tout en terminant la guerre, à barrer la route aux communistes », écrit-il à l'intention des interlocuteurs américains de Bénouville. Afin d'en finir avec le « régime exclusif des partis », il convient selon lui de « séparer les pouvoirs pour restaurer à la fois et séparément le Gouvernement et le Parlement ». L'organisation des pouvoirs qu'il préconise « tiendrait largement compte de l'exemple fourni par la Constitution des États-Unis d'Amérique ». « Les libertés fondamentales de l'individu seraient garanties par un État suffisamment solide. » Ce sera la Constitution de la Ve République.

« Je veux bien que cette dictature s'instaure en dépit de de Gaulle, écrira Mitterrand en 1965 dans son pamphlet *Le Coup d'État permanent*. Je veux bien, par complaisance, appeler ce dictateur d'un nom plus aimable : consul, podestat, roi sans couronne, sans chrême et sans ancêtres. Alors, elle m'apparaît plus redoutable encore. » La publication de ce brûlot causera une dispute entre Mitterrand et Bénouville. Après-guerre, le premier avait fait son miel du « régime des partis ». N'avait-il pas été onze fois ministre ? Mais il n'avait pas encore réussi à décrocher son graal : la présidence du Conseil. Avec sa constitution, de Gaulle lui fermait une porte, en quelque sorte. Il « voulait établir un certain nombre de pouvoirs sur des bases tout à fait traditionnelles, expliquera Bénouville, et François comprenait mieux que quiconque que si de Gaulle le faisait et y parvenait, lui, François, on lui retirait ce dont il avait toujours rêvé ».

C'était de Gaulle ou lui. Ce fut de Gaulle. Mitterrand se retrouve isolé. Commence pour lui une traversée du désert. Une seule issue politique s'ouvre à lui : rassembler sur son nom tout le spectre anti-gaulliste, à commencer par la gauche. Le chemin sera long pour y parvenir.

Entre de Gaulle et lui, ça n'a jamais collé. Alors que beaucoup de leurs biographies se rejoignaient sur de nombreux points : la province, le catholicisme social, le mépris de la droite d'argent, les livres de Montherlant et Mauriac... La guerre les avait tous deux changés. Ils avaient fréquenté d'autres milieux, s'étaient frottés à d'autres visions du monde.

Comme Bénouville, Mitterrand rencontre le Général à Alger. Un an et demi plus tard... le 5 décembre 1943. Mais cette fois à la villa des Glycines. Le futur président donna au moins trois versions de cette entrevue à laquelle participa son initiateur, Henri Frenay, le chef du mouvement Combat. Plus il avait besoin des voix de la gauche, plus il forçait le trait et noircissait le tableau... Une chose est sûre : cela s'est mal passé. De Gaulle se méfiait de

Mitterrand, dont il connaissait l'itinéraire sinueux depuis 1940. Et, comme le note Éric Roussel, il a percé « sa singulière personnalité ».

De Gaulle n'aime pas qu'on lui tienne tête et ce Mitterrand fait preuve d'un peu trop d'indépendance à son goût. L'homme du 18-Juin exige que les trois groupes de prisonniers et rapatriés résistants, dont celui du Charentais, s'unissent sous la responsabilité unique de Michel Cailliau, son neveu. Mais il doit reconnaître les qualités de meneur de Mitterrand. À l'issue de leur entretien, « il lui donne prééminence sur son neveu Charette pour unifier le mouvement des prisonniers[4] ».

Cette mauvaise rencontre va laisser un goût amer à Mitterrand, comme une blessure jamais refermée. « Même dans les années 80, il était encore déchaîné contre de Gaulle[5] », se souvient Jacques Attali. Pourquoi une telle véhémence ? Son biographe Éric Roussel avance une explication : « Ce que François Mitterrand ne pardonne pas à de Gaulle, c'est l'acte fondateur de son aventure, c'est-à-dire l'appel du 18 juin 1940. Certes il lui arrive et lui arrivera encore de rendre hommage au chef de la France libre pour ce geste inouï [...] Plusieurs de ses proches, notamment l'historienne Georgette Elgey, n'en sont pas moins convaincus qu'il n'a jamais pu admettre que de Gaulle ait finalement eu raison contre la raison, alors que, pour sa part, durant l'Occupation, il ne cessa de louvoyer, d'aller de compromis en compromis[6]. »

Mitterrand restera comme l'homme qui a résisté... à de Gaulle. Aurait-il rejoint la gauche s'il n'y avait pas eu cette rencontre de la villa des Glycines ? Non, selon Bénouville. Et André Bettencourt, qui sera ministre sous de Gaulle à quatre reprises, dira à Franz-Olivier Giesbert : « Le François Mitterrand que j'ai connu n'était ni bolchevique ni même socialiste. Il était vaguement de gauche, c'est tout. Il aurait donc pu être gaulliste. Imaginez que cette malheureuse affaire Caillau n'ait pas existé. Je ne crois pas qu'il y aurait eu alors ce gouffre qui ne devait cesser de s'élargir entre de Gaulle et lui[7]. »

En 1981, Mitterrand revêtira pourtant sans peine les habits de la Ve République dessinés par son ennemi. « À croire qu'ils avaient été faits sur mesure pour lui[8] », ironisera Bénouville.

26.
Le démon du bien

Le 10 mai 1940, l'armée allemande pénètre en France. En quinze jours, elle envahit le nord du pays. L'armée française, dont on vantait la puissance, ne peut résister. Le 22 juin, le gouvernement de Philippe Pétain signe l'armistice avec l'Allemagne.

L'unité à laquelle appartenait François Mitterrand est défaite, elle aussi. « J'ai été blessé devant Verdun le 14, écrit-il à sa fiancée Marie-Louise Terrasse. Un petit éclat d'obus dans le muscle à la pointe de l'omoplate droite. » Hospitalisé à Toul, à Vittel, à Bruyère puis à Lunéville, il est finalement capturé par les Allemands. Il va être emprisonné jusqu'à décembre 1941, date à laquelle il parviendra à s'évader après deux autres tentatives avortées. Les mauvaises langues diront qu'il était impatient de retrouver sa fiancée.

Grâce à un proche de François Mitterrand, j'ai pu lire une grande partie des lettres qu'il a écrites à son grand amour de jeunesse, avant qu'elles ne soient vendues aux enchères par la maison Piasa, en novembre 2021.

Quel est l'état d'esprit de Mitterrand au cours de ces journées tragiques de 1940 ? On mesure à quel point il a été pris de court, comme la plupart des Français, par la rapidité de la victoire allemande. Le 2 juin 1940, il espérait encore que son unité « arrêterait les Allemands sur l'Aisne »... Le jeune homme est tout à son amour. « Ô comme ce serait bien de créer un enfant à ce moment-là », écrit-il à celle qu'il surnomme tour à tour « ma pêche aimée », « mon joli Marilou chou », « ma toute petite fille tant chérie » (elle est de seize ans sa cadette). Il s'inquiète aussi pour ses amis du « 104 », Bettencourt et Dalle. Le 6 juin 1940, il demande : « Où sont les Bouvyer ? » (Antoinette et son fils Jean, le cagoulard, dont il a fait la connaissance en Charente).

On sent sous sa plume battre un cœur idéaliste : « Je ne suis ni un héros ni un saint : pas besoin de vous le démontrer. Je le regrette d'ailleurs. Mais je voudrais que mes qualités procèdent de l'héroïsme et de la sainteté. »

Il lit en boulimique. À sa demande, Marie-Louise Terrasse vient de lui envoyer le roman de Pierre Drieu La Rochelle, *Gilles*. De François Dalle, il a reçu *Portrait de l'Allemagne*, de Maurice Betz, qui vient de paraître. Le traducteur de Friedrich Nietzsche, de Rainer Maria Rilke et de Thomas Mann y dépeint l'esprit germanique.

Mitterrand vient d'achever *Le Démon du bien* d'Henry de Montherlant, où il a pu tomber sur cette réplique, qui a dû le piquer : « L'amour est gâché non seulement par le mariage, mais par la seule possibilité du mariage. Le spectre du mariage, agitant ses chaînes – les chaînes du mariage, il va sans dire ! –, empoisonne tout amour avec une jeune fille. » Avant-guerre, Mitterrand lit beaucoup Montherlant, que lui a fait découvrir Bénouville. Les deux amis ont trouvé en l'auteur des *Jeunes Filles* un professeur de maintien.

À l'heure où il se cherche, Mitterrand est en quête de munitions spirituelles pour affirmer sa volonté. Montherlant les lui fournit. « Rester seul, délibérément, dans une société où chaque jour davantage votre intérêt évident est de vous agréger, c'est cette forme d'héroïsme que je vous convie ici à saluer », écrit-il dans son essai *Le Solstice de juin*, paru juste après la défaite. Une charge impitoyable contre les dirigeants de la IIIe République, hantée par la « décadence française » et exhortant le pays à se régénérer. Tel est l'état d'esprit de Mitterrand en 1940, ainsi que de toute sa bande.

« Le culte du moi, chanté par Maurice Barrès et repris, un ton au-dessus, par Montherlant, le futur chef de l'État semble ne jamais s'en lasser et explique dans une large mesure sa cécité politique, son aveuglement face aux réalités de Vichy[1] », écrit l'historien Éric Roussel. Une chose est sûre pour son biographe : jusqu'à la fin de l'année 1942, François Mitterrand restera « ardemment pétainiste ».

27.
Son genre de beauté

« Petit, musclé, d'une extrême mobilité, presque toujours habillé en bleu marine, impeccable [...], cherchant à convaincre, s'adressant à vous avec ses belles mains nerveuses [...]. Un visage carré, une mâchoire solide, de beaux traits vigoureux, mais surtout des yeux bleus qui avaient pris de la douceur avec l'âge, qui vous regardaient intensément... »

Quand il décrit Eugène Schueller, André Bettencourt s'attarde longuement sur son physique, lui si pudique et si contenu d'habitude. Son texte, rédigé en 1991 pour un album d'hommage tiré à quelques centaines d'exemplaires, porte encore la trace de l'émotion ressentie lors de leur première rencontre. « J'avais pour lui autant d'affection que d'admiration », lâche-t-il.

L'étudiant est non seulement séduit par l'industriel, mais il s'en éprend comme d'un mentor. Il retient ses aphorismes : « Une seule petite idée, poussée à fond tous les jours, pendant des années, mène au bout du monde », « Une affaire c'est un chef, un, deux, trois hommes qui sont en communion d'idées avec le chef, puis cinq ou dix hommes qui marchent, ou sont indifférents, ou se tirent dans les jambes. La plupart sont un jour l'un, un jour l'autre. »

L'« enfant sage » a été vampirisé par le « magicien », pour reprendre les mots du journaliste Merry Bromberger.

François Dalle aussi va l'être. « Schueller était un grand patron visionnaire et très exigeant. Ils échangeaient par des "notes" d'un très haut niveau. Il imposait un rythme de travail effréné à mon père [1] », m'explique Jean-Baptiste Dalle. L'industriel mourra en 1957. Et Dalle lui succédera. Il l'en a informé en lui faisant transmettre par son notaire l'extrait suivant de son testament : « J'institue comme légataire universelle en toute ma propriété ma fille Liliane, en cas de décès de ma fille avant moi, Monsieur André Bettencourt, mon gendre, en cas de décès de ma fille et de mon gendre avant moi, Monsieur François Dalle. »

Il a choisi minutieusement son successeur. « Il faut continuellement chercher des hommes, des hommes, des hommes ! Une affaire, ce n'est pas des murs, des machines, c'est des hommes », répète-t-il. Il n'accorde qu'une seule fois sa confiance. Et il a le sens du clan. De ses intérêts, comme le démontre sa mansuétude à l'égard de François Mitterrand.

Les piètres qualités de gestionnaire de celui-ci, lorsqu'il dirigeait *Votre beauté*, ne lui ont pas échappé. Mitterrand les confesse à l'un de ses collaborateurs dans une lettre exhumée par l'historien Éric Roussel : « Il est certains domaines dans lesquels je suis incompétent : j'ai de la peine à me retrouver dans le dédalc des chiffres et dans les finesses des affaires[2]. » Son incompétence ne l'empêchera pas d'obtenir un prêt personnel de 131 250 francs de la part de L'Oréal.

28.
Vichysto-résistants

Comment pouvait-on avoir été à la fois résistant et, dans les premiers temps de la guerre, partisan de Pétain ? Pouvait-on passer aussi facilement de l'un à l'autre ? Comment les pétainistes étaient-ils accueillis par les résistants ?

Depuis des années, cette histoire m'obsède. Je tente de dissiper ce brouillard dans lequel j'ai grandi. Et je dois avouer que je n'y vois toujours pas très clair.

Ce destin paradoxal fut pourtant celui de Mitterrand, Bénouville et Bettencourt. Ils incarnent cette Résistance particulière que l'on regroupe sous l'étiquette de « vichysto-résistants ».

Sur ce sujet, l'historienne Bénédicte Vergez-Chaignon

a écrit un ouvrage passionnant, extrêmement documenté[1]. « Dès l'été 1940, écrit-elle, prit corps l'idée qu'il fallait faire clandestinement ce que Pétain ne pouvait pas faire officiellement, mais qu'il approuvait, pour surmonter la défaite et l'Occupation. » Bénouville était dans cet état d'esprit. Elle explique que Pétain « entretint cette ambiguïté non seulement par des propos sibyllins, mais en laissant accréditer la conviction que la Révolution nationale était la matrice de la revanche ».

Un temps, les vichysto-résistants se retrouveront dans la figure du général Giraud. « Son accession à un pouvoir civil et militaire dans l'empire colonial français, à la faveur du débarquement anglo-américain en Afrique du Nord, donna une immense crédibilité à ce qui cessa d'être une opinion pour devenir un mouvement en pleine expansion et susceptible de mordre, voire de prendre l'ascendant, sur la Résistance qui s'était formée en reconnaissant le "symbole" de Gaulle », écrit Bénédicte Vergez-Chaignon.

Mitterrand exprimera dans plusieurs lettres sa sympathie pour le général Giraud, dont la famille était bien connue de sa sœur Colette Landry. Son giraudisme doit être pris en considération dans l'appréciation de sa relation à de Gaulle. Ce dernier « gardera la main » sur l'intégration des giraudistes dans la Résistance. Et se montrera méfiant à leur égard. « Dès lors, l'union se reforma sur l'affirmation du rejet de Vichy et de Pétain, qui devint l'une des conditions de l'appartenance à la Résistance. »

Mitterrand et Bettencourt ne pourront rester trop longtemps des « vichystes hésitants » comme le fut Giraud. Sous peine de rater le train de l'Histoire.

29.
La bande vue par Roland Dumas

« On ne fait pas de la morale quand on fait de la politique. » Roland Dumas me répète cette phrase à dix ans d'intervalle. Et il ajoute encore : « Mitterrand était d'accord avec ça. »

Je le retrouve au même endroit : dans son appartement de l'île Saint-Louis à Paris. Il trottine vers ses cent ans. Le corps tourne au ralenti mais l'œil pétille toujours de malice.

De tous les mitterrandiens du premier cercle, il est le seul à me parler de la bande sans la moindre gêne. Lui préfère évoquer « une équipe ». Il n'est pas le moins du monde dérangé quand j'évoque la Cagoule devant lui. « Mitterrand pouvait m'en parler très librement. Pour moi, c'était l'ennemi. Je ne crois pas qu'il en ait été membre. Il avait des sympathies personnelles dans ce milieu-là. Cela relevait d'affinités individuelles. » Et il ajoute : « Après tout, on peut avoir des amis d'extrême droite. »

Il ne cache pas sa sympathie pour Jean-Marie Le Pen : « On a montré un monstre qu'il n'est pas. » Comme Bénouville, il ne voit pas où est le diable en politique. Il se souvient que Mitterrand le lui a présenté dans les années 1950, lors d'un dîner chez Lipp.

Dumas siégeait sur les mêmes bancs de l'Assemblée nationale que le futur leader de la gauche : au centre. Un centre plutôt à droite, d'ailleurs. Mitterrand était alors à la tête d'un petit parti, l'UDSR. Il fomentait des plans pour s'emparer d'un grand parti.

En 1958, de Gaulle est élu président de la République. Et Bénouville député, sous l'étiquette RPF, en Bretagne.

Le gaullisme de Bénouville est mis à rude épreuve par la guerre d'Algérie. Jusqu'au bout, il défend l'Algérie française. Et pour cela, il paye de sa poche et de sa personne. Il fera engager à *Jours de France* les réprouvés et les soldats perdus, raconte son biographe Guy Perrier. Aux législatives de 1962, le rassemblement gaulliste lui oppose un candidat « officiel » à Nice, qui le bat.

Entre-temps, il a déposé à la Chambre des députés un projet de loi étendant l'amnistie déjà accordée aux chefs du FLN à toutes les infractions commises en Algérie. Comme on l'a vu, il faudra attendre l'élection de François Mitterrand, vingt ans plus tard, pour qu'une amnistie générale soit imposée. Celle-ci réhabilite les généraux putschistes défendus à la vie à la mort par Bénouville.

Élu député de la première circonscription de la Dordogne, Roland Dumas est favorable à cette amnistie, à la différence d'un grand nombre de ses collègues socialistes, à commencer par le président de leur groupe à l'Assemblée nationale, Pierre Joxe, on l'a vu.

Il me raconte que ce dernier lui a « donné l'ordre de changer [son] vote ». « J'ai refusé car, bien que partisan de la première heure de l'indépendance algérienne, je voulais en finir avec les divisions françaises. » Deux personnes l'ont appelé pour le féliciter : François Mitterrand et Pierre de Bénouville.

« Pour l'Algérie, Mitterrand s'est complètement trompé, écrit Dumas dans son livre de souvenirs *Politiquement incorrect*, mais il l'a fait pour des questions électorales [...]. Il était obligé de donner des gages au Parti socialiste. Celui-ci faisait la guerre et pratiquait la torture, il fallait marcher à son pas[1]. »

Quel cynisme chez Mitterrand ! Les calculs politiques justifiaient donc de fermer les yeux sur certains principes. « Le personnage Mitterrand m'a séduit, écrit aussi Dumas. Je ne parle pas de l'homme politique. Il avait beaucoup de choses qui pouvaient pourtant repousser : ce machiavélisme, cette ambiguïté, ce passé controversé, ses fautes en Algérie et cette façon de faire "comme si". » Rien de tout cela n'a retenu Dumas. C'est dire le pouvoir de séduction mitterrandien. « Faire comme si » : on ne saurait mieux résumer ce fauve de la politique française.

Dumas lui prête devant moi une autre formule : « C'est comme ça. » Une manière de dire : « Prenez-moi tel que je suis. Mon passé est non négociable. »

Le président prit l'habitude de glisser son vieux copain Bénouville dans certains voyages officiels. Ministre des Affaires européennes et étrangères de 1983 à 1993 (hors cohabitation), Dumas se remémore une scène dans l'avion présidentiel : « Ils se parlaient dans le creux de l'oreille. » Le président vantait souvent devant lui le « courage » et la « fidélité » de Bénouville, qui avait toujours pris sa défense. « Mitterrand, comme Bénouville, avait reçu une formation nationale. Mais ce dernier avait conservé des stéréotypes dont le premier s'était débarrassé depuis longtemps. Mitterrand était beaucoup plus mesuré. Il avait un sentiment de la justice très développé[2]. »

Bénouville et lui ont veillé ensemble le corps de François Mitterrand, en janvier 1996, avenue Frédéric-Le-Play. « Je ne savais pas ce que c'était la foi véritable. Je l'ai découvert avec lui : il a prié toute la nuit pour son ami défunt. C'était impressionnant. »

Mitterrand et Bénouville avaient respiré le même encens. La foi mitterrandienne lui venait de sa mère. Toute sa vie, il a conservé son livre de messe. « Dieu », comme le surnommaient ses détracteurs, s'était fait sa propre religion.

Dumas et Bénouville fréquentent tous deux un « saint des saints » : le « club des 22 », fondé par Achille Peretti lors du retour de de Gaulle en 1958. Ce déjeuner rassemble, au restaurant Laurent, près des Champs-Élysées, la fine fleur de la Résistance.

Dumas s'est engagé en 1942 dans les Mouvements unis de la Résistance. Il transportait des armes aux maquis dans la région de Grenoble. Le 18 mai 1942, il a organisé le boycott de l'Orchestre philharmonique de Berlin, ce qui lui a valu d'être arrêté par la police française et d'être interné.

« C'était plutôt un club de droite, raconte l'ancien ministre. À l'exception de Gaston Defferre et de moi-même qui y suis entré en 1958. Il y avait aussi des types de chez Pétain. » Mitterrand n'était pas membre du club des 22. « Il a toujours été suspect aux yeux de ce monde-là », reconnaît Dumas. Autour de la table, tout le monde se connaissait. Les souvenirs fusaient, mais pas seulement. « On commentait l'actualité, et on évoquait quelquefois certaines nominations politiques. » Bénouville passait quelquefois.

Roland Dumas se montre un peu plus vague concernant les deux autres paroissiens de la petite chapelle qui m'intéresse. « Quand Mitterrand a fait le gouvernement Mendès France, il a imposé André Bettencourt, qui siégeait chez les républicains indépendants, me raconte-t-il. C'était un ami personnel. Et puis Mendès avait besoin d'alliés. Il l'a sans doute aidé à financer certaines de ses campagnes électorales. » Mais il récuse l'idée que l'époux de Liliane Schueller ait pu l'aider à acheter des biens personnels. « Je me suis occupé des actes lorsque les Mitterrand ont acheté leur maison de la rue de Bièvre. Bettencourt n'a rien payé. »

Mitterrand a-t-il songé à nommer Bettencourt Premier ministre de cohabitation, après la victoire de la droite aux législatives de 1986? «Je ne crois pas, me dit-il. En tout cas, cela n'a pas été évoqué lors de la réunion des "apôtres" qui entouraient Mitterrand, dont j'étais avec Louis Mermaz, Louis Mexandeau et d'autres.»

Je lui demande ce qui distinguait cette bande-là des autres mitterrandiennes. « Ce n'était pas de la camaraderie telle que les socialistes la concevaient. Il y avait entre eux une distance et un respect. Ils étaient liés par des secrets partagés. »

30.
La dynamo

La ruse, le sens des réseaux, la force d'entraînement – ces atouts seront d'un grand secours à Mitterrand pour donner forme à son mouvement de Résistance, tout au long de l'année 1943 : le Rassemblement national des prisonniers de guerre (RNPG). Celui-ci, on y reviendra, se verra refuser le titre de « mouvement de Résistance intérieure française » en 1949 puis en 1951. Une fois élu président de la République, François Mitterrand s'emploiera à le faire reconnaître comme tel.

C'est au sein du Commissariat au reclassement des prisonniers de guerre à Vichy qu'il a développé son activité de résistance. À la tête de cet organisme depuis septembre 1941, Maurice Pinot en est révoqué au début de 1943 par Pierre Laval. La presque totalité des cadres du Commissariat, dont Mitterrand et Védrine, démissionnent par solidarité. Pinot leur demande de se préparer pour d'« autres tâches » le moment venu. Mitterrand sort de l'ombre le 10 juillet 1943 à la salle Wagram, à Paris. Il interpelle André Masson, qui a remplacé Pinot et lui dénie le droit de parler au nom des rapatriés. Mitterrand recrute et agrège ses différents réseaux d'amis. Ceux qu'il a connus lors de sa captivité, Jean Munier et Roger-Patrice Pelat notamment. Et, surtout, ceux du « 104 », la pension mariste qu'il a fréquentée dans les années 1930 : Jacques Bénet, Pol Pilven, Jacques Marot, Ferréol de Ferry et son inséparable André Bettencourt, dont on avait perdu la trace depuis la parution de ses articles maréchalistes dans la revue agricole *La Terre française*.

Pierre de Bénouville mettra en relation Mitterrand avec Henri Frenay, qui dirige le principal mouvement de Résistance dans la zone Sud, Combat.

Si on ajoute à ces filières amicales ses relations avec les militaires en rupture de maréchalisme regroupés au sein de l'ORA, proche du général Giraud, ou encore avec René Bousquet, par l'intermédiaire de son directeur de cabinet Jean-Paul Martin, cela place Mitterrand au centre d'une demi-douzaine de « connexions », amitiés politiques et autres réseaux. « Dès son retour du stalag, il a joué un double, un triple, voire un quadruple jeu », selon Franz-Olivier Giesbert.

Depuis son appartement au 20, rue Nationale, à Vichy, l'ambitieux apparaît comme « la dynamo du mécanisme[1] », selon l'expression de Jean Lacouture.

31.
La présidentielle de 1965, côté face

Décidément, cette élection présidentielle de 1965 est celle de toutes les ambiguïtés pour Mitterrand. Outre le soutien de Tixier-Vignancour, il pourra aussi, c'est moins connu, compter sur le soutien d'anciens maréchalistes.

Le 18 décembre, le journal *La Dépêche du Midi* relaie un appel dans lequel « des personnalités et des écrivains appartenant à d'autres familles intellectuelles et spirituelles ont pris acte des engagements de ce dernier sur l'amnistie [des putschistes d'Alger], le respect de la Constitution, la liberté de la presse, les libertés publiques, l'Europe unie, et sur la dissolution immédiate de l'Assemblée nationale ». Les signataires appartiennent en réalité à une seule famille. L'écrivain Georges Blond a écrit dans le journal collaborationniste *Je suis partout* et François Brigneau s'est engagé dans la Milice.

Sous l'Occupation, *La Dépêche* traitait les résistants de « terroristes », insultait les Juifs, et considérait de Gaulle comme un « traître[1] ». Le journal fut interdit le 20 août 1944. Il ne sera autorisé à reparaître qu'en 1947, sous un nouveau titre : *La Dépêche du Midi.*

En 1965, le journal est dirigé par Évelyne Baylet, la veuve de Jean Baylet et la mère de l'actuel P-DG, Jean-Michel, lequel fut deux fois ministre durant les septennats mitterrandiens. Pour diriger son groupe de presse, Évelyne Baylet s'appuie beaucoup sur un homme que connaît très bien Mitterrand. Avec qui il est même lié d'amitié. Un certain René Bousquet. Il est l'ancien secrétaire général de la police de Vichy.

Le tandem Baylet-Bousquet ne mégotera pas son

soutien à Mitterrand. Sur le plan éditorial comme sur le plan financier. « *La Dépêche* imprime en grand nombre les tracts et les affiches du candidat, racontent Emmanuel Faux, Thomas Legrand et Gilles Perez. Mieux, 500 000 francs sont envoyés au quartier général du candidat. Georges Dayan, l'ami et le confident de tous les instants de François Mitterrand, porte "la valise"[2]. »

Cet épisode a été raconté aux trois journalistes par Évelyne Baylet en personne. « Mitterrand n'a appris notre soutien que plus tard, leur a-t-elle raconté. Peut-être deux ou trois mois après l'élection. Et je me rappelle ses propres mots : "Je ne savais pas que vous aviez été si gentils avec moi." » Elle ajoute : « François Mitterrand le reconnaît maintenant : son seul véritable soutien pour cette candidature, c'est ici qu'il l'a trouvé. »

32.
Le fils de René Bousquet

À quoi peut bien ressembler le fils de René Bousquet ? Il m'a donné rendez-vous dans une brasserie du XVIe arrondissement de Paris. En avance, je scrute la porte battante de l'entrée. Deux images de son père se superposent dans mon esprit : le préfet serrant la main de l'occupant et le vieil homme poursuivi en bas de chez lui par un journaliste. Deux reflets abominables. Alors que les témoignages décrivent un homme séduisant, piquant, moi, j'ai en tête un regard de corbeau et des manières de brute glaciale.

Guy Bousquet s'attable, et avec lui sa bonhomie. Ses yeux joyeux et narquois m'extirpent de mes songes vichystes. Cet avocat de soixante-dix ans porte beau. On devine chez lui une très grande émotivité. Ne le secouez pas, il est plein de larmes. Depuis l'assassinat de son père, sa mémoire pèse sur les épaules. Il a écrit un livre pour le défendre, *René Bousquet cet inconnu.* Inconnu pour lui surtout.

Guy Bousquet avait sept ans au moment de la rafle du Vel' d'Hiv. Jusqu'à sa mort, son père observera devant lui « un black-out sur le Vel' d'Hiv ». Tout juste l'a-t-il prévenu : « Je vais te laisser une situation difficile. » Guy n'osera pas lui poser de questions. « Mon père était un homme secret. » Maintenant qu'il a le courage de le faire, son père n'est plus là pour lui répondre.

Dès l'entrée, j'attaque mon plat de résistance, si je puis dire : Mitterrand. « La seule fois que je l'ai rencontré, j'avais dix-huit ans, se souvient mon convive. Il est venu dîner à la maison, boulevard de la Saussaye [à Neuilly]. Mes parents l'avaient invité avec sa femme Danielle, le journaliste André Frossard et la résistante Marie-Madeleine Fourcade. »

Il dit avoir été « séduit » par Mitterrand. « Je faisais mes études et il était la star de la IVe République. » J'avais pensé : « J'aimerais bien intégrer son équipe. » Il trouvait Danielle « charmante ». Ils ont parlé des reliures de livres qu'elle confectionnait elle-même. « C'était un repas important car il n'était pas habituel, m'explique-t-il. Mes parents n'invitaient jamais personne à la maison. Ce n'était pas table ouverte chez nous en dehors de la famille. » René Bousquet se sentait donc en confiance avec ces invités qu'il avait voulu honorer d'une attention particulière. Il avait été « blanchi » quelques mois auparavant.

Toutefois, pour Guy Bousquet, « il n'y avait pas une amitié entre Mitterrand et mon père. Je pense qu'ils s'estimaient. Et il y avait probablement une admiration réciproque entre eux. » À la fin de sa vie, René Bousquet était « chagriné » à l'idée « qu'il puisse compliquer la vie politique de Mitterrand ». Ce dernier l'avait tant aidé.

Lors d'une autre rencontre, Guy Bousquet m'apportera le talon du chèque que son père avait envoyé au Parti socialiste début 1981, ainsi que son bulletin d'adhésion au parti signé de sa main.

Comment René Bousquet percevait-il la carrière politique de son cadet ? « En 1958, mon père s'était présenté aux législatives dans la Marne, soutenu par l'UDSR, la formation politique que dirigeait alors Mitterrand. Et il a perdu, se souvient-il. Il a été déçu par le retour de de Gaulle. À ce moment-là, il a tourné le dos à la politique. Qu'à ce moment-là, il ait reporté sur Mitterrand ses ambitions, c'est tout à fait possible. »

33.
Une messe à l'ombre de la Cagoule

Le 13 février 2012, un avis de décès publié dans le « Carnet du jour » du *Figaro* attire mon attention :

M. Didier Servant,
M. Thierry Servant,
M. Patrice Servant,
Ses enfants,

Mme Sophie Servant,
Sa belle-fille,
Ses petits-enfants,
Ses arrière-petits-enfants
Et toute la famille

Ont la tristesse
De vous faire part du décès de

Mme Guy Servant
Née Claude Deloncle,

Survenu le 10 février 2012,
Dans sa 94e année.

La fille du fondateur de la Cagoule vient de disparaître ! Je n'ai pas réussi à entrer en contact avec elle. Au cours de cette enquête, je serai à plusieurs reprises devancé par la mort. Je sonnerai à des portes qui ont changé de propriétaire. Et je composerai des numéros de téléphone obsolètes.

Depuis bientôt dix ans maintenant, je cours après des fantômes. Parfois, leurs enfants ou leurs petits-enfants répondent à mes sollicitations. Je vois bien que toute cette histoire les dépasse. Qu'en savent-ils vraiment ?

Ils me regardent avec un peu de commisération. Comme une sorte d'Hibernatus, ce personnage retrouvé dans les glaces dans le film avec Louis de Funès, et resté figé dans un temps révolu.

Deux jours après la parution de l'annonce du *Figaro*, je me rends en début d'après-midi en l'église Saint-Jean-Baptiste, à Neuilly-sur-Seine. Je vais assister à l'enterrement de cette femme que je n'ai jamais vue et que, pourtant, je crois connaître.

C'est intime, une messe d'enterrement. L'étranger qui

s'y faufile se sent comme un type entrant dans un sex-shop. Il jette des coups d'œil inquiets. Sera-t-il reconnu ?

Qu'est-ce que je suis venu faire là ? Glaner quelques descriptions pour cette enquête qui m'obsède et dans laquelle je suis englué ? Je suis venu en quête d'indices. Assis sur le côté, un peu en retrait, je bénéficie d'un bon champ de vision. Arrivé dans les premiers, je peux voir le défilé de tous ceux qui sont venus prier pour cette femme.

Je scrute particulièrement l'assistance grisonnante. Et s'il y avait parmi elle d'anciens membres de la société secrète ? Des gens qui n'ont encore jamais parlé et que je pourrai délivrer de leurs secrets. Je fixe les bancs de la famille et des proches. Je m'attarde notamment sur la descendance. À quoi peut bien ressembler la postérité de la Cagoule ? Ces jeunes femmes et ces jeunes hommes qui n'ont évidemment rien à voir avec cette affaire.

On fait entrer le cercueil. Alors que la cérémonie débute, un homme que je reconnais passe à côté de moi : le galeriste Jean-Gabriel Mitterrand. Le neveu de François Mitterrand.

34.
La filière espagnole

Quoi de plus normal pour Jean-Gabriel Mitterrand que d'assister à cet enterrement. Il se trouve que la femme dont on célèbre les obsèques ce jour-là est une lointaine parente. Mais pas seulement.

Au premier rang de l'église Saint-Jean-Baptiste de

Neuilly, un homme a occupé des fonctions importantes chez L'Oréal : le fils de la défunte. Dans les années 1980, Thierry Servant dirigea la filiale espagnole du groupe de cosmétiques. J'ai sollicité son témoignage. Il m'a fait une réponse très courtoise, mais négative.

En 1999, après son départ de L'Oréal, il a fondé Lavinia, dont il espérait faire « le Sephora du vin ». Le premier magasin a ouvert à Madrid. Les amateurs de bons flacons se souviennent de l'immense boutique parisienne, près de la Madeleine, qui proposait dans ses rayons 3 000 références de vins français et 2 000 de nectars étrangers. Ce petit royaume viticole n'a pas survécu au Covid. Une autre enseigne a ouvert dans le XVIe arrondissement de Paris.

Je n'aurai pas l'occasion de déguster un bon vin avec Thierry Servant. Peu de temps après avoir finalement accédé à ma demande d'entretien, il est mort en Suisse, la veille de Noël 2015.

Un de ses anciens condisciples à l'Essec, coopérant comme lui à l'ambassade de France à Madrid en 1976-1977, a accepté de me parler de lui.

« L'Espagne a été un refuge pour les cagoulards et leur famille, se souvient-il. Jacques Corrèze avait la distribution de L'Oréal dans le pays et en Amérique latine. Autour de L'Oréal gravitait toute une constellation liée par cette histoire, toutes générations confondues. Tout le monde continuait à se fréquenter. »

L'ami de Thierry Servant se souvient d'une « soirée dingue » dans l'appartement d'Henri Deloncle, le fils du fondateur de la Cagoule, à Madrid, juste au-dessus des bureaux de L'Oréal, en 1977. « André Bettencourt était là. Il devait assister à un dîner en marge du congrès de l'Alliance populaire, le parti de droite espagnol qui comptait dans ses rangs nombre d'anciens ministres de la

France. Deloncle avait également invité Léon Degrelle ! Bettencourt a gardé ses distances. »

Il y a de quoi ! Le fondateur du mouvement nazi belge Rex ! Degrelle finit la guerre en tant que SS-Sturmbannführer. En 1944, Hitler lui aurait dit : « Si j'avais un fils, je voudrais qu'il fût comme vous... » Naturalisé espagnol par adoption en 1954, Degrelle était devenu León José de Ramirez Rein.

Jean-Gabriel Mitterrand aussi a travaillé pour L'Oréal. Vingt-cinq ans. Il y est entré en 1963. Son premier job le mena sur les côtes françaises, en camionnette. De passage à Hossegor, il fut hébergé par François et Danielle Mitterrand, qui n'avaient pas encore fait construire leur bergerie de Latche. Un jour, François Dalle voulut le virer. Lorsqu'en 1975 le P-DG de L'Oréal décide de créer une galerie d'art et maison d'édition, Artcurial, Jean-Gabriel Mitterrand demande à la rejoindre. C'est le début de sa nouvelle vie. Mitterrand-Dalle-Bettencourt : c'est une histoire de famille qui continue de s'écrire avec l'encre de la fidélité.

35.
Les déjeuners du « 104 »

Dès son élection, en 1981, François Mitterrand avait institué ce rituel à l'Élysée. Une à deux fois par an, il recevait ses amis qu'il avait connus au foyer étudiant tenu par les frères maristes, rue de Vaugirard, à Paris. « Une balzacienne maison Vauquer », selon François Mauriac, qui avait également fréquenté les lieux. L'auteur de *Génitrix*, ami de son oncle Robert Lorrain, avait accepté d'être le correspondant du jeune Saintongeais.

Mitterrand n'en menait pas large dans sa petite cellule sans eau courante du « 104 », comme on l'appelait. « J'avais rêvé, dira-t-il plus tard, comme beaucoup de jeunes provinciaux à cette époque, de la vie de bohème romantique, pauvre, libre, joyeuse et poétique. La réalité était moins brillante. »

Pour rien au monde André Bettencourt n'aurait manqué ces retrouvailles. La secrétaire de François Dalle savait que ce jour-là il fallait adapter l'agenda de son patron. Les conseillers de la présidence de la République savaient qu'il serait malvenu de déranger ces agapes amicales.

Bettencourt, Dalle et les autres étaient bien les seuls que Mitterrand ne faisait pas attendre, se souvient une de ses secrétaires. Le maître d'hôtel annonçait le menu. Il y avait toujours un plat bien roboratif de prévu. Mitterrand et Dalle guettaient le visage de Bettencourt. Celui-ci surveillait sa ligne comme un pêcheur son hameçon.

L'essentiel de la conversation se conjuguait au passé. Un juke-box aux souvenirs, invisible, semblait avoir été posé au centre de la table. Le président le relançait jusqu'au dessert. Il prononçait un nom, un titre, une date et la discussion repartait de plus belle.

Avec François Dalle, qu'il avait connu avant les autres, ils se remémoraient les vacances passées ensemble. Une ou deux fois, Mitterrand avait séjourné chez les Dalle dans le Nord. Il n'avait pu s'empêcher de questionner son ami sur son arbre généalogique. Celui-ci comptait de nombreux échevins, un lieutenant du bailly, de nombreux prêtres, des religieuses, des chevaliers du Saint Sépulcre. Cette énumération le mit en joie.

Mitterrand avait reçu à son tour Dalle en Saintonge. Au « 104 », il lui avait tant vanté le décor de son enfance : les « rues tranquilles » de Jarnac, les maisons blanches « parfois noircies par les vapeurs d'alcool », les coteaux « modérés » couverts de vigne, la chaleur « humide » de l'été... Et ce « ciel d'Aquitaine » qu'il disait « mouillé ».

Il lui avait montré Touvent, la propriété de son grand-père maternel, Jules Lorrain, où il avait passé les plus doux moments de sa vie. Cette demeure était la matrice de son imaginaire. Son jardin le plus secret. « Il a toujours été perçu comme un homme rusé, sans scrupule, selon son neveu Frédéric Mitterrand qui a réalisé un documentaire sensible sur l'enfance et l'adolescence de François : *Le Pays de l'innocence*[1]. Mais ses adversaires ont négligé le fait que, s'il possédait bien une habileté, il avait surtout une force, plus ancrée, plus intangible [...] La raison pour laquelle lui faisait la guerre était plus profonde. Elle venait de cette enfance : un monde harmonieux, qui mêlait beauté de la France et culture... »

Mitterrand et Dalle, avec quelques amis, firent des randonnées à Brantôme, des virées à Royan et au club nautique de Cognac. Le président aimait qu'on lui rappelle ses performances au tennis et au ping-pong, deux sports de raquette dans lesquels il excellait. Le trait d'union entre eux était aussi les livres qu'ils avaient découverts ensemble au mitan des années 1930. Lorsqu'il venait passer quelques jours en Charente chez les Mitterrand, François Dalle cherchait tout le temps son ami, qui disparaissait de longues heures pour lire. Dans le salon de l'Élysée, spécialement préparé pour eux, « ils se récitaient des poèmes[2] », selon Jean-Baptiste Dalle.

Mitterrand affectionnait « la réalisation formelle admirable » de Paul Valéry.

Nous avons pensé des choses pures
Côte à côte, le long des chemins,
Nous nous sommes tenus par les mains
Sans dire... parmi les fleurs obscures [...]

François Dalle, taquin, lui demandait s'il connaissait un poème du Sétois intitulé *Anne* :

Anne qui se mélange au drap pâle et délaisse
Des cheveux endormis sur ses yeux mal ouverts
Mire ses bras lointains tournés avec mollesse
Sur la peau sans couleur du ventre découvert.

La bande connaissait l'existence d'Anne Pingeot et de leur fille Mazarine. Encore un secret à garder.

La grande passion de Mitterrand pour Marie-Louise Terrasse n'en était plus un. François Dalle avait été le premier témoin de cette histoire, et il en fut même un acteur de premier plan.

Un soir de l'hiver 1938, très tard, il avait vu débouler Mitterrand dans sa chambre, des étoiles de malice dans les yeux. Il rentrait du bal annuel de Normale Sup, rue d'Ulm. « Je suis fou d'elle ! » dit-il en se jetant sur le lit de son camarade, les bras en croix. Il lui confia son coup de foudre pour une toute jeune fille qu'il avait invitée à danser. « Elle est blonde, radieuse et porte une robe d'organdi rose brodé de petite fille modèle[3] », la décrit Catherine Nay dans sa biographie de Mitterrand.

Cette gracile beauté avait quinze ans et des poussières. Elle était accompagnée de son frère aîné et de sa tante. Elle n'avait pas voulu lui donner son nom. Ce bon petit diable le rendit fou. Il la surnommait Béatrice, en référence à Dante. Alors qu'il effectuait son service militaire, à Paris, Dalle venait chercher ses lettres pour les porter à sa dulcinée. Mitterrand était si prolixe que certaines journées du messager pouvaient ressembler à celles d'un coursier Deliveroo aujourd'hui.

Terrorisé à l'idée que ses missives ne parviennent pas à leur destinatrice, il donnait des directives à Dalle, comme en témoigne ce mot du 2 mars 1938, exhumé par Éric Roussel grâce à Jean-Baptiste Dalle : « Peux-tu porter ce mot à Marie-Louise. Elle sort à 12 h du lycée. Veille à la sortie (b Saint-Germain, rue de l'Éperon) car elle pourrait prendre un moyen de transport quelconque. »

Un jour, elle lui échappa. À jamais.

36.
Vers la Résistance

L'année 1943, dans la vie de François Mitterrand, a quelque chose de fascinant. Son ambiguïté y apparaît dans sa forme la plus aboutie. Un sommet de duplicité. On croirait qu'il a inventé l'expression « avoir plusieurs fers au feu ». Il est route pour la Résistance. À petits pas. Alors qu'il a déjà un pied et demi chez Pétain, et des doigts de pied chez Bousquet, comme on vient de le voir.

Côté Vichy, il ne manque donc pas de ressources. Mais côté Résistance ? À quelle porte sonner pour rejoindre le « peuple de la nuit » ? Et y être accepté…

En mars 1943, il entreprend de se rapprocher des principaux chefs de la Résistance intérieure. Les trois grands mouvements de la zone Sud – Libération, Franc-Tireur, Combat – viennent de reconnaître de Gaulle comme chef et de se réunir au sein des MUR (Mouvements unis de Résistance).

Combat a pour chef Henri Frenay, qui, lui aussi, a cru en Pétain au début de la guerre. Bénouville a été présenté à celui-ci le 4 décembre 1942, devant la gare de Montélimar, par son ami royaliste Jacques Renouvin, responsable des groupes francs de Combat. Frenay a été séduit par cet « homme d'action à la décision prompte, au dynamisme exceptionnel[1] ».

Le chef de Combat donne son accord pour rencontrer Mitterrand. « "Bernard", une femme juive qui servira d'agent de liaison entre [eux], donne rendez-vous à Morland [pseudonyme choisi par Mitterrand] en gare de Perrache dans un grand luxe de précautions, racontent Pierre Péan et Laurent Ducastel. Sur le quai, Morland se retrouve nez à nez avec "Lahire", qui n'est autre que son vieux copain Bénouville[2]. » « Comment, c'est toi ! » se seraient exclamés les deux amis.

Bénouville conduit Mitterrand vers « une destination inconnue ». Ils se retrouvent dans l'arrière-salle d'un bistrot de Charnay-lès-Mâcon, en présence d'Henri Frenay et de sa collaboratrice Berty Albrecht. Bénouville niera avoir vu Mitterrand lorsqu'il était à Vichy : « Je n'avais pas de raison de le voir, dira-t-il à Laure Adler. Je savais que François y était, nous avons eu des contacts parce qu'il s'est trouvé que, dans les fonctions que j'exerçais, j'ai eu à m'occuper de son mouvement[3]. »

Pour lui, le choix de son ami, c'était déjà la Résistance. « Mais le temps n'était pas mûr, selon lui. Il ne pouvait pas s'engager comme nous. Pour moi, faire autrement eût été impossible. Physiquement impossible. François avait plus de sang-froid, mais pour moi c'était impensable. »

Dans les archives de Bénouville, un document m'a intrigué. Quinze feuillets tenus par un trombone rouillé, dactylographiés.

En haut de la première page, le général a écrit de sa plume le nom MITTERRAND. L'intéressé y narre, à la première personne, les premiers mois de sa guerre. « J'avais une mentalité de franc-tireur, dit-il. Si j'avais trouvé une occasion d'aller en Amérique, sûr que je serais parti. » Et de dérouler le récit de ses mésaventures : la blessure reçue à l'épaule sur la cote 304 de Verdun après qu'un obus eut éclaté tout près de lui, sa captivité au Stalag IX-A, les corvées auxquelles il était soumis, ses trois tentatives d'évasion, notamment celle du 5 mars 1941...

Il dit avoir été « repéré comme communiste » par les Allemands. Au Stalag IX-A, il s'est improvisé professeur d'histoire : « On avait le droit de faire des cours jusqu'à 1789. Le reste, il ne fallait pas en parler. J'ai pris naturellement toute la période allant de Louis XV à 1789, c'est-à-dire en somme la plus intéressante... Toutes les prémices de la liberté : rigolade avec la censure allemande qui ne pigeait rien du tout. » On reconnaît le ton Mitterrand de ces années-là : narquois, moqueur, un brin hautain. Tout a l'air de glisser sur lui.

Sa confession s'achève à Saint-Tropez dans la propriété d'amis, où il s'est réfugié après son évasion réussie. « Je me dis : "Qu'est-ce que je vais faire ?" Mes amis qui étaient au cabinet de l'amiral Darland me télégraphient en me disant : "Venez à Vichy immédiatement." J'y vais. À Vichy pas d'union... on me dit les Allemands sont des salauds. Renseignez-vous sur l'état des camps... vous irez à la Légion française des combattants... vous vous occuperez des filières de renseignements d'Allemagne... boîte impossible... fumiste... Arrivé le 12 janvier, vers le 2 février je reçois carte de légionnaire... je refuse de signer... écœuré... Deux rapports contre moi... Je suis l'homme de Déat... Je suis gaulliste... Valentin (?) me fait appeler... Engueulade épouvantable... Je claque la porte... dénonciations tel maire gaulliste, tel franc-maçon... »

37.
Le mensonge

Ma part de vérité. Que de contre-vérités plutôt dans un seul titre ! Celui du livre que François Mitterrand fait paraître en 1969 aux éditions Fayard. Comment interpréter cette « part de vérité » ? Une « part » n'est pas la totalité d'un tout. Voilà le lecteur prévenu : il aura le droit à une vérité partielle.

Dans la préface, Mitterrand se justifie. Il présente ainsi le premier chapitre, le plus intime, intitulé « Fragments d'autobiographie pour une explication politique ». Soulignons encore ce mot « fragments », qui confirme l'intention de l'auteur de ne pas tout dire.

Comment a-t-il choisi ces « fragments » ? Certains ont été « préférés à d'autres dans la seule mesure où, écrit-il, ils contribuent à expliquer l'évolution, parfois les contradictions et d'une façon générale la continuité de [s]on engagement politique ». Mitterrand concède bien quelques « contradictions », mais cela reste allusif. Ce qu'il va démontrer dans ce livre, c'est « la continuité » de son itinéraire.

Ma part de vérité est constitué d'un dialogue avec le journaliste Alain Duhamel. Un dialogue ? Un bien grand mot. En réalité, quelques interrogations noyées dans un magma mitterrandien.

Une seule question sur les quarante premières années de la vie de Mitterrand (de sa naissance aux années 1950) : « Peut-être pourriez-vous, en guise de présentation, esquisser les grands traits d'une autobiographie politique ? » Quatorze pages plus tard, arrive la question suivante : « Vous avez écrit que votre passage au ministère de la France d'outre-mer avait beaucoup compté pour vous. Pouvez-vous préciser en quoi ? »

Entre-temps, Mitterrand déroule le récit de son histoire officielle. Écoutons-le : « J'étais avide d'une époque qui m'avait accueilli au Quartier latin dans la bourrasque de 1934. J'allais écouter Thorez et Doriot, Blum et La Rocque [...] » Il y a bien une « part de vérité » dans cette phrase : Mitterrand militait au sein de l'organisation du très droitier colonel de La Rocque.

Reprenons le fil de l'épopée mitterrandienne : « Je suivais les meetings des intellectuels antifascistes où s'exprimaient Malraux, Chamson, Benda. » Il était donc un jeune homme de gauche ? Pas tout à fait : « À l'université, j'étais intimidé par mes camarades socialistes », concède-t-il. Malgré ça, Michel Debré, Premier ministre du général de Gaulle, « s'oubliera » jusqu'à lui reprocher ses accointances passées (et supposées) avec l'extrême droite. Diantre ! Que n'a-t-il répondu à son détracteur ? « Nier serait s'abaisser. »

Une « légende tenace » veut aussi qu'il ait « appartenu » à l'Action française ! Lui ? François Mitterrand ? L'homme qui confie : « En 1936 avait soufflé le grand vent de la joie populaire. Je me souviens de la nuit des élections dans les rues de Paris, de l'allégresse des "Ça ira". Je retrouvais dans cette liesse les élans des courses à perdre haleine d'autrefois... » ?

Non, il n'a pas été de droite extrême, c'est en tout cas ce qu'il dit. « S'il était vrai que j'eusse été d'extrême droite dans ma jeunesse, se défend-il par avance, je jugerais plus honorable d'être où je suis aujourd'hui que d'avoir accompli le chemin inverse, où l'on se bouscule, semble-t-il. » Bien plus tard, à l'heure des révélations sur son passé, il réutilisera cette « punchline ».

C'est au Stalag IX-A, où il a été prisonnier de guerre, qu'eut lieu sa « première rencontre véritable avec d'autres hommes », raconte-t-il. Sa « nouvelle éducation » a débuté ici.

Et après ? « Rentré en France, je devins résistant, sans problème déchirant. » D'une phrase, Mitterrand raye dix-huit mois de sa vie. Le temps qu'il lui faudra pour passer du pétainisme à la Résistance pétainiste, puis de la Résistance pétainiste à la Résistance tout court. N'est-ce pas ce qu'il appelle, dans sa préface, « raconter sans trop de précautions » ?

Comment Alain Duhamel[1], ce journaliste farouchement attaché à son indépendance, a-t-il pu laisser faire cela ? Je l'interroge sur la genèse de ce projet littéraire.

À l'époque, il dirigeait une collection aux éditions Fayard, qui s'appelait « En toute liberté ». « C'est François Mitterrand qui m'a contacté pour ce livre, raconte-t-il. Il avait lu *La Révolution introuvable* de Raymond Aron que j'avais publié dans cette collection. »

Comment a donc été conçu *Ma part de vérité*? « Toute la partie autobiographique, qui couvre notamment sa guerre, est écrite par lui de A à Z, explique Duhamel. Je pense qu'il souhaitait raconter les choses à sa manière et qu'il voulait apparaître comme un véritable écrivain. La seconde partie du livre, politique celle-là, est tirée de nombreux entretiens que nous avons eus ensemble. »

Que savait le journaliste du passé de l'homme politique ? « En 1969, je ne savais rien de spécial sur ses engagements de jeunesse et sa guerre, dit-il. Et cela n'intéressait d'ailleurs pas grand monde. Car, après Mai 68, Mitterrand n'apparaissait pas comme un personnage d'avenir. Il n'y avait plus de curiosité pour lui. »

À ce moment-là, Mitterrand avait encore le choix entre deux attitudes, bien exposées par l'historien Simon Epstein dans son livre *Un paradoxe français*[2]. Soit il disait la vérité, reconnaissait « qu'il fut de droite, et même d'extrême droite » et faisait « ressortir, auprès des gens de gauche, le caractère exemplaire de la mutation qui l'a fait passer de la droite vers la gauche ». Soit il mentait et niait ce passé. C'est ce choix-là qu'il fit. Et auquel il s'est tenu jusqu'à la fin de sa vie. Même sous le feu nourri des questions de Jean-Pierre Elkabbach, lors de leur entretien télévisé en 1994. Il concédera au journaliste avoir été un peu de droite tout en aimant Blum. « Mitterrand crée une catégorie originale, raille Simon Epstein : Il était en quelque sorte "blumiste d'extrême droite" ! »

Pourquoi Mitterrand décide-t-il, en 1969, de conserver sa tenue de camouflage ? Au cours de la campagne présidentielle de 1965, il a été pas mal question de son passé. L'extrême droite dispose d'un dossier bien fourni sur lui. Se croit-il hors d'atteinte ?

« Mitterrand s'est sans doute cru autorisé à mentir sur son passé car c'est un homme qui a toujours pris des risques, avance Duhamel. Il pensait peut-être aussi que ce passé gênant ne resurgirait plus. »

Simon Epstein analyse les deux options qui se présentaient alors au fédérateur de la gauche.

La vérité ? Jouable. Elle aurait « tiré son bien-fondé des nombreux itinéraires issus de l'extrême droite posés à la Résistance pendant la guerre, puis à l'extrême gauche après celle-ci ». Mitterrand aurait pu ainsi se placer dans le sillage de son ami de Jarnac et du « 104 » Claude Roy, passé de *Je suis partout* au Parti communiste. « L'important, ce n'est pas d'où on vient, c'est où on va », lui a dit Aragon dans la clandestinité.

Pour Epstein, « les conseillers de Mitterrand avaient de quoi élaborer un argumentaire assez probant, évoquant son passage aux Croix-de-Feu et confessant son travail à Vichy, mais insistant sur son engagement résistant, et magnifiant, en apothéose rédemptrice, sa conversion ultérieure au socialisme. Ce narratif présentait le double avantage d'être crédible, et aussi, ce qui n'est pas moins important, d'être vrai. »

Sur le papier, et rétrospectivement, oui. Mais dans le contexte idéologique de l'après-Mai 68 ? « Les appareils, les adhérents, les électeurs auraient difficilement admis qu'un ancien "fasciste" des années 1930, même résistant, même pénitent, même mutant, les mène à la bataille. »

Autre obstacle, et non des moindres, la perception de la guerre 39-45 au moment où paraissait *Ma part de vérité.* « La boutade des "mal embarqués bien arrivés", pourtant judicieuse, n'aurait pas été comprise, explique Epstein. Connaissances historiques et perceptions du passé se conjuguaient en un manichéisme réducteur, centré sur l'image salvatrice des "deux France" (à gauche, les bons ; à droite, les méchants) périodiquement en conflit. » Comment Mitterrand aurait-il pu expliquer qu'il avait été « vichysto-résistant » ? Cette notion n'était même pas étudiée à l'époque. « Le rapport à l'Occupation a commencé à changer après la sortie du film *Le Chagrin et la Pitié* [en 1971], souligne Duhamel. Jusque-là, c'est la vision gaulliste qui prédominait : la France était un pays de résistants. Point. »

Verdict : la confession de son pétainisme et la révélation de sa francisque obtenue en 1943 auraient probablement conduit tout droit à « l'anéantissement politique ». C'est tout le contraire qui se produit. « *Ma part de vérité* a contribué à remettre Mitterrand au centre du jeu politique, analyse Duhamel. C'est la première fois qu'il se revendiquait socialiste. »

A-t-il décidé seul de mentir ? A-t-il évoqué les différentes stratégies possibles avec ses amis ? Seuls Bénouville, Dalle et Bettencourt savaient à quoi il ressemblait sans son déguisement. D'ailleurs ils n'ont jamais cru à sa métamorphose. Mais en public ils acceptent de jouer le scénario qu'il a imaginé. La fin justifie les moyens. Rien ne doit lézarder la légende de 1969. Les biographes du futur président la reprendront à leur compte.

38.
« Ma vieille amitié, toutefois attristée »

Bénouville et Mitterrand étaient d'accord sur bien des sujets : l'Algérie (jusqu'à un certain point), l'avortement, l'école libre, Stendhal, Vézelay, le chignon des femmes…

Mais l'employeur de Bénouville depuis 1951, Dassault, était une pomme de discorde entre eux. Le 17 novembre

1964, le député François Mitterrand dépose une proposition de loi « relative à la dissolution de la Société générale aéronautique Marcel Dassault et à la création de la Régie autonome de construction d'avions militaires[1] ». Mitterrand pense que l'État doit reprendre la main sur ce type de matériel. Il estime que « la fabrication des avions militaires et des engins de transports atomiques concentrée pratiquement dans une seule entreprise donne à la firme en question, qui en use jusqu'à l'excès, le moyen d'intervenir plus que jamais dans de multiples domaines étrangers à sa vocation et de peser de la sorte abusivement sur la conduite de nos affaires ».

À la lecture de ce texte, Bénouville manque de s'étrangler. Ces « domaines » évoqués par son ami, ce sont les siens. Il n'est pas seulement le confident de Marcel Dassault, son éminence grise et, le cas échéant, son homme de main. Il effectue un véritable travail de lobbying en faveur des avions Dassault[2]. En France, son carnet d'adresses politique, militaire et résistant lui a ouvert toutes les portes du ministère des Armées et de l'état-major de l'Air. À l'étranger, il est notamment très actif en Israël, où il a noué des relations au plus haut niveau. À commencer par le général Moshe Dayan, chef d'état-major de Shimon Peres. Avec l'aide du général Pierre Kœnig, commandant des Forces françaises de l'intérieur (FFI), il a obtenu la livraison de cinq avions Ouragan aux Israéliens en 1955. Durant l'expédition franco-anglaise de Suez, en 1956, il est à la manœuvre. Les Israéliens utilisent notamment des Mirage sous des immatriculations camouflées.

La proposition de loi de François Mitterrand n'ira pas plus loin. Mais Bénouville est furieux de son initiative, comme en atteste une lettre[3] – inédite – qu'il lui adresse le 18 novembre 1964, à son domicile, 4 rue Guynemer, Paris VIe :

Mon cher François,
Si j'avais l'intention d'attaquer un de tes amis, je commencerais par t'en parler.
Si tu avais fait de même au sujet de Marcel Dassault, tu aurais été plus gentil et, de plus, tu aurais été mieux éclairé sur la question que tu veux défendre.

Et il conclut :

Reçois, mon cher François, l'expression de ma vieille amitié, toutefois attristée.

Mitterrand demeure sourd au chantage de son ami.

En 1972, le Parti socialiste, dont il a pris la tête, et le Parti communiste annoncent leur volonté de nationaliser la société Dassault. Marcel Dassault ne s'en offusque pas et répond avec un certain humour : « Si mon entreprise était nationalisée, je serais bien tranquille parce que M. Mitterrand, chaque fois qu'il y a des élections, a l'amabilité de me prévenir que je suis en tête des nationalisations du Programme commun. C'est plutôt un honneur qu'il me fait parce que Pierre Cot [ministre de l'Air] disait en 1937 : "On ne nationalise pas les branches mortes." Ce qui prouve que ma société n'est pas une branche morte aujourd'hui non plus. »

Pierre de Bénouville lui proposa de rencontrer Mitterrand. « Ce n'est pas la peine, Pierre. Il t'a déjà », lui aurait-il répondu.

39.
Dans le jardin du Bien et du Mal

« Et pourquoi, alors qu'il y a le gouvernement de capitulation, qu'il y a eu des lois antijuives, vous allez à Vichy, pourquoi vous n'allez pas à Londres ou à Alger, je vous pose la question, hein ? »

J'entends encore la voix de Jean-Pierre Elkabbach relançant François Mitterrand. Ce « hein », qui ponctue ses questions. Le vieux président doit répondre de son passage à Vichy en 1942-1943, à la suite des révélations du journaliste Pierre Péan dans son livre *Une jeunesse française.*

« Vous me dites les lois antijuives, il s'agissait des lois antijuives, ce qui ne corrige rien, en effet, et ne pardonne rien, c'était une législation contre les Juifs étrangers, dont j'ignorais tout, répond Mitterrand. Car, dans tout ce que je vois, dans tous les commentaires qui sont faits, on oublie toujours que pendant toute cette période-là, j'étais prisonnier en Allemagne, et que m'étant évadé deux fois en vain, j'avais fait pas mal de stages en prison. Pas simplement prisonnier de guerre, mais en prison tout court. J'étais à cent lieues de connaître ces choses-là. »

Nous sommes en septembre 1994 et l'école vient de reprendre. Mais ce cours d'histoire en prime time à la télévision me désarçonne, comme un grand nombre de Français.

Mitterrand a peut-être menti sur son passé, mais beaucoup d'adultes nous ont menti, me dis-je en assistant à cette confession publique.

Journalistes, professeurs d'histoire…, que nous ont-ils raconté ? Ce que Mitterrand lui-même a dit dans son autobiographie officielle, *Ma part de vérité*, parue en 1969 :

« Rentré en France, je devins résistant, sans problème déchirant. »

Bien sûr, si nous avions un peu gratté, nous aurions trouvé la trace de ses trois cent cinquante jours (au bas mot) à Vichy. Depuis quelques années déjà, la légende résistante de Mitterrand commençait à être parasitée par de mauvaises ondes. Il y avait notamment cette amitié, dont on parlait avec insistance, avec l'ancien secrétaire général de la police du régime de Vichy, René Bousquet.

Mitterrand se tapant la cloche avec Bousquet ? Ce même Mitterrand, qui, fait exceptionnel, s'était mêlé en 1991 à la grande manifestation contre l'antisémitisme après la profanation du cimetière israélite de Carpentras ? C'était déjà gros.

Mais Mitterrand avec Pétain… Ça ne coïncidait pas avec les schémas que l'on nous avait enseignés au lycée. Les Français avaient été soit Pétain soit de Gaulle, c'était entendu. Il y a ceux qui avaient préféré Vichy à Londres et Alger et ceux-là avaient fini dans les égouts de l'Histoire. Ou alors au Front national de Jean-Marie Le Pen que l'on assimilait au pétainisme. Mais en aucun cas à l'Élysée !

Or que raconte François Mitterrand à Jean-Pierre Elkabbach ce soir de septembre 1994 ? « À ce moment-là [au début de la guerre], on a beaucoup vécu sur l'idée, idiote mais très répandue, que Pétain et de Gaulle étaient d'accord. C'était dans les camps, vous voyez, dans les camps, il y avait les cercles Pétain. » Et il répète cette phrase comme un mantra : « Les choses sont plus compliquées que l'on ne le croit. » Cette remarque, je l'avais déjà entendue dans la bouche de ma grand-mère, qui avait vécu l'Occupation. Mais je ne la comprenais pas. Les choses étaient si simples pour nous jusqu'à ce jour… Malgré tout, j'avais du mal à prendre part à l'indignation nationale. J'avais le sentiment que l'on me demandait de juger une époque, la guerre 39-45, que je n'avais pas vécue, avec les sentiments, les connaissances et les opinions de mon âge. Ce n'est pas à vingt ans que j'allais entamer une carrière de procureur. Qu'aurais-je fait en 1939, moi ?

Je me suis livré à l'exercice auquel s'est soumis l'écrivain Pierre Bayard dans son livre *Aurais-je été résistant ou bourreau ?*[1]. Il a imaginé qu'elle aurait été son existence s'il était né trente ans plus tôt. Comme lui, malgré mes proclamations d'héroïsme, j'aurais probablement fini dans un entre-deux. Je ne sais pas si j'aurais eu la force et le courage de mettre ma peau au bout de mes idées dans une pareille situation. Trop de paramètres imprévisibles auraient interféré avec ma décision. À commencer par ma situation de famille. Me connaissant, je n'aurais pas agi de la même manière avec ou sans enfants. Qui sait ? Pour paraphraser une publicité pour les frites de ces années-là, « le courage, ce sont eux qui en parlent le plus qui le mettent le moins en pratique ».

L'exercice d'introspection s'est avéré pénible pour moi car je me rends compte que l'on ne m'a pas enseigné la nuance et les paradoxes en histoire. Tout le passé a été simplifié, éclairci, contrasté à l'extrême pour faciliter mon jugement.

Comme dans une salle de cinéma en 3D, on m'a chaussé de lunettes actuelles pour regarder le film d'avant ma naissance et celle de mes parents. Je vois le monde d'hier en noir et blanc. J'ai beau avoir éduqué ma rétine, ma vision est biaisée.

De bonnes âmes ont saupoudré mes manuels scolaires de morale. Il y a le Bien et le Mal. Ils ne se rencontrent jamais. Penser en dehors de ces clous égare.

Le 12 septembre 1994, en écoutant Mitterrand, je suis

sorti de l'innocence. Le voile qui me séparait de l'âge adulte s'est déchiré. Ce soir-là, j'ai compris que j'étais l'enfant d'un mensonge.

40.
La médaille d'André

À trente et un ans, François Mitterrand devient ministre des Anciens Combattants et des Victimes de guerre. Il est le benjamin du gouvernement de Paul Ramadier. Le sort des prisonniers et des déplacés l'occupe beaucoup. Il n'en oublie pas, pourtant, de décorer ses amis.

À peine nommé, il épingle sur le buste distingué de son ami André Bettencourt la médaille de la Résistance. Signe d'une attention particulière, il lui a décerné le modèle avec rosette. C'est le grade supérieur de cette décoration instituée en 1943 par le général de Gaulle. La rosette a été instaurée en 1945.

L'exposé des motifs accompagnant le projet d'ordonnance en fournit la raison : « Avec le retour du gouvernement en France, il est apparu qu'une récompense unique n'était plus suffisante pour permettre de reconnaître des mérites de valeur souvent inégale. En effet, le désir de maintenir la médaille de la Résistance française au niveau très élevé qu'elle a actuellement aboutirait à laisser sans récompense les faits de Résistance secondaires, mais qui n'en restent pas moins très méritoires en raison des risques courus et des services rendus, qui ne justifient pas l'attribution d'une décoration militaire. »

Au revers de sa médaille, André Bettencourt aura pu lire l'inscription latine qui y figure : *Patria non immemor.* « La patrie n'oublie pas »...

41.
Une taupe ?

Sa grande silhouette apparaît au second plan de certaines photos prises lors de l'ascension de la roche de Solutré. Ce pèlerinage qu'organisait chaque année François Mitterrand avec ses « apôtres ». On reconnaît ce « petit air secret », ce « nez un peu retroussé » décrit par Pierre Péan dans son livre *Une jeunesse française.*

Il s'appelait Jean-Paul Martin. Il avait été le collaborateur de Mitterrand dans un certain nombre de ministères. Le président avait même songé à le nommer secrétaire général de l'Élysée[1]. Mais il y avait renoncé à cause de l'état de santé de Martin, atteint de la maladie d'Alzheimer. Les pèlerins de Solutré connaissaient-ils le passé de cet homme discret ?

En 1943, Jean-Paul Martin occupait les fonctions de directeur de cabinet du directeur général de la police nationale, Henri Cado. À ce titre, rappelle Péan, « il prit sa part à la politique antijuive, en pleine connaissance de ce que faisait la police à Vichy[2] ». Cado était le principal collaborateur de René Bousquet.

Selon Éric Roussel, Martin et Mitterrand s'étaient connus sur les bancs de la faculté de droit. Mais ne s'étaient jamais perdus de vue. Lorsque, à l'hiver 1943,

Mitterrand alias Morland saute le pas dans la Résistance, les deux hommes sont semble-t-il en contact.

Martin est « d'une aide précieuse dans les activités clandestines » du mouvement des prisonniers de Mitterrand. Selon Péan, « il fournit des cachets officiels, de vrais faux papiers d'identité pour des camarades menacés ou évadés. Mais il communique aussi des renseignements sur les menaces qui pèsent sur les uns et les autres ».

La « taupe » Martin agissait-elle avec l'accord de René Bousquet, qu'il présentera après-guerre à Mitterrand selon toute vraisemblance ? Cela ne fait plus guère de doute pour les biographes.

Tout sépare pourtant le Charentais barrésien de Jean-Paul Martin, que l'on dépeint comme « athée, homosexuel, solitaire et probablement dépressif[3] ». Selon la journaliste et historienne Georgette Elgey, qui l'a bien connu, il était exaspéré par « le côté bien-pensant de la Révolution nationale ». Tout le contraire de Mitterrand... Martin éprouve lui aussi de la fascination pour le futur chef de l'État. « Deux hommes ont compté dans ma vie : René Bousquet et François Mitterrand[4] », confiera-t-il peu avant de s'éteindre en 1986.

Il voulait être enterré dans la fosse commune, et ne souhaitait pas de cérémonie. Mitterrand rameute tout de même ses amis, dont René Bousquet. Tout ce petit monde se retrouve à la morgue près du métro Dupleix à Paris. L'ancien préfet Cazaux, qui en est, raconte la scène : « Le président demande qu'on ouvre le cercueil. Il se penche. Il prie, me semble-t-il. Il est dans un état émotif intense. il dépose une rose et invite chacun à en faire autant[5]. »

Si le défunt lui a sauvé la vie, comme on le suppute, on comprend l'émotion du président.

Martin semble avoir toujours été prêt à tout pour Mitterrand. Ainsi, au début de l'année 1944, il accepte de travailler au cabinet d'Antoine Lemoine, secrétaire d'État à l'Intérieur de Pierre Laval. Un choix pour le moins dangereux à ce moment-là de la guerre. « Je suis entré dans le cabinet de Lemoine pour assurer les arrières d'un jeune homme que je tiens en la plus haute estime et qui fera une grande carrière, se justifiera-t-il. Il m'a demandé d'accepter ce poste[6]. » Cet homme était François Mitterrand.

Après avoir rallié la Résistance, certain que l'issue de la guerre était inéluctable, ce dernier a dû « assurer ses arrières ». Quand on se fabrique une légende, il faut veiller à ce qu'elle résiste aux assauts du réel. Et savoir s'entourer d'anges gardiens fanatiques.

42.
Une passion nommée Liliane

Eugène Schueller est « l'horizon indépassable[1] » de Liliane, selon le mot de la journaliste Marie-France Etchegoin, qui a nourri mon regard sur la relation entre le père et la fille. Même à la fin de sa vie, « elle en parle dix fois par jour, avec tout le monde, à tout propos ». Comme lui, elle signe ses lettres « Haut les cœurs ». Plus jamais elle ne retrouvera cette « vitalité créatrice », cette « énergie » et cette intensité chez un homme.

Une terrible épreuve les a soudés. Une nuit de 1927, alors que Liliane n'a que cinq ans, on la réveille pour la conduire dans la chambre de ses parents. Son père est agenouillé au pied du lit. Le corps de sa mère gît, inerte.

« Betsy », comme on la surnommait, est morte. C'est sur sa longue chevelure brune qu'Eugène Schueller a testé certaines de ses préparations révolutionnaires.

Trop occupé par ses inventions et ses affaires, il envoie Liliane chez les sœurs dominicaines. « Ma mère me manquait terriblement, comme un creux qu'on ne peut pas remplir », dira-t-elle.

Cinq ans après, son père a déjà remplacé son épouse. Au grand dam de Liliane, il se met en ménage avec son assistante. Pour sa fille, c'est un coup de poignard au cœur. L'adolescente est fragile. Elle tombe malade de la tuberculose et passe de longs mois au sanatorium. Le mal la rattrapera une seconde fois en 1953, à la naissance de sa fille (Françoise Bettencourt Meyers). Quatre ans avant la mort d'Eugène Schueller.

Son père l'élève dans le culte du travail. Dans la villa Bianca, à Franconville, où ils vivent une partie du temps, avenue Paul-Doumer, à Paris et à l'Arcouest, en Bretagne, elle le voit dicter des dizaines de notes par jour à sa secrétaire.

Elle a vingt-quatre ans lorsqu'il en finit avec ses problèmes. Ne serait-il pas temps de se marier ? lui lance-t-il. Cette figure masculine est si écrasante dans sa vie. Il y a bien ce jeune homme qu'elle a connu en 1938. Cet André Bettencourt, si courtois et attentionné. Lui aussi a perdu sa mère quand il avait cinq ans.

Son père l'adore. Cela facilitera le rapprochement. Tout en compliquant leur future relation. Il ne fait guère de doute pour Liliane qu'elle épousera André. C'est son devoir en quelque sorte.

Pourtant, « André a longtemps pensé qu'elle ne voudrait pas de lui », me raconte Monique de Libouton. Ses amis, eux, n'en doutent pas. « Il était le plus séduisant d'entre nous. Nous étions sûrs qu'il épouserait une femme riche », dira François Mitterrand. Après leur mariage, le 8 juin 1950 à Vallauris, ils diront d'André, dans ce style langagier leste qu'ils affectionnent parfois : « Maintenant, il a le cul sur la caisse. »

« J'ai longtemps cru que Liliane était une séductrice. Elle vous fixait intensément et semblait lire sur vos lèvres. Cela s'explique : elle souffrait de surdité[2] », se souvient la journaliste Catherine Nay, qui allait parfois dîner chez les Bettencourt avec son compagnon, le garde des Sceaux Albin Chalandon. De l'époux de Liliane, elle dresse le portrait suivant : « Il était beaucoup plus discret, rentré même. C'était un homme délicieux, charmant. Il avait beaucoup d'humour et savait distribuer les compliments. C'était le summum de la courtoisie. Cette courtoisie des gens très riches qui n'en ont rien à faire. »

Lors d'un déjeuner au restaurant Les Anges, près des Invalides, à Paris, la biographe de François Mitterrand[3] me raconte ce qu'elle sait de la bande. « Tous ces gens ont fait leur crise d'adolescence après la guerre et ils sont restés adolescents jusqu'à un âge adulte très avancé, me dit-elle avec son ironie mordante et parfois cruelle. Entre 1939 et 1945, ils avaient été coupés de la vie. Ils voulaient en profiter à nouveau. Ils ne se souciaient pas de morale. »

43.
L'onction refusée

François Mitterrand, lui, n'a pas été fait Compagnon de la Libération. Henri Frenay, le chef du principal mouvement de Résistance, l'avait pourtant inscrit parmi les potentiels récipiendaires. Au titre de chef du Rassemblement national des prisonniers de guerre, le réseau que « François Morland », son nom de résistant, a créé en 1943. Mais de Gaulle a barré son nom. La rencontre entre les deux hommes, début novembre 1943, à Alger, n'avait pas été d'une grande chaleur, comme on l'a vu. La pièce où se tenait la rencontre était chargée de sous-entendus.

De Gaulle le savait : Mitterrand n'était pas gaulliste. « Il était "a-gaulliste", comme on dit "apatride" », écrira pudiquement son biographe Franz-Olivier Giesbert[1]. Avant cela, Mitterrand avait été pétainiste et de Gaulle le savait aussi. Il n'ignorait rien non plus de sa sympathie pour un autre général : Giraud.

Celui-ci était considéré comme son grand rival dans la Résistance. Soutenu par les Américains, il avait pris la tête du commandement en chef français civil et militaire après le débarquement allié en novembre 1942. Il avait sous ses ordres l'Armée d'Afrique engagée dans les opérations contre les Allemands et les Italiens.

Autant de raisons, pour de Gaulle, de se méfier de ce « jeune homme sans vergogne, comme Julien Sorel, à l'ambition dévorante, comme Rastignac, et mal élevé de surcroît », selon les mots de Giesbert.

En 1946, le Général, fielleux, glissera à Pierre Mendès France, qui sera chef du gouvernement dix ans plus tard : « Méfiez-vous de ce Mitterrand. Au fond, c'est un communiste. »

Mitterrand n'est pas (encore) de taille pour rivaliser avec ce mythe vivant. Mais il le perçoit comme un dangereux militaire. « De Gaulle n'est pas un républicain », a-t-il dit à Bénouville, qui, lui, a les yeux de Chimène pour son héros.

Dans *Ma part de vérité*, Mitterrand écrira, comme s'il

voulait répondre aux critiques sur sa résistance : « Le dictionnaire gaulliste, imitant en cela le dictionnaire stalinien, a regratté les pages qui racontaient la véritable histoire de la lutte contre l'ennemi et identifié les services rendus au général de Gaulle aux services rendus à la France tandis que les services rendus à la France sans avoir contribué à la gloire du général de Gaulle ont été tenus pour négligeables sinon suspects. » Lui aussi regrattera les pages de sa résistance…

Après la guerre, c'est de Gaulle qui donnait l'onction aux résistants. Et Mitterrand ne l'a pas reçue. Il joue certes un rôle politique de premier plan, mais aux yeux des seigneurs de la Résistance, il apparaît comme un marginal.

Même s'il a résisté, « il ne fait pas tout à fait partie de la famille ». Tel est le message qui lui est adressé à la Libération par les gaullistes. À quelques notables exceptions, comme celle de son ami Pierre de Bénouville, qui, lui, a été fait Compagnon de la Libération : « François méritait la décoration plus que tant d'autres ! » Sans ce hochet, Mitterrand ne peut donc être considéré comme un « grand » résistant.

44.
Le réseau Carte

« Le général avait une grande passion pour la Suisse. Il me disait qu'il avait vécu à Berne les heures les plus exaltantes de sa vie. » D'une voix qui exprime tout autant la bonne éducation que l'esprit d'enfance, Monique Legrand me raconte ses heures trépidantes au côté du grand amour de sa vie : Pierre de Bénouville, qu'elle appelle encore « le général ».

Elle vit encore dans le culte de ce héros. Elle me narre ses combats comme si elle y avait pris part. « Même après la guerre, il vivait encore dans la Résistance. »

Mais qu'allait donc faire Bénouville en Suisse au beau milieu de la guerre ? Fin 1940, il a pris ses distances avec « les extrémistes du pétainisme ». Il cherche à rejoindre Londres via Gibraltar. Le 17 février 1941, il quitte la France pour Alger par la mer, mais il est arrêté dès son arrivée et emprisonné. On le transfère à la prison de Toulon, où il fait la connaissance d'un certain René Hardy, arrêté lui aussi parce qu'il cherchait à rallier Alger et que l'on accusera plus tard d'avoir livré Jean Moulin à la Gestapo. Durant son séjour, Bénouville rédige de mémoire une biographie de Saint Louis, qui lui vaudra l'admiration de son maître Charles Maurras. On y retrouve son lyrisme royaliste et sa ferveur nationaliste.

Bénouville est acquitté par le tribunal le 7 août 1941. Il retrouve alors à Marseille un des hommes avec qui il a embarqué pour Alger, l'architecte Henri Frager, qu'il a rencontré en décembre 1940 chez l'un de ses vieux amis de l'Action française. Frager est alors membre d'un réseau de Résistance « antiallemand, antigaulliste, anticommuniste et anticollaborationniste[1] ». Cette organisation, très liée aux Britanniques, a été créée par un artiste peintre, illustrateur de presse : André Girard.

Cet homme du monde, fantasque et séducteur, est le père de la future actrice Danièle Delorme, que l'on verra notamment dans *Voici le temps des assassins*, de Julien

Duvivier, et *Un éléphant ça trompe énormément*, d'Yves Robert.

Bénouville rejoint le réseau Carte « aux alentours de septembre 1942 », selon l'historien Thomas Rabino. Bénouville souhaite se battre « sur le plan militaire[2] » pour la libération, tout en évitant que celle-ci ne provoque une « révolution rouge ». Il n'est pas encore gaulliste. Selon lui, de Gaulle est entouré de gauchistes et de vieux politiciens.

André Girard exige que ses hommes travaillent « sans prendre contact avec les émissaires du Général, cela pour des raisons diverses, la principale étant l'insécurité des méthodes de de Gaulle[3] ».

Carte envoie Bénouville en Suisse. Il est chargé d'y établir une relation stable avec Londres « par le truchement des agents et attachés militaires alliés à Berne ». Autrement dit, les services secrets. Bénouville va faire mieux que remplir son rôle. Il va devenir un interlocuteur incontournable des représentants de l'OSS (Office of Strategic Services) et de leur chef Allen Dulles, futur patron de la CIA, avec qui il se liera d'amitié.

Mais le chef du réseau compte aussi sur lui pour convaincre des banques helvètes de mettre en œuvre un système de compensation qui permettra de disposer de fonds dans les banques françaises.

Le mouvement Carte implosera quelques mois plus tard. Bénouville rejoint ensuite le mouvement Combat, dirigé par Henri Frenay. Il va en profiter pour réactiver la filière établie pour le compte de Carte et tenter d'obtenir des Américains des financements autres que ceux attribués par Jean Moulin.

45.
Manigances

Que disaient entre eux les gens de la Cagoule de François Mitterrand ? Dans son livre *Une jeunesse française*, Pierre Péan a retrouvé des lettres particulièrement éclairantes. Je les citerai abondamment pour mieux comprendre la relation qui s'était nouée entre eux et lui.

En janvier 1947, celui qui s'est fait élire député dans la Nièvre quelques mois plus tôt est nommé ministre des Anciens Combattants et des Victimes de guerre du gouvernement Ramadier. Son ami Jean Bouvyer, second couteau de la Cagoule, est en détention préventive depuis plus d'un an. Avec sa mère Antoinette, qui aimait tant « François », ils ont réfléchi à la meilleure manière de convaincre leur ami de « se mouiller ».

« J'espère bien qu'il sera ministre de la Justice », écrit Jean Bouvyer le 31 janvier 1947[1]. Quelques jours plus tard, raconte Péan, « en accord avec Jacques Corrèze, incarcéré lui aussi, Bouvyer propose à Mitterrand de lui révéler tous les secrets de la Cagoule ». Il promet de balancer quelques militaires et hommes politiques de premier plan, dont certains graviteraient dans l'entourage du général de Gaulle. Ainsi Mitterrand pourrait mieux défendre les seconds couteaux comme lui.

« Si, d'autre part, tu peux obtenir de lui une démarche auprès de son collègue de la place Vendôme, écrit Bouvyer à sa mère, je suis certain que cela ne me fera pas de mal, bien au contraire, et qu'il ne se compromettra nullement en le faisant, s'il se place uniquement sur le plan de l'amitié qui le lie à la famille, sans entrer dans le fond de l'affaire, ce qui est inutile puisque les magistrats sous les ordres du garde des Sceaux peuvent donner à ce dernier des détails plus précis même que ceux que pourrait donner François, qui ignore tout de l'affaire. » Bouvyer a changé d'idée. Il regrette son engagement.

François Mitterrand interviendra bien, comme en atteste une autre missive de son ami : « J'ai bien reçu ta lettre du 18, écrit-il à sa mère. Je pense que Jacques Guilhot [son avocat] me donnera dimanche les détails sur la démarche de François place Vendôme. »

Interrogé en 1994 par Pierre Péan sur ces manigances cagoulardes, François Mitterrand répondra : « J'ai acquis, à l'égard de ces types, une méfiance absolue ; ils se fabriquent des histoires, des héros. C'est un type d'hommes dont on ne peut rien croire. »

Il poursuit en établissant une curieuse comparaison : « C'est comme les notes des services de renseignement, je n'y crois jamais. Ce sont toujours des histoires. J'ai une totale méfiance à l'égard des services secrets. » Quelques mois plus tôt, la presse avait révélé les milliers d'écoutes téléphoniques qu'il avait fait réaliser dans la plus parfaite illégalité…

46.
« Vous avez été très gentil, monsieur le Premier ministre »

« Sans François, nous n'aurions pas gardé l'affaire d'avions. C'est moi qui ai arraché les avions à la soif de nationalisation du gouvernement socialiste. » Dans son livre d'entretiens avec Laure Adler, Pierre de Bénouville ne se cache pas derrière son petit doigt. Son amitié avec le président de la République a bien interféré dans une décision politique d'envergure. « Quand j'ai eu à parler à François d'un problème quelconque concernant Dassault, je n'ai jamais eu l'ombre d'une difficulté », fanfaronne-t-il.

Le 8 juillet, le Premier ministre, Pierre Mauroy, dans sa déclaration de politique générale, l'a pourtant confirmé : « La nationalisation sera immédiate pour le groupe Dassault, qui vit essentiellement de commandes militaires. »

Écoutons la version de Bénouville sur les négociations qui s'engagent en août 1981 à Matignon. «J'ai dit à François : "Si tu nationalises, tu tues cette maison." Pierre Mauroy a adhéré à une décision. François lui a expliqué. Et je crois que je lui avais bien expliqué. »

Dans un restaurant de La Grande-Motte, j'interroge le spécialiste du groupe Dassault, Claude Carlier, sur cette affaire. Cet historien de l'aéronautique a publié une biographie très fouillée de Marcel Dassault, pour laquelle il a pu puiser dans les archives du groupe. « Bénouville a joué un rôle colossal en 1981, me confirme-t-il. Sans lui, Dassault aurait été vraiment nationalisé. »

La discussion officielle a lieu à Matignon. Côté État, le Premier ministre Pierre Mauroy est un passionné d'aviation. Son conseiller, Jean Peyrelevade, est ingénieur en chef de l'aviation civile. Sans oublier le secrétaire d'État auprès du ministre de la Défense, Georges Lemoine. Côté Dassault, les premiers interlocuteurs sont le P-DG de la société, Claude Vallières, assisté du secrétaire général, Charles Edelstenne.

« La véritable négociation s'engage ensuite avec Marcel Dassault lui-même, assisté de Pierre de Bénouville », raconte Carlier. La négociation officieuse, elle, se tient dans le bureau de François Mitterrand. Ensemble, avec son vieux camarade de Saint-Paul, ils détricotent les décisions prises le jour même à Matignon.

Pierre Mauroy confiera à l'historien : « Je me suis aperçu que Dassault n'était pas un capitaliste classique. C'était un homme inclassable, un ingénieur qui avait le génie des avions, un homme de talent, de nature effacée, timide même, mais avec une immense volonté. »

Pour écrire son livre, Carlier a rencontré cinq Premiers ministres. Chaque fois, c'est Bénouville qui lui a obtenu les rendez-vous. Par égard pour le grand âge de Marcel Dassault, et par courtoisie aussi, les discussions se transportent dans son bureau, au rond-point des Champs-Élysées.

« Le général de Bénouville m'a beaucoup aidé en déterminant les heures les plus commodes pour travailler avec Marcel Dassault », racontera Georges Lemoine à Carlier. Ce dernier a parfois l'impression que « Marcel Dassault savait à l'avance ce qu['il] allai[t] dire ». « L'aspect relationnel a beaucoup joué. Je savais aussi que le général de Bénouville allait voir le président de la République. »

Un compromis se dessine. Marcel Dassault fait don à l'État de 26 % des actions des AMD-BA (Avions Marcel Dassault-Breguet Aviation). Celui-ci, qui possède déjà 20 % des actions avec droit de vote double, soit 40 %, peut y ajouter les 26 % donnés par Dassault, ce qui représente 66/120, soit 55 % des droits de vote. Autrement dit, l'État ne prend que le contrôle partiel de Dassault.

La signature de l'acte a lieu le 8 octobre 1981, à l'hôtel Matignon. À l'issue de la cérémonie, Pierre Mauroy raccompagne Marcel Dassault. « Vous avez été très gentil », dit l'avionneur au Premier ministre. Juste derrière eux,

Pierre de Bénouville savoure. Son coup a évité un mauvais coup.

47.
Bréviaire mitterrandien

C'est bien en pétainiste que François Mitterrand entre dans la Résistance. Cela ne fait aucun doute pour ceux qui vont l'approcher de près à partir du printemps 1943. Ainsi apparaît-il le 30 mai de cette année-là à Philippe Dechartre, qui agit alors au côté de Cailliau, le neveu du général de Gaulle.

« J'ai rencontré à six heures du matin, dans le brouillard et le froid, un homme en culotte de golf, arborant une grosse écharpe, un béret et une petite moustache, a raconté ce gaulliste de gauche à Pierre Péan. C'était un homme de droite extrême puis de droite, mais tout cela corrigé par son catholicisme [...] Il était légitimiste, maréchaliste, mais on était d'accord car le patriotisme l'emportait sur tout. C'était un anti-Allemand et un authentique résistant. »

Ce qui a frappé Dechartre, c'est la stratégie déjà très élaborée de Morland (Mitterrand) : « Il avait une vision pour l'après-Libération. Il imaginait la France de demain : "Si on veut prendre le pouvoir, disait-il, il faudra composer avec les communistes. Ils sont ce qu'ils sont. Il y a une arithmétique communiste. Il faudra en tenir compte pour l'approche du pouvoir. On ne peut pas passer à côté..." »

À ce moment-là, Mitterrand s'est forgé une conviction :

il est fait pour diriger les autres. «Je ne puis aimer les hommes et agir sur eux qu'en bloc, écrit-il à l'un de ses proches le 17 juillet 1943. Le détail de chaque être me lasse et me découvre un champ trop minutieux d'erreurs ou d'inutilités, mais qu'une foule, qu'un peuple soit à ma portée et je sais que je puis discerner leur vérité, leur histoire et leur ressort[1]. »

Et il ajoute cette phrase prémonitoire : «Je ne puis être un chef que par la ruse ou par la terreur, ou grâce aux réseaux impitoyables de l'inhumain. » L'inhumain ?... On n'a pas fini de faire l'exégèse de cette confidence...

48.
Le bureau des légendes

Comment François Mitterrand, venant du pétainisme, est-il parvenu à s'imposer à la gauche, qui prétendait avoir le monopole de la Résistance ? Il savait que pour elle son parcours était rédhibitoire. À l'image des agents de la DGSE mis en scène dans la série *Le Bureau des légendes*, il a opéré « sous légende », c'est-à-dire sous une identité fabriquée partiellement. Comme eux, il a vécu dans une dissimulation permanente.

Chacun de ses cercles d'amis a eu droit à sa légende mitterrandienne. Et y a contribué. Car Mitterrand, fin connaisseur de la nature humaine, a su forger des loyautés, susciter des admirations et des amitiés indéfectibles. Ce sont ses amis « qui fourniront les attestations historiques et les ferveurs oratoires indispensables[1] », selon l'expression de l'historien Simon Epstein, à son entreprise de réécriture historique.

En 1995 paraît un album d'hommage au président, sous la direction de Caroline Lang, la fille de Jack, l'emblématique ministre de la Culture des années Mitterrand. Son titre : *Le Cercle des intimes.*

Une vingtaine de personnalités, présentées comme les plus proches de Mitterrand, ont rédigé un texte sur lui. Il y a là Roland Dumas, Georges Dayan, André Rousselet, Catherine Langeais, Jean Védrine, et d'autres, compagnons de captivité, résistants, consciences de gauche... Tous brossent un portrait de leur héros conforme à la légende que celui-ci a construite pour conquérir le pouvoir.

Tous sont tombés de leur chaise, un an plus tôt, quand ils ont lu le livre de Pierre Péan. Beaucoup avaient l'air sincèrement surpris par les révélations du journaliste sur la Cagoule et Vichy.

Surprise sincère ou feinte ? Certains persisteront dans le déni. Et dénonceront une odieuse campagne de calomnie. La gauche, si prompte à convoquer « les heures les plus sombres de notre histoire » pour diaboliser ses adversaires, déplore soudain que l'on exhume ce passé. Les mitterrandolâtres ne peuvent se dédire. L'illusionniste Mitterrand les a bien eus. Ils sont les cocus de l'Histoire. Au fond, la gauche ne s'est jamais remise de ce grand cocufiage. Et elle en subit encore les conséquences. Accréditant la légende mitterrandienne, elle a perdu une grande partie de son crédit moral et intellectuel. Elle s'est dépossédée elle-même de sa légitimité pour dire le bien et le mal.

Je feuillette *Le Cercle des intimes.* C'est une succession d'images pieuses. Dans le sommaire, je cherche les noms de trois des plus proches amis de François Mitterrand : Pierre de Bénouville, François Dalle et André Bettencourt.

Aucun n'y figure. Lorsqu'elle s'est lancée dans ce projet, Caroline Lang a demandé au président de la République de lui fournir la liste des personnes qu'il souhaitait voir figurer dans cet ouvrage. Selon ses souvenirs[2], il ne lui a indiqué aucun des Mousquetaires. Les seuls pourtant à connaître l'autre visage de Dieu. Le vrai ?

49.
« La main droite de Dieu »

Je suis un enfant des années Giscard. Je suis entré dans l'adolescence sous Mitterrand. Et j'ai voté, pour la première fois, quand ce dernier a quitté le pouvoir. Au moment où je m'éveillais à la politique, un combat prenait le pas sur tous les autres : la lutte contre l'extrême droite. Celle-ci a pris une place centrale dans le débat. Le dimanche soir, dans son émission *7 sur 7*, la journaliste Anne Sinclair posait toujours une question à ses invités sur ce sujet.

Au fil des élections, Jean-Marie Le Pen et son parti le Front national grappillaient toujours plus de voix. Son ascension ne paraissait pas encore inexorable. Mais il progressait dangereusement. Les propos de Le Pen sur les chambres à gaz, « un point de détail de l'histoire de la Seconde Guerre mondiale », ne le ralentissaient même pas.

Comment ses adversaires présentaient-ils le Front national à l'époque ? C'était une résurgence de Vichy, un revival pétainiste. En somme, Le Pen remettait au goût du jour des idées en lesquelles Mitterrand avait cru jusqu'en 1942-1943…

Le Pen, lui, connaissait quelques bribes de l'histoire mitterrandienne. « On en parlait dans nos milieux, se souvient-il. Certains journalistes nationaux avaient fait leur travail et certaines informations étaient connues, comme la francisque et les amitiés cagoulardes du président. Mais comme elles émanaient de plumes jugées suspectes, on ne les prenait pas en considération[1]. »

Le Pen fait sans doute allusion à un journaliste et éditeur collaborationniste et antisémite bien connu dans les milieux d'extrême droite : Henry Coston. Celui-ci a fait paraître plusieurs éditions d'un *Dictionnaire de la politique française*, très complotiste, et néanmoins très lu. Pierre Assouline le qualifiera d'« ouvrage indispensable à l'historien, à condition de l'utiliser avec précaution […] Une mine d'informations sur la presse et les mouvements politiques, les journalistes et les politiciens de l'entre-deux-guerres et l'Occupation ».

Coston connaît bien Vichy. Il y a fondé, en 1941, le Centre d'action et de documentation, un organisme de propagande antisémite et antimaçonnique. Dès 1958, il commence à distiller des informations compromettantes sur le compte de Mitterrand. Une petite plaquette publiée cette année-là sous le titre *Cet homme est dangereux* mentionne déjà sa francisque. Une décoration que Coston a reçue la même année que l'homme politique…

François Mitterrand avait approché l'extrême droite. Il savait combien elle pouvait être radioactive. À propos des cagoulards, il avait dit à Pierre Péan qu'ils s'inventaient des histoires.

Mais ces milieux pouvaient lui être utiles. Tant que c'était l'extrême droite qui racontait son histoire, il pouvait dormir tranquille. Les informations des Coston et autres chroniqueurs de la même obédience ne seraient pas reprises par la « bonne presse ».

L'extrême droite nourrissait des sentiments paradoxaux à son égard. « Mitterrand venait de chez nous, me dira une autre figure de ce monde-là, l'éditorialiste François Brigneau, qui a écrit dans *Minute*, *Rivarol* et *Présent*. À la Libération, nous étions dans le camp des vaincus. Lui a réussi à être du côté des vainqueurs[2]. »

En 1944, au lendemain du débarquement, Brigneau s'est engagé dans la Milice. Il a partagé la cellule de l'écrivain Robert Brasillach à Fresnes. Après-guerre, il publiera des romans policiers remarqués. Il sera condamné à de nombreuses reprises pour ses articles injurieux à caractère antisémite.

De chez eux, Mitterrand ? Brigneau réécrit l'histoire. À dessein. Il utilise le passé mitterrandien pour relativiser son propre engagement. Et s'absoudre. Il dit à demi-mot : si Mitterrand était pétainiste comme nous, nous ne sommes donc pas si sulfureux…

Brigneau n'était pas inconnu de Mitterrand. Il était ami avec l'écrivain Paul Guimard, qui fut chargé de mission à l'Élysée en 1981 et 1982, et avec qui il naviguait en Bretagne.

Brigneau était aussi le grand ami de l'écrivain Antoine Blondin, qu'appréciait beaucoup Mitterrand. Le polémiste se souvient que l'auteur d'*Un singe en hiver* l'avait convié à déjeuner avec l'homme politique. Blondin, l'anar de droite, a voté Mitterrand, qu'il surnommait « le Kennedy du Nivernais » en 1981 et l'a accompagné dans de nombreux meetings.

Avoir le soutien des belles plumes de la droite antigaulliste, ce n'était pas accessoire pour Mitterrand. En 1965, lorsqu'il affrontera de Gaulle à la première élection présidentielle, il aura besoin de toutes les voix.

50.
« Vaguement de gauche »

« Le fond de François, que je connais bien, j'ose dire que pour beaucoup de choses, c'est mon propre fond », affirmera Pierre de Bénouville après la mort de son ami[1]. Pour lui, Mitterrand est resté un « national ».

Sa conversion au socialisme ? Il n'y croit pas une seule seconde. S'illusionne-t-il lui aussi ? L'amitié parfois aussi est aveugle.

En janvier 1974, interrogé par Franz-Olivier Giesbert, André Bettencourt, lui, avait tout juste nuancé le portrait de leur ami : « Le François Mitterrand que j'ai connu n'était ni bolchevique ni même socialiste. Il était vaguement de gauche, c'est tout. Il aurait donc pu être gaulliste[2]. » Bettencourt projette-t-il ses propres fantasmes ? On apprécie le « vaguement de gauche » : une précision amicale apportée pour coller avec la légende officielle de Mitterrand à cette époque, qui vient de s'emparer du Parti socialiste.

« Je pense que Mitterrand était un peu plus lui-même avec Bénouville et certains de ses copains du "104", me confie Roland Dumas. Quand on a cohabité dans un dortoir de collège ou une pension estudiantine, ça crée des liens particuliers[3]. »

À quoi reconnaît-on un véritable ami ? Quand vous sonnez chez lui à trois heures du matin avec du sang sur les mains, il vous accueille en vous demandant : « Que puis-je faire pour toi ? »

La bande a toujours été là pour Mitterrand. Même pour accréditer sa légende.

51.
La bande vue par Michel Rocard

Parler de Mitterrand ?! Encore ? On ne me lâchera donc jamais avec mon bourreau.

En cette fin d'après-midi 2012, Michel Rocard doit penser cela en me recevant dans son bureau après m'avoir demandé la raison de notre entrevue.

Il n'a jamais aimé Mitterrand. Ce qui sépare les gens les attire parfois l'un vers l'autre. Entre eux, ce fut tout le contraire. Ils étaient allergiques l'un à l'autre. Aux yeux de Rocard, Mitterrand apparaissait comme un *has been*, féru d'une littérature qui sentait la naphtaline. Quant à Mitterrand, il voyait en Rocard un technocrate austère, sans épaisseur. Deux tempéraments s'opposaient aussi : la spontanéité de Rocard désarçonnait quelque peu le dissimulateur Mitterrand.

Mais la raison fondamentale pour laquelle le patron du PS prit en grippe celui du PSU, c'est l'allergie de ce dernier à « la notion de clan, fondamentale pour lui en politique ».

« Mitterrand est un féodal qui ne reconnaît que de rares égaux, selon Éric Roussel. Rocard a gardé des habitudes d'éternel étudiant aimant les discussions entre amis. » La biographie de Roussel n'est pas parue quand je rencontre Michel Rocard. Je ne puis donc lui soumettre l'interprétation de l'historien. Mais il semble l'approuver par avance, pointant l'influence sur Mitterrand de « ces visiteurs du soir surgis du fond des âges ».

Lors de notre entretien, l'ancien Premier ministre esquive les considérations psychologiques, préférant m'embarquer dans les méandres idéologiques de la gauche. Proudhon, Marx, Jaurès… Je tente de le suivre. Quand cela devient trop technique, je le ramène aux hommes.

Il n'a pas oublié ce que Mitterrand a dit au grand patron Ambroise Roux, après l'avoir choisi comme Premier ministre, en 1988 : « Je vais le nommer puisque les Français semblent en vouloir, mais ils ne se rendent pas compte. Vous verrez, au bout de dix-huit mois, on verra au travers. » Il a tenu trois ans et quelques jours. Avant d'être viré comme un malpropre.

Au congrès de Metz du Parti socialiste, en 1979, Rocard avait cru imposer sa « deuxième gauche ». Une gauche « morale, rigoureuse, pragmatique », selon les termes de l'historien Éric Roussel[1], et s'ouvrir les portes de la présidentielle de 1981.

Et puis patatras. C'est l'autre gauche, verrouillée par Mitterrand, « jacobine, centralisatrice et étatique », selon les mots de Rocard, qui l'avait emporté.

Rocard refait le match devant moi. Son histoire avec Mitterrand est faite de portes qui claquent. En 1985, il a démissionné de son poste de ministre de l'Agriculture du gouvernement Fabius. Officiellement, il ne voulait pas d'un scrutin proportionnel aux législatives de 1986.

En 1994, après son élection comme premier secrétaire du PS, il prend la tête de la liste socialiste aux européennes : Mitterrand lui savonne la planche en encourageant une autre candidature à gauche, celle de Bernard Tapie. Ce dernier obtient 12 %, juste derrière la liste du PS (14,5 %). Ce qui permet aux mitterrandistes de lui reprendre les rênes du parti.

Rocard attaque Mitterrand par la face culturelle. « Il avait une définition de la culture limitée aux Beaux-Arts. Il ne s'intéressait pas à la sociologie, notamment, qui est pourtant le cœur d'une ouverture au monde moderne. »

Selon lui, « la culture de droite, barrésienne, prédominait » chez le président. « Il ne s'en cachait qu'à peine. » Cette culture, m'explique-t-il, avait « de nombreux points de rencontre possibles avec celle du Parti socialiste, à commencer par le jacobinisme hérité de Louis XIV ».

Que savait-il du passé sulfureux de Mitterrand ? « Quelques bribes, ici et là. »

À Matignon, il s'y trouve confronté. En 1989, plusieurs associations, dont les Fils et Filles des déportés juifs de France de Serge Klarsfeld, déposent plainte contre l'ancien secrétaire général de la police de Vichy pour crimes contre l'humanité. Le ministre de la Justice, Pierre Arpaillange, lui demande audience. « C'était le choix de Mitterrand, me confie Rocard. Un type assez pitoyable. En plus, il zozotait. Il me faisait un peu pitié. » Et il me répète de mémoire leur conversation : « Il m'a dit : "Michel, il m'arrive une drôle d'histoire.

– Laquelle, Pierre ?

– Voilà, je viens d'apprendre que toutes les procédures lancées contre Bousquet se terminent. C'est à moi de classer ou de poursuivre. Je ne sais pas quoi faire.

– Pourquoi me le demandes-tu, à moi ?"

Arpaillange avait vu Mitterrand avant moi. Je lui ai demandé ce qu'il lui avait dit. Il m'a fait cette réponse : "Il ne m'a rien dit qui ressemble à une instruction…"

Au bout d'une heure, je lui ai dit : "Poursuivez." Et c'est parti ! On a ouvert une information. »

L'instruction n'ira pas à son terme car René Bousquet sera assassiné en 1993.

Rocard a été frappé par un autre épisode lorsqu'il était à Matignon : la commémoration du bicentenaire de la Révolution française, en 1989.

« Jacques Attali a demandé à me voir, c'est mon copain. Il m'a annoncé tout ce que l'Élysée envisageait pour cet événement, notamment le grand défilé de Jean-Paul Goude. Je suis sorti catastrophé de cette discussion. C'était fastueux. Digne d'un roi. Ce qui n'est guère étonnant de la part de quelqu'un qui avait frayé avec les milieux royalistes dans les années 1930 ! » Il poursuit : « Je me suis dit alors : que peut-on faire pour nous sauver de cette arrogance ? » La France devait alors proposer des droits nouveaux. « Je me dis : il faut créer le droit à un environnement salubre. C'était le bon moment : un an plus tôt avait été créé le GIEC. »

Le 11 mars 1989, à La Haye, les représentants de vingt-quatre États réunis pour le « sommet sur la protection de l'atmosphère du globe » signent un texte commun. Ils appellent à la mise en place d'une autorité mondiale de l'environnement.

« Mitterrand était content d'être là, explique Rocard. Mais il n'a pas su faire le lien avec la Révolution. Tout cela n'était pas sa culture. Parce que ce n'était pas lui, parce que ce n'était pas moi… »

52.
Sous la teinture

Non seulement François Mitterrand est fâché avec la comptabilité, mais il s'avère aussi un piètre homme de presse. À la Libération, il s'est mis en tête de transformer *Votre beauté* en revue littéraire ! Et entend bien créer une maison d'édition classique à partir de la

Société d'éditions modernes parisiennes, qui édite le magazine[1].

L'entourage d'Eugène Schueller lève les yeux au ciel. Mais le grand patron a d'autres soucis en tête. Son passé le rattrape. Les comités d'épuration lui demandent des comptes.

La Cagoule, dont il a été proche, a été dissoute juste avant la guerre. En 1940, les cagoulards se sont scindés en trois groupes. Les premiers ont rallié de Gaulle à Londres pour combattre les nazis ; les deuxièmes ont fait allégeance à Vichy ; et les troisièmes ont choisi de travailler avec les Allemands.

Eugène Deloncle appartient à la troisième catégorie. En 1941, il crée le Mouvement social révolutionnaire (MSR). La devise de celui-ci est « Aime et sers » et son emblème, un glaive blanc dessiné sur un fond rouge et bleu.

Eugène Schueller siège au bureau politique[2] au côté du bras droit de Deloncle, Jacques Corrèze, à qui il confiera, après la guerre, des responsabilités au sein du groupe L'Oréal. Il côtoie aussi Jean Filiol, surnommé « le tueur de la Cagoule ». Ce dernier a participé en 1937, à Bagnoles-de-l'Orne, à l'assassinat des frères Carlo et Nello Rosselli, deux militants antifascistes, pour le compte de Mussolini. La Cagoule s'était alors rapprochée du régime italien.

Drôle de compagnie pour Eugène Schueller. Dans l'organigramme du Mouvement social révolutionnaire, il préside et dirige « toutes les commissions techniques et comités d'études ».

À la tribune, lors du premier congrès de l'organisation, qui s'est tenu les 14 et 15 juin 1941, il défend ses trois révolutions économiques : salaires, gestion, capital. Pour réaliser celles-ci, « il faut, dit-il, fusiller cinquante ou cent grands personnages ».

Eugène Deloncle et ses amis n'ont pas renoncé à la violence. En octobre 1941, ils posent des bombes dans plusieurs synagogues parisiennes. À la grande satisfaction du chef de la Gestapo, Reinhard Heydrich. Dans une note adressée le 6 novembre 1941 au quartier général de la Wehrmacht, Heydrich évoque ses relations avec Deloncle et ses hommes : « Mon service, au cours de la lutte qu'il mène contre la juiverie internationale, est entré en contact avec les groupements antisémites français. Le groupe antisémite de Deloncle était connu de longue date comme le plus actif de ces groupes, et Deloncle lui-même, malgré son caractère politique équivoque, offrait les meilleures garanties d'une lutte impitoyable contre les Juifs. »

Deux semaines plus tard, Deloncle réunit ses militants à Paris, avant de rejoindre le front de l'Est où il va combattre sous l'uniforme allemand. Il a créé une Légion des volontaires français contre le bolchevisme (LVF). Schueller prend la parole lors du bureau politique qui se tient à cette occasion : « Ce qui importe pour nous est la rupture entière et définitive avec un passé récent, avec les méthodes et les hommes de la IIIe République, avec les francs-maçons et les Juifs[3]. »

Au cours de l'année 1942, le Mouvement social révolutionnaire explose. Dans l'immeuble du mouvement, au 141 boulevard Haussmann, à Paris, « on s'empoigne, on se bat en duel avec des sabres[4] ». Pas seulement pour des raisons politiques. Il y a entre les activistes des « histoires de lits et d'alcôves », selon le mot de Philippe Bourdrel. Avant-guerre, l'un d'eux a livré sur l'oreiller les secrets de l'organisation à une mystérieuse rousse travaillant pour la police.

Mais en 1942, Deloncle a cessé de plaire. « Schueller est parmi les premiers à rompre avec lui », explique l'écrivain israélien Michel Bar-Zohar qui a réalisé un gros travail d'enquête sur le fondateur de L'Oréal. Il relate une visite que rend Eugène Schueller à l'ambassade d'Allemagne, le 18 mars 1942. Celui vient « proclamer sa loyauté envers Hitler », selon Bar-Zohar. « Il informe également ses amis nazis qu'il s'est séparé de Deloncle. »

Ce dernier sera assassiné chez lui, rue Le Sueur, à Paris, le 7 janvier 1944, par la Gestapo. Depuis 1942, il avait replongé dans l'action clandestine. Mais cette fois, il avait pris les devants, sentant le vent tourner : en novembre, les Alliés avaient débarqué en Afrique du Nord. Deloncle avait pris contact avec l'amiral Wilhelm Canaris, responsable du contre-espionnage militaire allemand (l'Abwehr) et opposant à Hitler. Ingénieur du génie maritime, Deloncle avait assuré la liaison entre lui et l'amiral Darlan. La Gestapo sera mise au courant de son activité.

Qu'en est-il d'Eugène Schueller à partir de la fin 1942 ? Les archives manquent. Il a, lui aussi, senti le vent tourner, et s'est replié sur ses affaires. Son entreprise prospère. Entre 1940 et 1943, le chiffre d'affaires de Monsavon double, passant de 35,9 à 70,7 millions de francs. Celui de L'Oréal quadruple (56,8 millions à 208,8 millions en 1944).

« Or, à l'époque, pour se développer, il ne suffit plus de vendre, précisent Renaud de Rochebrune et Jean-Claude Hazera dans leur enquête sur *Les Patrons sous l'Occupation.* Il faut d'abord pouvoir approvisionner ses usines. Et augmenter ses ressources en matières premières demande beaucoup d'ingéniosité ou… de relations avec l'administration de Vichy ou avec les Allemands[5]. »

Le 4 juin 1945, au moment où François Mitterrand prend possession de son bureau dans le groupe L'Oréal, le tribunal de la Seine ouvre une instruction sur Eugène Schueller. Elle va durer trois ans.

Trois ans au cours desquels Bettencourt, Dalle et Bénouville vont beaucoup s'activer pour défendre leur bienfaiteur.

53.
Le cimetière de Passy

En 1987, Bénouville et Le Pen se retrouvent à un enterrement, au cimetière de Passy, à Paris. Les deux hommes sont côte à côte pour accompagner un ami commun à son dernier domicile : Michel de Camaret. Plus qu'un ami, en réalité : un camarade de combat.

Bénouville a connu cet escogriffe secret aux Camelots du roi. Tous deux ont pris part à la guerre d'Espagne. « La sympathie de mon oncle allait indéniablement au mouvement carliste, m'explique Jacques Hogard. Il m'a dit s'être beaucoup occupé avec ses amis royalistes du sauvetage des œuvres du musée du Prado, à Madrid. Est-il allé se battre dans les rangs des Requetés, en 1937, comme Michel de Camaret ? Il restait très secret sur cette période[1]. » Les deux Camelots se retrouvent ensuite dans la Résistance. Membre d'un commando parachutiste SAS des Forces françaises libres, le 4e bataillon de l'infanterie de l'air, il sera blessé au cours de la bataille de Saint-Marcel, en Bretagne.

Après-guerre, il entreprend une carrière diplomatique, vite interrompue par la guerre d'Indochine, où il prend la tête d'un commando de parachutistes. Il renouera ensuite avec la diplomatie en étant notamment ambassadeur de France en Birmanie.

Il s'engage ensuite au Front national. Jean-Marie Le Pen le place en deuxième position de sa liste aux élections européennes de 1984 et le fait élire.

La tombe dans laquelle les croque-morts font glisser le cercueil de Michel de Camaret sous les yeux de Bénouville est déjà en partie occupée par un de leurs camarades : Jehan de Castellane. Un ancien Camelot du roi lui aussi, très proche des milieux cagoulards.

En 1941 et 1942, Castellane participe au Mouvement social révolutionnaire (MSR) fondé par Eugène Deloncle. Son programme ? « Nous voulons construire la nouvelle Europe en coopération avec l'Allemagne nationale-socialiste et toutes les autres nations européennes libérées comme elle du capitalisme libéral, du judaïsme, du bolchevisme et de la franc-maçonnerie [...] donner aux Juifs qui seront conservés en France un statut sévère les empêchant de polluer notre race. »

En 1942, quelques éléments du MSR, parmi lesquels Georges Soulès (nom de l'écrivain Raymond Abellio) et Jehan de Castellane, excluent Eugène Deloncle et se rapprochent de la Résistance et notamment du mouvement Combat, dont Bénouville est un pilier.

Un mystère plane sur Castellane. Dans son enquête sur l'arrestation de Jean Moulin à Caluire, Pierre Péan établit que l'ami de Bénouville était très lié à un agent de l'Abwehr, mais aussi de la Gestapo : l'ancien cagoulard Raymond Richard. Ce dernier agissait en relation avec le service de renseignement très privé de Bernard Ménétrel, le médecin du maréchal Pétain, et au service de la Gestapo. C'est Richard qui aurait fourni à celle-ci les informations sur la réunion de Caluire. « Des liens si étroits avec des milieux de la droite nationaliste, hostile à Moulin et à tout ce qui se situe à gauche, que Richard ne semblait pas devoir ignorer grand-chose de ce qui se trame à la tête de la Résistance », écrit Pierre Péan.

Jehan de Castellane emporte dans la tombe ses secrets. Pierre de Bénouville veillera à ce qu'ils n'en sortent pas. Alors que la cérémonie s'achève, Bénouville et Le Pen plaisantent des amours tempétueuses de leur ami Camaret. « Nous avons tous eu des périples matrimoniaux perturbés ! » ironise Bénouville. Le Pen opine du chef. Son divorce avec son épouse Pierrette vient d'être prononcé après bien des péripéties très médiatisées.

« Le général » et « le menhir » regagnent ensemble la grille d'entrée du cimetière en méditant à haute voix sur la valeur des serments.

54.
Un long dimanche de mai

Où étaient-ils donc tous les trois le 10 mai 1981 ? Le jour où leur ami François était sacré roi de France. N'avaient-ils pas contribué à son accession au trône ?

J'ai parcouru les archives photographiques de cette journée particulière à la recherche de leurs visages. Ni à Château-Chinon, ni rue de Bièvre, au domicile de François Mitterrand, à Paris, je ne les ai vus.

À vrai dire, je ne les imagine pas s'afficher au milieu des « socialos ». Si, cinquante ans plus tôt, ils avaient imaginé que leur François prendrait le pouvoir par la gauche ! Avec les communistes ! Et Dieu sait s'il en avait bouffé du coco.

Tous les trois ont dû sourire aux alentours de vingt heures, lorsque le visage de Mitterrand s'est affiché sur les écrans de télévision.

André Bettencourt devait peut-être rentrer, avec son épouse Liliane, de son château normand de Saint-Maurice-d'Ételan. Là même où il est né. « Nous vivons à Neuilly, c'est notre demeure, mais c'est là-bas qu'est notre vraie maison », disait-il. Sa Citroën CX était équipée d'un téléphone. Est-ce ainsi que François l'aura prévenu, peu avant l'annonce officielle du résultat ? À moins que Liliane et lui aient passé le week-end dans leur maison de l'Arcouest, en Bretagne.

François Dalle était-il parti se reposer en Espagne ? Le lancement d'une nouvelle ligne de cosmétiques l'a peut-être retenu à Paris. « Les emmerdes commencent », a-t-il lâché à un proche le 11 mai au matin.

En mai 1981, Pierre de Bénouville avait emmené Monique Legrand en croisière dans le golfe de Corinthe. Un de ses amis, grand industriel, leur avait prêté son yacht, le *Midnight Sun*, et mis à disposition son équipage. Sur le pont en acajou, le général prenait des bains de soleil. Ils avaient remonté le canal de Corinthe, visité le temple d'Apollon et la fontaine de Pirène.

Ils étaient rentrés en France pour l'élection. Le 10 mai au soir, ils avaient suivi les résultats à la télévision, dans cet hôtel de Barbizon, le Bas Bréau, où ils aimaient séjourner. « Pierre était très heureux de la victoire de François Mitterrand », se souvient Monique Legrand. Bénouville avait-il voté pour son ami ? Son candidat, Jacques Chirac, avait été éliminé dès le premier tour. De Giscard, il disait qu'il était « cucul la praline ». Dalle aurait pu être ministre de l'Économie du président sortant, dont il était proche. En avait-il conçu de l'amertume ? Et Bettencourt ? Quel bulletin avaient-ils glissé dans l'urne ? Le Programme commun n'était pas leur tasse de thé. Mais où se nichait la politique et où s'établissait l'amitié en ce printemps ?

Avec François, c'était une part d'eux-mêmes qui allait entrer à l'Élysée. Leur échapperait-il ?

Il y avait une part de jeu dans tout cela. Eux seuls en connaissaient les règles. Ils avaient joué, ils avaient gagné.

55.
La biographie qui ne devait pas paraître

« Qu'est-ce qui vous tracasse, Pierre ? »

Un matin de 1983, Marcel Dassault s'enquiert des causes du trouble qu'il lit sur le visage de son homme de confiance. Bénouville vient d'être informé de la parution prochaine d'un livre qui l'inquiète. Par une indiscrétion, il en a appris le titre : *Monsieur Dassault.*

L'auteur, Pierre Assouline, est journaliste à *France-Soir.* Il n'a pas encore publié ses grandes biographies de Gaston Gallimard, de Jean Jardin, de Simenon et d'Hergé. C'est sur l'avionneur qu'il fait ses griffes de portraitiste.

L'éditeur, André Balland, est un ancien FTP communiste. Bénouville prend rendez-vous avec lui. Balland accepte. « C'est un résistant, je ne peux pas ne pas le recevoir », dira-t-il à son auteur. Mais il lui propose d'assister à l'entretien depuis le bureau mitoyen du sien.

Monsieur Dassault brosse un portrait intime de l'homme que l'on dit le plus riche de France. « Il y a deux personnages en lui, écrit le biographe. Le premier s'appelait Marcel Bloch. Il "disparut" en 1945, au sortir d'un camp de concentration allemand, et donna naissance à Marcel Dassault. » Un décret du 12 février 1949 l'autorise à substituer à son nom patronymique celui de Dassault. Lequel a été choisi par le frère de Marcel, Paul, pendant la guerre où il prit le nom de « général Chardasso ». Pseudonyme sous lequel il fut cité sur les ondes de Radio-Londres. Dassault ? « Un nom qui symbolise le combat, l'action, l'offensive », dira Serge, le fils de Marcel, à Claude Carlier.

Avant la guerre, Marcel Bloch était un radical de gauche, proche de Pierre Cot, ministre de l'Air, qui avait pour directeur de cabinet un certain Jean Moulin. En 1951, Bénouville fera sa connaissance sur les bancs gaullistes, à l'Assemblée nationale. Dassault a été élu dans les Alpes-Maritimes et le général en Île-et-Vilaine. Leur ami commun, Édouard Corniglion-Molinier, les a présentés.

« Depuis qu'il est dans la vie active, Marcel Dassault a toujours eu besoin d'avoir à ses côtés un homme capable de pousser la porte à sa place, écrit Assouline. Il se devait donc d'avoir près de lui une éminence grise entièrement dévouée qui soit tout à la fois vassal et séide, factotum d'envergure et sectateur convaincu, le véritable féal. » Bénouville fut cet homme. Et bien plus.

Dans la soirée du 22 mai 1964, Madeleine Dassault est enlevée au bas de son immeuble alors qu'elle rentre d'une soirée en compagnie de son mari. Deux hommes masqués et armés la kidnappent après avoir frappé Marcel et leur chauffeur. On soupçonne l'OAS. Bénouville active ses réseaux et réunit une somme pour payer une éventuelle rançon. Le 24 mai, Madeleine est retrouvée, saine et sauve, par des gendarmes dans une maison abandonnée dans la forêt de Beauvais, à Villers-Sous-Saint-Leu.

Pierre Assouline, qui deviendra une référence du journalisme littéraire, salue la qualité des livres du résistant : sa « superbe étude » sur Baudelaire et ses « brillants » essais, *Les Soirées d'Altkirch* et *Le Réveil du paganisme.* « Pour la critique littéraire ou la fresque historique, il trempe [sa plume] dans la meilleure encre qui soit, celle dont on fait les œuvres », tranche l'expert. De quoi faire rosir Bénouville !

Beaucoup moins réjouissant, Assouline a exhumé ses articles au vitriol parus de 1941 à 1943 dans le journal collaborationniste *L'Alerte*, dont il a pris la rédaction en chef en septembre 1940. *L'Alerte*, qui s'en prend régulièrement à… Marcel Bloch. Et s'insurge « contre les israélites qui changent de nom pour mieux se cacher ».

Une phrase en bas de la page 233 pourrait bien faire sortir Bénouville de ses gonds. Le journaliste le dépeint, après l'armistice, comme « anti-Allemand mais aussi pétainiste de la première heure ». Marcel Dassault n'a peut-être pas eu vent des articles de son protégé dans ce journal antisémite.

Bénouville craint-il leur divulgation ? Face à André Balland, il n'y serait pas allé par quatre chemins, selon la version de Pierre Assouline. « Il s'est d'abord enquis du tirage de mon livre pour en racheter l'intégralité. Puis il a demandé à Balland à quel montant il évaluait sa maison d'édition ! Peut-être avait-il le projet de la racheter ! »

Ne parvenant à ses fins, il se tourne vers son ami et avocat, Roland Dumas. « D'abord, il m'a dit que Dassault voulait faire interdire le livre, se souvient l'ancien ministre. Puis nous avons préparé une plainte pour diffamation. »

En date du 13 décembre 1983, Bénouville lui adresse, à son cabinet, 28 rue de Bièvre, Paris VIe, juste à côté du domicile de François Mitterrand, un pli auquel j'ai eu accès.

Mon cher Roland,
Voici, en ce qui me concerne, des éléments de réponse à M. Assouline. Je pense qu'ils sont clairs.
Je te donnerai, lundi, les réponses de Marcel.
Je t'embrasse,
Pierre.

Un document de six pages, tapé à la machine et intitulé « Bénouville pétainiste : démonstration d'un mensonge », accompagne cette missive. Bénouville raconte comment, à la fin des combats des Vosges, en juin 1940, il a été fait prisonnier puis s'y est pris à deux reprises pour s'évader.

Parvenu en zone libre, il a trouvé refuge chez un vieil ami, Léon Bailby (directeur de *L'Alerte*). « C'est donc de chez lui que j'ai immédiatement entrepris, avec un grand nombre de camarades cités dans *Le Sacrifice du matin*, de joindre Gibraltar en passant par l'Algérie. »

Bénouville cite les témoins, avec leur adresse et leur numéro téléphone, que Dumas pourrait appeler à la barre : le commandant Pierre Mussetta, « commandeur de la Légion d'honneur », Michel de Camaret (son vieux complice de l'Action française, ancien ambassadeur de France, Compagnon de la Libération), Albert Bénard, Armand de Tinguy, Armand Leventhal…

« Léon Bailby était un ami très ancien et très fidèle du maréchal Pétain », explique-t-il avant de porter l'estocade contre Pierre Assouline. Avec une allusion on ne peut plus claire : « L'auteur du pamphlet qui m'attaque grossièrement ne doit pas être arrivé en France depuis très longtemps pour ne pas savoir que, même pour ceux qui, comme moi, désapprouvaient l'armistice, le maréchal

Pétain, en 1940, était un glorieux Français et que le fait de vouloir continuer le combat ne nous semblait pas entraîner le mépris à son égard. Nous n'étions pas "pétainistes", puisque nous choisissions le gaullisme dès 1940. Mais les événements qui nous ont fait, ensuite, rejeter le maréchal Pétain, en dehors de l'armistice que nous condamnions, ne s'étaient pas encore produits. »

Bénouville narre ensuite son engagement contre l'occupant, du réseau Carte au mouvement Combat, où il était chargé des contacts avec les Alliés : « Il s'agissait d'améliorer le fonctionnement de ces liaisons et d'économiser la vie de nos radios, en ne télégraphiant plus de France même, où la goniométrie nous livrait à la Gestapo, que les textes qui devaient parvenir immédiatement à Londres. Ce service, installé à travers les frontières, permettait d'expédier de Suisse même, en code et par les ambassades alliées, la plus grande partie des communications urgentes et beaucoup plus détaillées. »

Pour justifier ses articles dans le journal *L'Alerte*, Bénouville évoque la nécessité dans laquelle il se trouvait de « pouvoir fournir la preuve de ressources normales », mais surtout de « posséder une "couverture", qui vous permette, aussi longtemps que possible, de vivre sous sa propre identité, qui est, évidemment, la meilleure ».

Après les arguments factuels et techniques, Bénouville en vient à la politique. Il voit chez Assouline une « passion politique, qui est mal dissimulée, d'homme de gauche », qui « lui fait tout confondre : tout ce qui était à gauche doit être glorifié, tout ce qui était à droite était voué aux gémonies ».

Et d'enfoncer le clou : « Il ne sait certainement pas que Marcel Déat, comme Doriot, venait de la gauche. Il ne sait sûrement pas que le premier officier envoyé en mission en France, par Londres, s'appelait le lieutenant de vaisseau Honoré d'Estienne d'Orves et fut fusillé, en 1941, par les Allemands. Le lieutenant de vaisseau d'Estienne d'Orves était de l'Action française. »

Il conclut son argumentaire : « L'auteur de ce pamphlet est un malhonnête homme, car j'ai raconté tout cela dans *Le Sacrifice du matin.* Il prétend l'avoir lu : ou bien il ne sait pas lire ou bien c'est un menteur ! »

À ce mémorandum, Pierre de Bénouville joint deux autres documents : le texte de proposition du général Kœnig, ancien commandant des FFI, pour sa croix de commandeur, ainsi que son certificat d'appartenance à la Résistance intérieure française.

Avant qu'une date d'audience ne soit fixée, Roland Dumas reçoit un appel de Bénouville : « Roland, on arrête tout ! Inutile d'aller au procès ! ».

Pierre Assouline a depuis eu l'occasion de discuter de cette affaire avec Serge Dassault. « C'est Bénouville, plus que mon père, que votre livre inquiétait », lui aurait-il confié.

56.
Le chasseur de nazis

« J'ai réuni tous mes dossiers sur vos loustics ! Prenez-les. Quelle équipée ! Bénouville, Bettencourt, Dalle, Mitterrand ! Ce ne sont pas les Trois Mousquetaires, mais les Sept Mercenaires ! »

Dans son bureau de la rue de La Boétie, à Paris, Serge Klarsfeld me désigne trois épaisses chemises cartonnées.

Sur la première est inscrit MITTERRAND et sur la deuxième F.M. BOUSQUET. Un dessin de Plantu recouvre la troisième. On y voit Mitterrand, deux gerbes de fleurs à la main : l'une porte la mention « Aux victimes du pétainisme » et l'autre « Au maréchal Pétain ».

De 1987 à 1992, me rappelle Klarsfeld, chaque 11 novembre, Mitterrand a fait fleurir la tombe du maréchal Pétain, au cimetière de Port-Joinville, à l'île d'Yeu. Le président de l'association des Fils et Filles des déportés juifs de France s'était rendu sur place pour empêcher ce rituel. Le préfet de Vendée avait attendu qu'il ait regagné le continent pour déposer la gerbe présidentielle.

Mitterrand avait ensuite reconnu, avant de s'envoler pour un voyage en Israël, qu'il devrait à l'avenir « gérer autrement la contradiction fondamentale » existant entre l'hommage au vainqueur de Verdun et le souvenir de « la honte » de la rafle du Vel' d'Hiv. Il avait ensuite renoncé à la cérémonie de l'île d'Yeu.

Avec l'autorisation de Serge Klarsfeld, j'ai pu reproduire ses archives. Je me plonge à nouveau dans ces centaines d'articles de presse française et allemande, qui concernent Mitterrand, Bousquet, Vichy, Pétain, L'Oréal.

« C'est un peu moins volumineux que le dossier Barbie, mais vous aurez de quoi lire ! » avait ironisé le célèbre chasseur de nazis.

Mais surtout, je découvre des dizaines de notes prises en vue de la plainte pour crimes contre l'humanité qu'il a déposée contre René Bousquet en 1989.

Klarsfeld a établi des chronologies très détaillées des carrières de Mitterrand et Bousquet. Il a listé les objections qu'on pourrait lui faire et y répond. On est loin de la mitterrandophobie que les thuriféraires du chef de l'État lui ont reprochée.

Ainsi lit-on : « On reproche à FM [François Mitterrand] de s'être rendu à Vichy après son évasion. Où se trouvaient, au printemps 1942, certains de ceux qui devinrent des personnalités marquantes de la Résistance et qui n'avaient pas "l'excuse" de la captivité pour ne pas rejoindre Londres ? » S'ensuit une liste de noms : Jacques Chaban-Delmas (« travaille, en 1941-1942, au ministère de la Production industrielle ») ; Michel Debré (« nommé maître des requêtes au Conseil d'État en 1942 par le ministre de la Justice de Vichy »)...

Un peu plus loin, Klarsfeld fourbit quelques arguments à opposer au journal *Le Monde*, et à ses attaques contre François Mitterrand : « Si l'on banalise les actes (la Résistance) pour ne retenir que les propos (et interdire à tout homme le droit d'un cheminement personnel), écrit-il, que ne dirait-on pas d'Hubert Beuve-Méry (fondateur du *Monde*), qui écrivait en février 1941 : "Il faut à une révolution un chef, des cadres, des troupes, une foi et un mythe. La Révolution nationale a son chef et, grâce à lui, les grandes lignes de sa doctrine. La Révolution a son idéal. Mais la trilogie Famille, Travail, Patrie ne peut atteindre immédiatement à la force explosive d'un mythe révolutionnaire." » On aurait dit du Mitterrand. Mais non ! C'était une plume du *Monde*.

Klarsfeld reconnaît que Mitterrand a beaucoup accompli pour la mémoire juive. Il porte notamment à son crédit le retour forcé de Klaus Barbie en France. Tout cela, dit-il, il l'a fait « sous pression ». Mais il doute qu'un autre président en eût fait autant à sa place.

Les routes de Serge Klarsfeld et de François Mitterrand se sont croisées pendant la guerre. C'était en février 1943 au château de Montmaur. Un charmant château du XIVe siècle, dans les Hautes-Alpes. Là, « un personnage de roman, mi-exalté mi-chevaleresque », qui travaillait pour

Vichy, accueille des réfractaires au STO et des Juifs persécutés. Parmi eux, la famille de Serge Klarsfeld : son père, sa mère, sa sœur et lui. Ils sont alors connus sous le nom de Blanchard. Homme de droite, Mauduit a créé un réseau de Résistance, La Chaîne. Logés dans l'annexe du château, au Petit Trianon, les Blanchard-Klarsfeld jouent « le rôle de couverture pour que l'on ne se doute pas que l'impression des faux papiers du réseau La Chaîne se faisait dans notre cave ». Serge Klarsfeld a alors sept ans. Le 12 février 1943, François Mitterrand participe à une réunion décisive au château de Montmaur et entre ce jour-là ouvertement en résistance sous l'influence de cet Antoine Mauduit.

Que savait Serge Klarsfeld du passé de Mitterrand ? « Je connaissais de longue date ses liens avec l'ancien chef de la police de Vichy, me dit-il. Mais cette amitié n'engageait que l'homme et non le président. Pour le reste, son parcours, de la droite maréchaliste vers une active résistance anti-allemande, était tout à fait honorable. »

Serge Klarsfeld change d'attitude quand il apprend que François Mitterrand veut faire obstacle au cours de la justice dans l'affaire Bousquet. « Votre adhésion à Vichy en 1942, écrit-il à Mitterrand dans une lettre rendue publique le 12 septembre 1994, sans tenir compte de l'antisémitisme d'État de ce régime et de son concours efficace à la réalisation de la Solution finale de la question juive par le IIIe Reich, ne vous autorisait pas à essayer d'empêcher le jugement de Bousquet sur son activité anti-juive escamotée lors de son procès en 1949. »

Dès lors, Klarsfeld ne lâchera plus sa proie.

Que pense-t-il, après toutes ces années, de la relation entre Mitterrand et Bousquet ? « En 1942, Bousquet était au faîte de sa carrière et il n'avait que sept ans de plus que Mitterrand, lequel à Vichy, commençait tout juste à émerger de l'insignifiance, considéré par tous comme devant jouer le premier rôle dans la politique en France en raison de ses capacités intellectuelles et de sa force de caractère. »

Selon lui, Mitterrand a dû être flatté de pouvoir, après-guerre, converser d'égal à égal avec ce qu'il qualifie d'« oscar du meilleur rôle en politique », en partageant la plupart de ses convictions anticommunistes et antigaullistes.

Bousquet n'était pas seulement un haut fonctionnaire. Mais « un ambitieux qui a joué en politique sa carte personnelle et que le sort de la guerre a empêché de ramasser la mise ». Mitterrand a pu compter sur le soutien précieux de Bousquet pour ses campagnes électorales. « Pour ce dernier, estime Klarsfeld, épauler son cadet dans son ascension vers la magistrature suprême était un pari savoureux et une patiente revanche : parvenir au sommet par substitution. »

D'autres amis de Mitterrand ont, eux, accédé à l'Olympe par procuration.

57.
Le paradoxe français

Mettre mes pas dans ceux de Mitterrand, de Bénouville et de Bettencourt m'a fait emprunter des chemins tortueux et biscornus.

Au cours de ce périple, il m'a fallu me délester d'un certain nombre d'idées toutes faites, de jugements moraux, et m'affranchir d'une lecture *a posteriori* du passé.

J'ai grandi dans l'idée qu'il y avait eu deux France entre 1940 et 1945. La résistante, de gauche, aux valeurs exemplaires, républicaine, tolérante et humaniste. Celle-ci s'incarnait dans des figures héroïques comme Jean Moulin. Et puis, il y avait la France « collabo », de droite. Cette grille de lecture a survécu jusqu'à nos jours.

Mitterrand avait compris que, pour figurer dans le camp du bien, il fallait ripoliner son CV d'avant 1943. S'il avait laissé entendre qu'il avait été même un tantinet de droite, il n'aurait jamais pu incarner la gauche. Il s'y est employé habilement. Est-ce son pouvoir de séduction ? Personne n'a vraiment contesté son entreprise de reconstruction.

Pour l'historien Simon Epstein, il y a bien eu pourtant « un paradoxe français ». Selon sa thèse, un très grand nombre de hauts responsables de Vichy venaient de la gauche, qui, avant-guerre, se proclamaient antiracistes. Et la droite nationaliste, qui avait exprimé son antisémitisme, joua un rôle prépondérant dans la Résistance.

Pierre Laval était un socialiste révolutionnaire et pacifiste, et René Bousquet un radical-socialiste qui participa, aux temps du Front populaire, à la répression des ligues nationalistes ! Et le Parti communiste français n'entra dans la Résistance qu'en juin 1941.

Durant cinquante ans, la gauche minimisera son rôle dans la collaboration et s'exonérera « de toute culpabilité dans ce qui advint aux Juifs de France, entre 1940 et 1944[1] », selon Epstein.

Ce n'est pas l'avis de Jean-Pierre Azéma et d'Olivier Wieviorka, deux historiens plus familiers de mes manuels scolaires. « Si les hommes de gauche font figure de comparses, les droites, toutes les droites, entourent Philippe

Pétain ou occupent en force, du début à la fin, les allées du pouvoir », écrivent-ils dans leur *Vichy, 1940-1944.*

En 1985, le journaliste Alain Griotteray, l'un des plus jeunes résistants de France, publie *1940. La droite était au rendez-vous*[2]. Et il dresse un inventaire de la droite résistante.

Honoré d'Estienne d'Orves, officier de marine, fusillé en 1941 par les Allemands, ne fut pas le seul héros de cette France-là. Henri Frenay, célèbre fondateur de l'Armée secrète et du mouvement Combat ; Marie-Madeleine Fourcade, cheffe du réseau Alliance ; André Dewavrin, dit colonel Passy, chef du BCRA (Bureau central de renseignements et d'action) à Londres (1940-1944) ; Maurice Duclos, dit Saint-Jacques, l'un des artisans du débarquement en 1944 ; Pierre Nord, chef du réseau Éleuthère ; Henri d'Astier de La Vigerie, membre du « comité des cinq », qui organisa le débarquement américain en Afrique du Nord du 8 novembre 1942… Ces hautes figures de la Résistance ne passaient pas pour des progressistes, bien au contraire.

« Le modèle des "deux France", écrit Simon Epstein, pas plus qu'il ne peut s'accommoder de l'existence d'une extrême droite résistante, ne peut consentir à celle des gauches collaboratrices. La masse des "antiracistes collaborateurs" lui est aussi intolérable que celle des "antisémites résistants". Le modèle peut bien admettre, à la rigueur, que "quelques" gens de gauche se soient égarés à Vichy. Il peut survivre tout autant à "quelques" maurrassiens désorientés, voire à "quelques" cagoulards erratiques et mal rasés qui auraient pris part à une Résistance intégralement recrutée – qui oserait en douter ? – dans la gauche antifasciste et républicaine de 1936. Mais, sous peine de s'autodétruire, les "deux France" ne peuvent aller plus loin dans la voie des concessions. »

La lecture du livre de Simon Epstein dérange. L'auteur a recensé méthodiquement les « antiracistes dans la collaboration » et les « antisémites dans la Résistance ».

Un énorme brassage a eu lieu entre 1940 et 1945. Des adversaires d'hier se sont retrouvés à combattre ou à travailler ensemble. Les vieux clivages ne sont pas dissous dans l'épreuve. Mais celle-ci a métamorphosé certains protagonistes, c'est le cas de François Mitterrand, transformé par sa captivité.

58.
Quand Bénouville compose le gouvernement

« Mitterrand était un peu sa marionnette. »

J'ai parfois entendu cette phrase dans la bouche de ceux qui ont connu Bénouville. Peut-être le pensait-il lui-même. Il a souvent été tiraillé entre sa loyauté et ses convictions. Gaulliste, profondément attaché au Général, il a lutté jusqu'au bout pour l'Algérie française. Ami de Mitterrand, il n'en demeurait pas moins homme de droite et souhaitait que celle-ci reprenne le pouvoir. Y compris en s'unissant à l'extrême droite. C'est ainsi qu'il avait hébergé, en 1988, dans son appartement de l'avenue Montaigne, la rencontre entre Chirac et Le Pen.

Bénouville jouait-il un double jeu avec Mitterrand d'un côté, et sa propre famille politique de l'autre ? Lorsque les deux amis se retrouvaient dans le salon de l'avenue Montaigne, ils ne parlaient pas que de Ronsard, des pivoines et des chevilles de leurs conquêtes féminines.

Mitterrand demandait conseil à Bénouville. Et ce dernier ne se privait pas de lui en donner.

La légende court encore que Mitterrand ait songé à nommer André Bettencourt à Matignon, après la victoire de la droite aux législatives de 1986. « Je n'y crois pas du tout, m'a dit Marc Ladreit de Lacharrière. En tout cas, je ne l'ai pas vu se préparer à cette éventualité. » D'ailleurs, rien ne permet de l'attester. Même si l'idée a dû plaire à la bande. Après tout, André était loyal et rigoureux.

Selon Guy Perrier, le biographe de Pierre de Bénouville, ce dernier a bien participé à la réflexion de Mitterrand pour Matignon. À sa demande, il a beaucoup reçu chez lui durant l'hiver 1985-1986 : Jacques Chaban-Delmas, Alain Peyrefitte, Édouard Balladur...

Finalement, son choix se porte sur Jacques Chirac, pour qui il a de l'affection. « La cohabitation est inéluctable, lui a-t-il dit, vous allez devoir cohabiter ensemble. Il vous faut réussir cela, Jacques, puisque vous allez devoir conduire le pays avec François Mitterrand. Faites-en un ami[1]. » La politique vue comme une entreprise d'amitié... Mais Bénouville sait bien qu'on ne s'improvise pas ami de François Mitterrand.

Quelques jours avant les législatives, le président confiera à des proches socialistes : « Le plus dur d'entre eux, c'est Chirac. C'est donc le plus dur qu'il faut prendre, pour lui casser les reins en l'usant au pouvoir[2]. »

La droite gagne. Chirac emménage à Matignon. Entre Mitterrand et lui, l'ambiance n'est pas à la franche camaraderie. Dans l'ombre, Bénouville tente d'arrondir les angles, fait passer des messages.

La composition du gouvernement coince. Le président a mis son veto pour deux portefeuilles : les Affaires étrangères et la Défense. Chirac lui propose Jean Lecanuet au Quai d'Orsay et François Léotard à la Défense. Il refuse.

Lors d'un entretien le 25 février 1986, deux mois avant les élections, Bénouville lui a suggéré d'autres noms. Comme souvent, le général a fait reproduire dans une note[3] la teneur de leurs échanges : « Le président de la République souhaite que le ministre des Affaires étrangères soit, par exemple, un ambassadeur, qui, tout en venant de l'opposition, ait avec lui des contacts faciles, écrit-il. Je vous dirai le nom que j'ai cité et qui rencontre son adhésion. Il souhaite, de toute évidence, qu'il en soit de même pour la Défense nationale. J'ai cité un nom qui rencontre son adhésion. »

Au terme de leur entretien, Mitterrand, souligne Bénouville, lui a « demandé de lui donner les moyens de "le" joindre à tout moment ». Avant d'ajouter : « C'est un sacrifice de plus que j'ai promis de consentir, car j'aurais préféré Tahiti ! »

Mitterrand suit ses préconisations. Jean-Bernard Raimond, ancien ambassadeur à Varsovie et à Moscou, est nommé au Quai d'Orsay et André Giraud, ancien ministre de l'Industrie, prend la Défense. Un ministère que Bénouville surveille comme le lait sur le feu. C'est en effet avec ce ministre qu'il doit discuter des dossiers concernant son employeur : Marcel Dassault.

Il plaide aussi la cause de ses amis. Ainsi, le gaulliste, partisan de l'Algérie française, comme lui, Jacques Soustelle. Le 19 mars 1986, il écrit au président de la République : « Il me semble que Jacques Soustelle serait tout à fait à sa place à la Culture ou à la Recherche. Il est du niveau de Malraux et pourrait, à son tour, assurer le rayonnement de notre culture et de notre science dans le monde[4]. »

En mai 1958, après le coup d'État à Alger des généraux Raoul Salan et Edmond Jouhaud, et la complicité de la 10e division parachutiste du général Massu, Bénouville a organisé « l'évasion » de Soustelle, qui était sous surveillance policière, et l'a aidé à rejoindre l'Algérie, par la Suisse. Bénouville lui a fait passer la frontière au volant de sa Buick et, avec l'aide d'anciens compagnons de la Résistance, actifs dans la confédération helvétique, il lui a trouvé un avion.

Auparavant, Mitterrand l'a consulté pour d'autres nominations. Selon Guy Perrier, en 1984, après les manifestations pour l'école libre, ce dernier a conseillé au président de nommer Jean-Pierre Chevènement, « jacobin et patriote[5] », au ministère de l'Éducation nationale, après la démission d'Alain Savary. Ce qui fut fait.

Mitterrand, président, était-il dans la main de ses amis ?

59.
Nom de code : « La Bûche »

Le 28 mars 1984, le monde du business de New York se presse à l'hôtel Pierre, sur Central Park. Cet établissement de luxe, où descendaient les grands noms de la mode, comme Yves Saint Laurent, porte le prénom de son fondateur, Charles Pierre Casalasco, un immigré corse.

Une réception est donnée en l'honneur de François Mitterrand. Trois cents personnes, parmi lesquelles de nombreux Français, sont venues voir de près à quoi ressemble ce président socialiste qui a fait alliance avec les communistes. Mais enfin, c'est tout de même leur président ! Les mains se tendent. Mitterrand, toujours un peu sur la retenue, compense par la chaleur de son regard et des mots bien choisis.

Un homme, aligné avec les hôtes, patiente. Il s'appelle Jacques Corrèze. Il dirige Cosmair, l'agence qui représente aux États-Unis les intérêts d'un grand groupe de cosmétiques : L'Oréal. « Lorsque vient le tour de Corrèze, [Mitterrand et lui] tombent dans les bras l'un de l'autre », raconte Michel Bar-Zohar dans son livre *Une histoire sans fard*. Le vice-président de Cosmair, qui accompagne son patron, « est frappé par la chaleur de l'accolade ».

Tout le monde ignore, dans les salons du Pierre, l'histoire de Jacques Corrèze. À l'exception de François Mitterrand. Connaissant le passé de l'homme qu'il a si chaleureusement salué, le comportement du chef de l'État ne manque pas de surprendre.

Corrèze fut un fasciste, un vrai. Au sein de la Cagoule, son nom de code est « La Bûche[1] », référence à une boutique de décoration où il a travaillé. « La Bûche » fait feu de tout bois, si l'on peut dire, au sein de la société secrète : il organise les cérémonies d'initiation des nouveaux membres et programme les exercices de tir.

Les conspirateurs préparent un coup d'État. Ils ont prévu de passer à l'action en novembre 1937. Pour cela, ils ont accumulé d'énormes quantités d'armes et d'explosifs. L'une de leurs plus importantes caches, à Paris, renferme 7 740 grenades à main, 34 mitraillettes, 400 fusils, des centaines de milliers de cartouches. Le jour J, Corrèze « doit attaquer le ministère des Postes[2] ». Mais pour réussir, l'opération de grande envergure lancée par la Cagoule devait obtenir le soutien de l'armée. Celle-ci n'a pas suivi.

Quelques mois plus tard, un cagoulard un peu trop bavard met la police sur la piste de l'organisation. Jacques Corrèze parvient à échapper à ses filets et se réfugie dans une villa à San Sebastián. Mais, pour des raisons encore mystérieuses, il revient à Paris. Il est arrêté le 1er juillet 1938 et emprisonné.

Il sort de prison lorsque la guerre éclate, sans avoir été jugé. Le procès de la Cagoule a en effet été ajourné. Il est incorporé dans un régiment dirigé par un certain Charles de Gaulle.

Démobilisé, Corrèze reprend du service en 1941 au côté de Deloncle lorsque celui crée le Mouvement social révolutionnaire, ouvertement pronazi et antisémite. Il s'engage ensuite dans la Légion des volontaires français pour combattre avec les Allemands sur le front de l'Est. Ce qui constitue la plus haute preuve d'obédience au Reich.

Après une brève expérience au front il est démobilisé en 1942. Il suivra Eugène Deloncle jusqu'au bout. « Parce que je ne m'en vais pas », dira-t-il après la guerre[3].

Le 7 janvier 1944, à l'aube, il est au domicile du chef de la Cagoule, rue Le Sueur, à Paris, lorsque la Gestapo y pénètre. Deloncle est abattu. Corrèze aurait plongé sous la table de la salle à manger et aurait ainsi évité les balles. Le rapport de police établit qu'il a été retrouvé « nu dans le hall ».

À la Libération, il est arrêté près de la frontière italienne. Le procès de la Cagoule s'ouvre le 11 novembre 1948. Cinquante anciens membres de l'organisation comparaissent. Corrèze siège au premier rang. Les verdicts sont relativement cléments. Seuls les tueurs de la Cagoule en fuite, jugés par contumace, sont condamnés à mort. Corrèze écope de dix ans de prison et dix autres années pour son engagement dans la LVF. Mais il ne sera jamais jugé pour ses activités nazies en France.

En 1950, il est relâché et épouse la fameuse Mercedes Deloncle, tante par alliance de Robert Mitterrand. Mercedes a eu deux enfants de son mariage avec le chef de la Cagoule, Claude et Jean. Ce dernier a été touché par une balle lors de l'intervention de la Gestapo en janvier 1944. Il est paralysé.

Corrèze a bien du mal à nourrir sa nouvelle famille. Comme beaucoup d'anciens cagoulards, il se tourne alors vers... Eugène Schueller, le patron de L'Oréal. « Il est juste venu me voir en 1950, racontera François Dalle[4]. Il n'avait plus de travail, avait été relâché récemment, et donc nous lui avons trouvé un travail. » Corrèze est envoyé en Espagne où il sera vite nommé à la tête de la filiale espagnole du groupe, Procasa.

Le 28 novembre 1966, un tribunal français le « réhabilite » totalement.

François Mitterrand sait tout cela évidemment.

60.
La reconnaissance des parias

Comment aurais-je pu croire que pour enquêter sur François Mitterrand je devrais mettre un jour mes pas dans ceux de personnages d'extrême droite ? Et que ce sont eux qui me fourniraient certaines clés pour ouvrir le coffre à secrets mitterrandien ?

« Eugène Deloncle et Jacques Corrèze sont venus ici », me dit François Brigneau en désignant l'escalier menant à la cave de sa maison à Saint-Cloud. Avant de préciser : « Ils n'auraient pas volé un sou. » Le beau-père du journaliste était membre de la Cagoule.

Brigneau se souvient du silence prudent qu'un autre cagoulard, Gabriel Jeantet, parrain de francisque de Mitterrand, observait devant lui quand la conversation roulait sur Vichy. « Pour Gabriel, Mitterrand était un jean-foutre mais il avait rendu service. »

Brigneau me cite de tête des passages du discours prononcé par Mitterrand le 8 mai 1995, à Berlin, pour l'anniversaire de l'armistice : « Je ne suis pas venu souligner la défaite, parce que j'ai su ce qu'il y avait de fort dans le peuple allemand, ses vertus, son courage, et peu m'importe son uniforme, et même l'idée qui habitait l'esprit de ces soldats qui allaient mourir en si grand nombre. Ils étaient courageux, ils acceptaient la perte de leur vie. Pour une cause mauvaise, mais leur geste à eux n'avait rien à voir avec cela. Ils aimaient leur patrie. » Le polémiste, qui a cru à l'Allemagne nazie, s'est toutefois demandé : « Qu'est-ce que ça représente pour lui ? »

Devant sa cheminée normande, une autre légende de l'extrême droite française, Dominique Venner, me citera lui aussi ce discours. Et me tiendra des propos très mesurés sur Mitterrand.

Je me suis rendu compte à quel point Mitterrand fascinait ces hommes.

Durant toute mon adolescence, on m'avait enseigné que François Mitterrand constituait le seul rempart contre ces gens-là. Or, étudiant, il avait été de cette droite-là.

Si seulement il nous avait dit : « Je viens de ce monde-là, écoutez ce que j'ai à vous dire sur eux », son offensive contre la « bête immonde » aurait eu une vertu pédagogique. Mais sa dissimulation rend suspecte sa dénonciation de l'extrémisme de droite. Elle apparaît *a posteriori* hypocrite et calculatrice.

Qu'a-t-on retenu des révélations sur lui ? S'il a caché son passé, ce n'est pas parce qu'il le regrettait, mais parce qu'il l'aurait empêché de faire carrière.

C'est le jugement auquel son attitude ambiguë a conduit. Mitterrand a dévitalisé le combat contre l'extrême droite pour de longues années encore.

61.
Chirac et Le Pen dans « la garçonnière »

Décidément, la garçonnière de Pierre de Bénouville, avenue Montaigne, en aura vu passer des présidents de la République.

Ce jour-là, Jacques Chirac ne s'y rend pas pour deviser avec son hôte de la littérature et des femmes devant une tasse de thé. Pas plus que ne le faisait Mitterrand. Nous sommes au lendemain du premier tour de l'élection présidentielle de 1988. François Mitterrand est arrivé en tête avec 34,10 % devant celui qui est encore maire de Paris (19,90 %).

Sur la troisième marche du podium, Raymond Barre (16,50 %) apporte son soutien à Chirac. Mais ce ne sera pas suffisant pour le chef du RPR. Il devra aussi pouvoir compter sur les voix de Jean-Marie Le Pen, arrivé en quatrième position. Ce dernier, qui n'avait pu se présenter en 1981, réalise déjà un score historique : 14,40 %.

Chirac a donné son accord du bout des lèvres à Charles Pasqua pour qu'il lui organise une entrevue avec le leader du Front national. Un an plus tôt, sur RTL, celui-ci a dit que les chambres à gaz étaient « un point de détail de l'histoire de la Seconde Guerre mondiale ».

Quand il a fallu trouver un lieu discret pour héberger cette rencontre, on s'est tourné vers « Bénou », ainsi qu'on le surnomme au RPR. Député de la douzième circonscription de Paris, Pierre de Bénouville est aussi l'ami de Le Pen. Il sait garder les secrets. Celui-ci sera dévoilé en 2002 par le journaliste Éric Zemmour dans son livre *L'homme qui ne s'aimait pas*[1].

Charles Pasqua confirmera l'information à Pierre Péan : « J'ai demandé à Chirac s'il souhaitait rencontrer Le Pen, il m'a dit oui, j'ai donc arrangé cette rencontre. Je les ai présentés, ils se sont serré la main, je les ai laissés parler et ensuite j'ai raccompagné Le Pen jusqu'à la sortie. »

Jean-Marie Le Pen se souvient avec gourmandise de ce tête-à-tête : « Chirac était très nerveux. Il battait du pied et fumait cigarette sur cigarette. J'étais étonné par sa fébrilité. Sa gêne était évidente. La discussion avait quelque chose d'irréel. Le décor ajoutait au pittoresque. L'appartement de Bénouville, c'était un lupanar[2] ! » Selon lui, Pierre de Bénouville n'a pas assisté à la discussion, mais il était présent dans l'appartement.

Réélu, son ami François Mitterrand reviendra quelquefois prendre le thé avenue Montaigne. A-t-il su ce qui s'était mijoté dans son dos entre ces mêmes murs, en 1988 ? Il n'ignorait pas que son vieux camarade du collège Saint-Paul fricotait avec ce Le Pen.

62.
Edmonde

« Madame Charles-Roux va vous recevoir dans le petit salon. » Le maître d'hôtel du restaurant Drouant, à

Paris, me demande de le suivre au premier étage. Il m'indique une porte ouverte. J'entre. C'est la première fois que je vois de près le chignon d'Edmonde Charles-Roux. Sculpté, tenu, fier[1].

« Edmonde », comme on la surnomme, a connu mille vies flamboyantes : la guerre dans la Légion étrangère, la direction du magazine *Vogue*, la gauche, la littérature. « Vous êtes marié, à votre âge ? » me demande-t-elle en voyant l'alliance que je porte au doigt. On me l'a dépeinte comme une « dame de fer ». Elle sera tout de miel durant notre heure d'entretien.

Le jury du prix Goncourt, qu'elle préside alors, vient d'achever son déjeuner. La romancière a obtenu la célèbre récompense littéraire en 1966 pour son livre *Oublier Palerme*. Cette fresque, qui raconte le choc entre l'Amérique et la vieille Europe, a beaucoup plu à François Mitterrand. Celui-ci ne peut pas ne pas avoir été sensible au rude charme d'Edmonde. Il connaissait bien l'homme qu'elle épousera en 1973 : le maire de Marseille, Gaston Defferre. Celui qu'il choisira comme ministre de l'Intérieur, après son élection en 1981.

Edmonde appelle l'ancien président par son prénom. C'est par les livres qu'elle entame son portrait. « Il était plus Julien Sorel que Rastignac, résume-t-elle. L'égotisme, la haute idée de soi, l'amour de l'amour, c'était tout François, ça. Mais il était aussi inquiet et insatisfait. »

Elle se souvient d'un « ami » qui aimait les belles choses. Les femmes ? « Ça l'occupait beaucoup. »

Une chose l'a frappée lors de ses conversations avec Mitterrand : « Il parlait souvent du coup d'État. Ce sujet le passionnait. Il répétait souvent cette phrase : “On va faire un coup d'État.” »

Le frère d'Edmonde, Jean-Marie, diplomate, comme leur père, avait été ordonné prêtre à l'âge de quarante ans. Il célébrait la messe à Rome selon le rite tridentin. Et réclamait la béatification de la reine Marie-Antoinette. Mitterrand posait beaucoup de questions à Edmonde sur ce frère et ce qu'il faisait à Rome. « Comment peut-on tout lâcher pour devenir prêtre ? » l'interrogeait-il. Il la questionnait sur la vie au Vatican.

« François éprouvait une fascination pour la noblesse noire », m'explique-t-elle. Un terme qui désigne les familles aristocratiques italiennes qui se rangèrent, en 1870, du côté du pape Pie IX lorsque le roi Victor-Emmanuel II s'empara de Rome et établit l'unité italienne. En guise de protestation, le pape s'était enfermé dans son palais du Vatican. Ces familles fermèrent les portes de leurs palais en signe de deuil.

« François aimait cette idée du dernier carré. Son cœur le portait vers ceux qui sont les derniers à combattre. »

C'est, selon elle, ce qui le liait à un personnage tel que Pierre de Bénouville. « Il y avait de la communauté de vues entre eux, c'est certain. Bénouville venait de la droite pure et dure alors que François s'en est détaché. Pas tout à fait d'ailleurs. La droite barrésienne avait laissé sur lui des traces, comme de la peinture sur les murs. Mais il avait une véritable manière de penser qui était de gauche. »

De gauche, mais jusqu'à un certain point : « Entre les communistes et lui, c'était la haine. Il les détestait. Je me souviens qu'il se moquait de Maurice Thorez. » Devenu président, il tua les communistes. Comme un boa. En les étouffant.

Le coup d'État, la « noblesse noire »… Il fut aussi question de la Cagoule entre l'homme politique et la femme de lettres. Edmonde était intriguée par cette conspiration d'avant-guerre. Mitterrand s'en amusait. « Il aimait les personnages un peu limite, les proscrits, les aventuriers, ceux qui franchissaient la ligne jaune. »

Elle aimait qu'il fût fidèle en amitié. Même à René Bousquet. « Il avait été blanchi. François ne voyait pas pourquoi il lui aurait retiré son amitié. »

Ça amusait Edmonde que je m'intéresse à ce passé. Cela lui rappelait de bons souvenirs. Je voyais ça au pétillement de ses yeux.

Le maître d'hôtel lui a signalé que son taxi l'attendait. « Nous allons marcher », a-t-elle répondu. Dehors, elle a pris mon bras et nous avons remonté l'avenue de l'Opéra sur quelques mètres seulement. Jusqu'à une station de taxis.

J'ai fait semblant de ne pas comprendre son petit manège de séductrice invétérée. Elle voulait juste s'offrir quelques pas au bras d'un jeune homme.

63.
La grande blonde et les francs-maçons

« La deuxième ou troisième fois que je l'ai vu, Pierre m'a dit : "Plutôt que de me combattre aux élections, vous devriez venir vivre avec moi." » Grande, blonde, d'une minceur athlétique, Monique Legrand éclate d'un rire enfantin.

Les photos de celui qu'elle appelle tantôt « le général » tantôt « Pierre » ornent le salon de son appartement. Le dernier étage d'un immeuble des beaux quartiers. Son « grenier chic », comme l'appelait Bénouville. Impossible de ne pas croiser le regard du grand homme de Monique Legrand, qui, même sous verre, vous poursuit de son bleu intense. Les photos exposées racontent les deux amours de cet homme de l'ombre : Mitterrand et elle. Une forme d'amitié amoureuse : c'est l'histoire qu'on lit dans les yeux de ces deux copains. « Entre François et Pierre, c'était vraiment à la vie à la mort, résume-t-elle en croisant ses mains. Un pacte secret les liait depuis l'enfance. Rien ni personne n'aurait pu le briser. »

Un cliché de l'été 1994 les montre se donnant une tendre accolade lors d'une cérémonie. Le président, qui vient d'élever son ami à la dignité de Grand Officier de la Légion d'honneur a les yeux mi-clos, le visage tendu. On devine sa souffrance. Son ancien condisciple du collège Saint-Paul d'Angoulême le fixe. « Pierre était à la fois viril et plein de tendresse pour ses amis », me confie Monique Legrand.

Ses médecins disent d'elle qu'elle est « une fusée ». Ceux qui l'ont rencontrée dans sa fonction d'administrateur judiciaire [elle tient au masculin] la qualifient de « phénomène ». Pour son art de la conciliation, elle a été nommée par un tribunal administrateur provisoire de la Grande Loge nationale française ; c'est la première femme à administrer cette obédience strictement masculine depuis sa fondation en 1913 ! La GLNF était en crise. Avec son regard franc, son timbre de voix qui porte bien, et son sens du compromis, elle a remis tous les « frères » dans une logique de confiance lors d'une assemblée générale à la Grande Arche de la Défense. Ils étaient venus par milliers, de toutes les régions du monde.

« J'ai un mental d'acier », me dit-elle. Rien ne lui paraît impossible. C'est ce qui a plu à Bénouville. Elle le rencontre en 1978, à sa permanence de député, dans le XIIe arrondissement de Paris. Huit centimètres (1,76 m pour elle, 1,68 pour lui) et vingt-sept ans les séparent.

« Je vous emmène en week-end à Rome », lui lance-t-il,

après l'avoir dissuadée de se présenter contre lui. Elle décline une première fois. Il lui envoie à trois reprises son chauffeur, Raoul. La troisième, elle finit par céder.

Vingt-trois ans durant, elle sera sa « muse », son « copain de vie ». « Vivre était un jeu pour lui et moi », me confie-t-elle devant des centaines de photos étalées sur la table du salon. Un soir, ils étaient à la Scala de Milan pour écouter un récital d'Arthur Rubinstein. Le lendemain, en Grèce dans un temple antique. Parfois, ils partaient avec Marcel Dassault et son épouse en cure à Gréoux-les-Bains. « Monique, promettez-moi de ne pas dire à Madeleine que vous jouez au bridge : elle va vous accaparer et me manquera », la suppliait l'avionneur.

Il y avait aussi les missions « secrètes » de Pierre auxquelles il lui arrivait de l'associer. Sur une photo, on les voit ensemble, au milieu d'un petit groupe, devant un gros avion de transport de l'armée française au Kenya. Elle dans un treillis noir et lui en chemisette et pantalon blancs. Une expédition pour le compte du groupe Dassault ? Je n'en saurai pas davantage.

Où qu'ils soient, le général ne se sépare jamais de sa mallette gris métallique. « En cas d'urgence », s'amuse-t-elle en prenant un air sibyllin.

Quand « Pierre » lui passait le volant de sa Mercedes 560 sur l'autoroute, elle aimait faire la course avec les BMW.

Elle me fait visiter l'appartement. Nous marquons un temps d'arrêt dans la pièce où « Pierre » aimait être. Une bibliothèque, des canapés profonds, un bureau… « Ici, il se sentait vraiment protégé. » Elle décrit la vie du « général », comme celle d'un « passe-muraille » et d'un « courant d'air ».

Même pour Marcel Dassault, Bénouville demeurait un mystère. Allez donc lui demander la marque de son parfum (Creed) ou de son eau de Cologne (Jean-Marie Farina) : un secret d'État !

Des semaines entières il disparaissait, puis réapparaissait comme si de rien n'était. Dieu seul sait où il était fourré. « Vous savez que j'admets toutes vos incartades. Vous pourriez au moins me laisser votre adresse pour que je vous prévienne en cas d'urgence », lui écrit Dassault le 19 juillet 1962. Dix ans plus tard, l'avionneur lui court toujours après : « Vous avez disparu sans crier gare, comme d'habitude », lui dit-il le 15 décembre 1972. En Suisse, en Israël ou aux États-Unis. De l'autre côté de l'Atlantique, il doit retrouver son ami de la CIA.

Monique Legrand, comme ceux qui l'ont côtoyé, vit encore dans un roman d'espionnage. Celui dans lequel l'a entraînée le général à la fin des années 1970. Elle avoue ne pas savoir toujours distinguer la réalité de la fiction. « Ces hommes exceptionnels, me dit-elle en saisissant la photo de Mitterrand et Bénouville, avaient l'art de considérer leur mission comme appartenant aux affaires secrètes du monde. J'ai renoncé à poser des questions. »

64.
« Dalle a pris une balle pour Bettencourt »

Un matin d'avril 1991, une quarantaine de gendarmes perquisitionnent le siège de L'Oréal, à Clichy. Ils sont mandatés par le juge d'instruction Getti. François Dalle est cueilli au saut du lit, dans son appartement de Neuilly-sur-Seine.

De quoi regretter amèrement ce dîner à Marbella au cours duquel, deux ans plus tôt, il a scellé son accord avec Jean Frydman. S'il avait été satisfait du prix offert par L'Oréal pour le rachat de ses actions dans Paravision, il n'aurait jamais porté plainte, pense-t-il. Et s'il l'a fait, c'est dix-huit mois après avoir découvert sa « démission ».

L'affaire va faire grand bruit. Pour en restituer la trame, je m'appuierai notamment sur certains ouvrages parus : celui de Michel Bar-Zohar *Une histoire sans fard*, très contesté par les protagonistes, mais aussi *Les Bettencourt*, de Ian Hamel, *La Saga des Bettencourt*, de Bruno Abescat, et *Un milliard de secrets*, de Marie-France Etchegoin.

Dalle en a vu d'autres. Mais là, il est abattu. Inculpé pour « discrimination raciale » ! Lui, le patron humaniste, proche de Raymond Barre et de René Monory ! De toute la bande, il a toujours été le plus nuancé. « Tout ce qui est excessif est insignifiant », a-t-il enseigné à ses enfants. « Mon père était blessé par cette affaire, se souvient Jean-Baptiste Dalle. Il n'y avait pas de personne plus "inclusive" que lui. Dans le travail, en amitié, en amour, il n'a jamais discriminé qui que ce soit. Peu se sont manifestés pendant cette période. Mitterrand ne s'est pas manifesté. »

Plusieurs organisations juives veulent porter plainte contre L'Oréal, à commencer par le Conseil représentatif des institutions juives de France (CRIF), la chambre de commerce France-Israël... Frydman se répand dans la presse. Il brandit partout son trophée de chasse : Jacques Corrèze. L'homme qui aurait eu sa peau, selon lui. Le président de la filiale new-yorkaise de L'Oréal, Cosmair, serait chargé des négociations avec le bureau du boycott arabe. « C'est un ancien criminel nazi », a-t-on appris à Frydman.

Déjeunant avec l'ancien président de la République Valéry Giscard d'Estaing, qu'il a reçu dans son ranch canadien après sa défaite de 1981, Frydman lui a raconté ses misères. Giscard lui aurait appris l'existence de la Cagoule. Il lui aurait même dit : « Eugène Schueller, le fondateur de L'Oréal, en était l'un des dirigeants et son principal soutien financier. Après la guerre, il a pris avec lui chez L'Oréal certains de ses anciens amis. »

C'est le cas de Jacques Corrèze. Jean-Gabriel Mitterrand, qui l'a vu à New York à la fin des années 70, se souvient de son « look de chef mafieux » : cheveux gominés, épingle à cravate et chaussures en crocodile. « Je l'ai invité à dîner chez Lee Radziwill, la sœur de Jackie Kennedy. Il y avait ce soir-là l'écrivain Norman Mailer. »

À propos de ses engagements, l'intéressé confiera à Laurent Greilsamer, un des rares journalistes à l'avoir rencontré : « Quand on est dans le camp qui perd, on se trompe toujours de côté[1]. » Corrèze dément avoir été l'homme de confiance de Deloncle : « C'est une plaisanterie. En réalité, à dix-huit ans, je suivais surtout Mme Deloncle et j'étais follement amoureux d'elle. »

Corrèze a été embauché chez L'Oréal, comme représentant, du vivant de Schueller. François Dalle prend pourtant sur lui cette décision : « Je n'exclus pas les exclus, il avait payé. » Selon lui, Corrèze a fait la démonstration de son talent dans les affaires. Dès 1950, il conquiert le marché espagnol. Trois ans plus tard, il part pour New York étudier les conditions d'implantation de L'Oréal aux États-Unis. « Avec sa petite valise, il visitait tous les coiffeurs new-yorkais pour vendre nos teintures », se souvient Dalle. Ceux qui l'ont connu se souviennent aussi de son goût pour les mannequins. Son épouse, Mercedes, jugeait cette passion avec fatalisme et humour : « Voyez tout ce que je suis prête à endurer pour L'Oréal ! » disait-elle.

Corrèze négociera ensuite pour L'Oréal le rachat de Helena Rubinstein. Il se rend à Tel-Aviv pour rencontrer les dirigeants israéliens de cette grande marque. « Ils savent tout de mon passé. Ce sont des gens délicieux », dira-t-il.

Corrèze a été amnistié en 1959 puis réhabilité en 1966.

François Dalle l'appréciait comme businessman. Mais dans cette affaire, il se retrouve associé à des gens dont il ne partage aucune idée. Il devient la cible numéro 1. « Il a pris une balle pour André Bettencourt, selon un des témoins du scandale. Ce dernier ne voulait à aucun prix que l'on puisse remonter à ses engagements de jeunesse à lui. »

65.
L'art de monter des « coups »

« Pierre aimait résoudre les petites et les grandes affaires politiques du monde, me dit Monique Legrand. Il avait une âme de diplomate et de chef de commando. » N'était-ce pas une passion commune à toute la bande ? Tous aimaient être à la manœuvre.

Bénouville, véritable « *deus ex-machina*[1] », maîtrisait particulièrement cet art. Il avait été à bonne école : l'Action française. À la Cagoule, on enseignait le complot. La conspiration était sa seconde nature. La Résistance lui avait permis de peaufiner son savoir-faire. Il fallait certes bouter les Allemands hors de France, mais aussi empêcher les « socialo-communistes » de sortir vainqueurs de la guerre.

Après l'indépendance de l'Algérie, c'est Pompidou qui

l'avait sorti du purgatoire. Le broussailleux président s'en servit comme d'un « poisson-pilote ». Il le chargea d'établir des contacts secrets entre le gouvernement de Chaban-Delmas et le mouvement des réformateurs de Lecanuet et Jean-Jacques Servan-Schreiber.

En 1982, Bénouville avait organisé le « déjeuner de réconciliation » entre Valéry Giscard d'Estaing et Jacques Chirac. À la sortie du restaurant Drouant, il avait même réussi à se faire photographier avec eux.

Entre Mitterrand et lui, qui était le maître, qui jouait l'élève ? Avec l'aide de Pierre, François avait pris le contrôle des mouvements de prisonniers en 1943-1944. Ce n'était pas une mince affaire venant de Vichy. Et que dire, trente ans plus tard, de sa conquête du Parti socialiste au congrès d'Épinay ?

Ils aimaient bien parler de leurs coups. Ils jouissaient de leurs manigances comme un magicien de ses tours.

François Dalle n'était pas en reste. Dans son domaine : les affaires. Il avait réussi la diversification de L'Oréal en réalisant des acquisitions aussi inattendues que spectaculaires. En 1965, il avait racheté Lancôme. En 1973, il avait pris le contrôle de Synthélabo, faisant entrer la cosmétique dans la pharmacie. Un peu plus en retrait, André Bettencourt donne l'impression de s'être prêté à leur jeu. Mitterrand ne l'a-t-il pas fait nommer ministre du gouvernement Mendès France ?

Quand François a été élu président de la République, ils n'ont pas mis la pédale douce. Bien au contraire.

66.
Musée Mitterrand

J'ai lu toutes les biographies de François Mitterrand. La presque totalité de celles parues avant son élection et dans les premières années de son premier septennat donnent crédit à sa « part de vérité ».

Même les meilleurs biographes se sont laissé enfumer. C'est le cas de Franz-Olivier Giesbert, qui s'en amuse aujourd'hui. En 1977 paraît son *François Mitterrand ou la tentation de l'histoire.* Quel portrait politique brosse-t-il du jeune homme des années 1930 ? « Dès 1935, écrit Giesbert, François Mitterrand paraît pencher à gauche. C'est un habitué des meetings antinazis de la Mutualité où il applaudit Gide, Malraux et Benda, surtout Benda. » La preuve de cette inclination à gauche ? Lorsque l'Action française et une bonne partie de la droite manifestent contre Gaston Jèze, ce professeur de finances publiques à la faculté de droit, conseiller du Négus, Mitterrand « le soutient, avec force », selon « Fog ». Or, il n'en est rien : Mitterrand était parmi ces manifestants qui réclamaient le départ de Gaston Jèze, on l'a vu.

Toutefois, le journaliste émet quand même quelques réserves, dès 1977. Notamment concernant « l'allégresse » que le jeune Charentais dit avoir ressentie lors de la victoire du Front populaire en 1936. « On peut s'interroger sur la réalité de son engouement », admet-il. François Dalle, qu'il a interrogé, lui a confié ne pas se souvenir qu'il ait « participé à une seule manifestation » de gauche en 1936. Il se rappelle tout juste qu'il les « regardait simplement passer quand elles se trouvaient sur son chemin ». Un ami fiable, ce François Dalle ! Il ment vrai en quelque sorte.

Giesbert décrit ensuite « l'un des épisodes les plus décisifs de la vie de Mitterrand » : sa captivité en Allemagne. Il en est ressorti blanc comme un linge. « Ses traditions familiales, son univers culturel, son propre itinéraire de jeune homme ambitieux et "en disponibilité" devraient logiquement le porter, écrit le biographe, comme une partie de sa génération, vers Vichy. Eh bien, non. Instinctivement. » Non, renchérit Fog, « il n'y a pas, dans ses premiers mois en zone libre, un seul signe montrant qu'il ait été séduit, comme on l'a dit, par Vichy. Il suffit d'observer ses faits et gestes d'alors » !

Je soumets ces passages à l'auteur et il éclate de son rire diabolique. « Mitterrand m'a menti[1]. » Pour se défendre, il ajoute : « Mais ses amis aussi m'ont menti. Tous ! » Il m'explique, comme d'autres biographes de Mitterrand, que la plupart des « informations » dissonantes sur l'avant-guerre et la guerre de Mitterrand émanaient de journaux d'extrême droite. « On ne pouvait évidemment pas piocher là-dedans », me dit celui qui travaillait alors dans le grand magazine de la gauche, *Le Nouvel Observateur.*

Il y avait donc bien des informations sur Mitterrand mais celles-ci étaient radioactives. Donc inutilisables. L'extrême droite servait donc de pare-feu à l'homme politique !

En 1996, deux ans après la parution du livre de Pierre Péan, *Une jeunesse française,* Giesbert revoie de fond en comble sa biographie de Mitterrand. « Des années durant, il a donné de sa jeunesse une image d'Épinal à l'usage des militants de gauche, concède-t-il. Il fallait, pour l'Histoire, qu'il soit né socialiste [...] Il a fallu attendre 1994 pour que, après cinquante ans de mensonges ou de faux-semblants, la vérité, enfin, soit dite. »

Pas tout à fait. Catherine Nay, en 1984, dans *Le Noir et le Rouge*, est la première à ébrécher le mythe. Elle écrit certes que, dans l'affaire Jèze, Mitterrand était « du côté de la gauche modérée », mais on voit pour la première fois apparaître ses amitiés cagoulardes. À la parution du livre, la garde rapprochée mitterrandienne lance quelques fusées préventives. La journaliste n'aurait-elle pas pioché ses « ragots » chez les fachos ? La diabolisation, arme de dissuasion massive. Catherine Nay essuie les plâtres. « Elle a été la première à fouiller le passé de Mitterrand, selon Alain Duhamel. Mais bizarrement, lorsque son livre est sorti, bien après *Ma part de vérité*, l'attention ne s'est pas portée sur ses révélations. »

Je demande à la journaliste comment elle explique rétrospectivement la persistance des tabous mitterrandiens. Le buste bien droit, sa légendaire chevelure élégamment nouée, elle promène son regard cinglant sur ce passé. « Mitterrand faisait peur, se souvient-elle en ouvrant des yeux d'effroi. Il me glaçait. Il dégageait un fluide glacial. Il n'admettait pas la contradiction. Il ne supportait que les courtisans. Qui lui posait une question désagréable ne serait plus reçu. Les journalistes qui suivaient la gauche étaient terrorisés par lui. Ce n'était pas mon cas : je me sentais donc plus libre. »

Heureusement, Mitterrand pouvait toujours compter sur des amis pour continuer à réécrire son histoire. Un an après son élection à la présidence de la République, Charles Moulin, qui fut vice-président du Mouvement national des prisonniers de guerre et déportés, signe un *Mitterrand intime*[2].

En quatrième de couverture, l'éditeur explique que pour réaliser son ouvrage l'auteur « n'a pas seulement voulu utiliser l'occasion d'une intimité constante [avec Mitterrand], qui lui permet de le nourrir de nombreuses anecdotes inédites. Pendant des années, inlassablement, il a beaucoup lu, consulté, interrogé, ne laissant rien dans l'ombre, s'attachant à donner à chaque question sa réponse ».

Cette ombre, c'est visiblement Mitterrand qui en a dessiné les contours. Il y apparaît là encore défenseur du professeur Jèze et thuriféraire du Front populaire. Et s'il s'est rendu à Vichy, c'est qu'« un temps d'adaptation était indispensable » après sa captivité, mais surtout, c'est ici qu'il pourrait « participer à l'action clandestine »... Ses écrits dans la revue pétainiste *France*, « revue de l'État nouveau » ? Un moyen de « renforcer sa couverture ». Au détour d'une phrase, on apprend qu'il a entraîné à Vichy André Bettencourt. Et que fin 1942, « le hasard l'a mis en présence d'un ancien condisciple d'Angoulême, de Bénouville, qui va faciliter certaines rencontres importantes ».

Pour raconter la guerre de Mitterrand, Charles Moulin s'appuie essentiellement sur le « Dossier P.G.-Rapatriés 1940-45 » sorti en juin 1981 par un autre ami du chef de l'État : Jean Védrine. En note, l'auteur remercie ce dernier : « Son effort de recherche, de récollection des témoignages et documents sur l'action des anciens prisonniers en France, particulièrement dans la Résistance, a été exemplaire. »

Quels sont donc la genèse et l'objectif de ce « Dossier P.G.-Rapatriés » ? Hubert Védrine me fournit son explication[3] : « C'est mon père, de lui-même, qui a voulu rassembler les témoignages de "camarades" ou de "copains", comme il le disait, qui avaient été comme lui prisonniers, qui comme lui étaient passés par le Commissariat aux prisonniers dirigé par Maurice Pinot (organisme administratif qui travaillait avec la Croix-Rouge et au sein duquel il n'y avait pas de prestation de serment auprès du chef de l'État), et qui ensuite pour beaucoup d'entre eux sont devenus résistants, dans un des rameaux de la future Résistance prisonnier (le mouvement Pin-Mitt). Comme il constatait que, déjà, un certain nombre de ses vieux amis étaient malades, et que la presse commençait à tout mélanger, il a voulu laisser un témoignage. Et il a commencé à parcourir la France plusieurs années avant 1981 pour interviewer tous ces gens, que par la suite Jean-Pierre Azéma a qualifiés de vichysto-résistants (il y en a eu d'autres). Cela me paraît évident qu'il en a parlé à François Mitterrand, ne serait-ce que pour lui demander son témoignage, qui figure dans le dossier. Et qui a d'ailleurs déjà fait l'objet d'un échange entre Mitterrand et mon père. Mais ce n'est pas Mitterrand qui lui avait demandé de le faire. Et si le dossier a été publié (à l'époque ronéoté) en 1981, c'est parce qu'il était prêt. Il a ensuite été republié chez Fayard en 2013. »

Pour prévenir les visites d'enquêteurs mal intentionnés, le musée Mitterrand, en perpétuelle construction, procède à une gestion sélective de ses collections, et façonne des parcours fléchés. Si bien fléchés que les journalistes ne trouvent jamais le chemin des réserves. Mais ont-ils réellement envie de pousser jusque-là ?

67.
L'eau de Vichy se trouble

Tout au long de l'année 1942, on voit parfois François Mitterrand attablé dans les restaurants et les cafés de Vichy. Assis sur la banquette, il peut ainsi mieux attirer le regard de ceux qui comptent. Le jeune fonctionnaire pétainiste y retrouve ses amis du « 104 ». À commencer par André Bettencourt. Que fait donc ce dernier dans la ville d'eaux ? L'historienne Bénédicte Vergez-Chaignon émet une hypothèse[1]. Elle rappelle que, dans ses articles de *La Terre française*, Bettencourt a rendu des hommages appuyés à Georges Lamirand, le secrétaire d'État à la Jeunesse. Il travaillait donc peut-être pour lui. Lamirand quittera son poste en mars 1943.

Selon l'historienne, « il n'est pas illogique que Bettencourt se soit tourné vers un autre engagement en épousant la démarche de Mitterrand, qui était après tout un compagnon de jeunesse dont il partageait les opinions de droite ».

Dans ses mémoires, édités pour sa famille et que le journaliste Ian Hamel a pu consulter, André Bettencourt évoque, sans préciser le lieu, une rencontre avec Mitterrand fin 1942. François Dalle, qui travaillait chez Monsavon, l'a mis au courant de « l'action que commence à mener dans l'ombre » leur ami… « Je vous prendrais bien avec moi, mais je n'ai pas les moyens aujourd'hui, nous en reparlerons », aurait répondu Mitterrand à Bettencourt.

En février 1995, lors d'une conférence de presse pour s'expliquer sur son passé, Bettencourt prononcera cette phrase étonnante : « J'ai opté grâce à François Mitterrand pour la Résistance fin 1942. » Une manière de suggérer que son ami l'a empêché d'aller plus loin dans son maréchalisme. Et de s'engager dans une impasse fatale. À cette date, la guerre a changé de tournure : les Alliés ont débarqué en Afrique du Nord et les Allemands occupent la zone libre. L'eau de Vichy devient trouble.

Bettencourt « opte » donc pour la Résistance. Mais quand y entre-t-il activement ? « La date reste pour l'heure imprécise, estime Bénédicte Vergez-Chaignon. Tout au plus peut-on ajouter que, dans l'historique de la Résistance, *Dossier. Prisonniers de guerre-Rapatriés, 1940-1945*, rédigé par Jean Védrine au début des années 80 [...], le recrutement d'André Bettencourt est situé en août-septembre 1943. »

Dans ses mémoires, ce dernier raconte qu'il « part pour Chamalières, où [il] s'occupe à nouveau de questions agricoles ». Il aurait alors représenté une marque de produits agricoles, Porc Vigor. Une fonction qui lui aurait servi de couverture, selon un autre proche de Mitterrand[2], lui permettant de « voyager dans toute la France pour recruter des jeunes au service de la Résistance ».

Si Mitterrand a fini par le faire entrer dans son réseau des Prisonniers de guerre, c'est pour « son excellente présentation, sa bonne éducation, sa fidélité », selon Pierre Péan. André Bettencourt dit être « chargé des contacts avec les milieux agricoles ». Il assure aussi « des liaisons entre les deux zones ». Et de citer quelques noms de ses contacts de l'époque, dont bon nombre sont des anciens du « 104 », comme lui.

Bettencourt relate son arrestation à Nancy par la Gestapo le 20 décembre 1943. Pour quelles raisons ? On ne le sait pas. Il passe un mois en prison avant d'être libéré le 22 janvier 1944.

Il rejoint Paris. Dans un restaurant « près des Invalides, où il y a des Allemands en train de se goinfrer », il dîne avec François Mitterrand, le patron de celui-ci à Vichy Maurice Pinot et François Valentin, directeur général de la Légion des combattants et des volontaires de la révolution nationale dans la même ville. « J'avais une trouille noire, racontera Bettencourt à Pierre Péan, parce qu'il y avait des Allemands dans la salle et que j'étais recherché. Mitterrand était très calme et me disait qu'il n'y avait rien à craindre... »

En mai, les deux amis se retrouvent à un mariage à Toulouse, celui de Bernard Finifter, compagnon de captivité de Mitterrand. Ce dernier est venu avec Danielle Gouze, qui lui a promis de l'épouser dans les quatre mois, et sa sœur Christine, accompagnée de Roger-Patrice Pelat, avec qui elle vit une passion.

À leur retour, Bettencourt et Mitterrand échappent de peu à la Gestapo. Une réunion devait se tenir rue Dupin, à Paris, chez l'écrivain Robert Antelme, alors marié à Marguerite Duras. L'appartement, qui servait de cache, a été localisé par les Allemands. L'un des participants en a eu l'intuition et a tout juste eu le temps de prévenir Mitterrand et Bettencourt.

C'est la deuxième fois que la Gestapo tend une souricière à Morland (Mitterrand). La première, c'était avenue Charles-Floquet, près de la tour Eiffel. Mitterrand va se cacher chez Antoinette Bouvyer, la mère de Jean, la cagoularde. Ce dernier a quitté depuis peu son poste de chargé de mission au Commissariat général aux questions juives.

Mitterrand est inquiet : rue Dupin, les gestapistes ont trouvé des portraits de lui, réalisés par les studios Harcourt, ainsi qu'une photo où il pose avec Danielle Gouze.

Morland a beau être traqué, il passe à la vitesse supérieure. Le 6 juin 1944, les Américains débarquent en Normandie. La course contre la montre est engagée pour que son réseau sorte en bonne position à la Libération.

Mais il manque de moyens financiers. Mitterrand charge alors Bettencourt d'une mission en Suisse. Une bien mystérieuse mission dans laquelle Pierre de Bénouville jouera un rôle.

68.
« Je suis d'une autre trempe »

À Vichy, Mitterrand fait des fiches.

Il est arrivé à la mi-janvier 1942 dans la ville d'eaux. Grâce au colonel Cahier, le beau-père de son frère Robert, dont la sœur a épousé Eugène Deloncle, le chef de la Cagoule, il a trouvé un modeste emploi.

« À Vichy, je suis dans une ville morne, écrit-il à sa cousine Marie-Claire Sarrazin, où j'ai la chance de retrouver quelques camarades d'université. Je travaille à la documentation générale de la direction de la Légion. Je ne suis pas trop bousculé et envisage de continuer à travailler pour moi. »

Que fait-il « pour lui », ce jeune homme déjà si pénétré de l'idée qu'un destin l'attend ? Il lit beaucoup, notamment *L'Histoire de l'armée allemande*, de Jacques Benoist-Méchin, qui l'a émerveillé[1]. Au Cintra, il boit des verres avec l'écrivain Robert Fabre-Luce, qui s'est fait remarquer pour sa « sympathie active » à l'égard d'Hitler, et les journalistes Simon Arbellot de Vacqueur et Gabriel Jeantet, ses deux futurs parrains de francisque. Tous sont des ultras, un peu exaltés et excentriques. Et c'est ce qui plaît sans doute au jeune bureaucrate.

Au théâtre, il a vu le maréchal Pétain. « J'étais assis juste devant sa loge et ai pu le considérer de près et confortablement, raconte-t-il à sa cousine le 13 mars 1942. Il est magnifique d'allure. Son visage est celui d'une statue de marbre. »

En réalité, Mitterrand est déçu par Vichy. « La Révolution nationale, c'est malheureusement l'union des deux mots vidés de sens, déplore-t-il dans la même lettre. Il n'y a pas de révolutionnaires et les nationaux (ou nationalistes) sont en général des hommes butés et qui, au fond, sont de ce bord par facilité. C'est un succès de la droite d'antan et non la prise de pouvoir par des gens décidés à commander aux événements et jouant leur vie. Nous sommes encore aux temps de politique dont parle Péguy, le Maréchal est presque seul, et ceux qui croient en ses idées sont loin de lui. » Mitterrand reproche en somme à Vichy une certaine mollesse. Il se plaint à sa cousine du « manque de fanatisme » dans ses rangs.

Le 18 avril 1942, Pierre Laval, qui a été forcé à démissionner de son poste de vice-président du Conseil, revient au pouvoir. Il déclarera souhaiter « la victoire de l'Allemagne ». La collaboration se durcit.

Dans une lettre à sa cousine du 22 avril 1942, Mitterrand ne semble pas s'inquiéter de ce raidissement, bien au contraire. « Il faudrait qu'en France, on puisse organiser des milices qui nous permettraient d'attendre la fin de la lutte germano-russe sans crainte de ses conséquences. Que l'Allemagne ou la Russie l'emporte, si nous sommes forts de volonté on nous ménagera. C'est pourquoi je ne participe pas à cette inquiétude du changement de gouvernement. Laval est assurément décidé à nous tirer d'affaire. Sa méthode nous paraît mauvaise ? Savons-nous vraiment ce qu'elle est ? Si elle nous permet de durer elle est, sera bonne. »

Mitterrand vient alors de démissionner de son emploi à la Légion. Il lui reproche d'être « fonctionnarisée ». « Je suis d'une autre trempe malgré ces faiblesses, ces hésitations qui sont en moi, affirme-t-il. Notre époque est magnifique… Je ne peux la regarder de ma fenêtre… » Il ne doute de rien.

69.
La foi dans son destin

À Vichy, Mitterrand fréquente le futur auteur des *Bêtises* et de *Caroline chérie* : Jacques Laurent, neveu par sa mère d'Eugène Deloncle, travaille au secrétariat général à l'Information du régime de Vichy.

Il est aussi proche de Gabriel Jeantet, alors chargé de mission au cabinet de Pétain. L'ancien cagoulard a créé un journal, *France*, sous-titré « Revue de l'État nouveau », dans lequel Mitterrand écrit. En décembre 1942, paraît un article de lui intitulé « Pèlerinage en Thuringe ».

Il y affiche des convictions très marquées et très en ligne avec « la droite extrême qui est au pouvoir à Vichy[1] », selon Pierre Péan.

Cela saute aux yeux dans ce passage où il attribue aux « cent cinquante années d'erreurs » de la France la responsabilité de la débâcle. Cent cinquante ans : c'est le temps qui s'est écoulé entre la Révolution française et 1940. On mesure le chemin qu'il lui reste à parcourir pour rallier les forces de progrès.

Un homme ne saurait être réduit à ses idées. Surtout s'agissant de Mitterrand, personnage multiple et paradoxal. Éric Roussel résume bien son état d'esprit intime à ce moment-là : « Le Mitterrand de ces années-là semble si obnubilé par son personnage et l'éventualité pour lui de jouer un rôle qu'il en oublie presque des données immédiates : le cours de la guerre, l'évolution des forces en présence, les perspectives probables d'avenir. Dans ces conditions, on conçoit qu'il évalue mal la situation du pays[2]. »

70.
Dédicaces

Guy Bousquet, le fils de René, me donne une enveloppe. À l'intérieur, trois photocopies. Ce sont les dédicaces de ses livres par François Mitterrand à l'ancien secrétaire général de la police de Vichy.

Sur la page de titre de *La Chine au défi*[1], Mitterrand signe : « Pour M. René Bousquet en bien cordial hommage. François Mitterrand. »

Trois ans plus tard, l'homme politique publie *Le Coup d'État permanent*, un pamphlet mordant contre de Gaulle. « Avec l'amicale et fidèle pensée de François Mitterrand », écrit-il cette fois-ci.

En 1969, il est l'heure pour lui de livrer *Ma part de vérité*, l'histoire officielle de sa vie. Est-ce parce qu'il connaît l'officieuse ? Son dédicataire se voit gratifié d'un « Pour M. René Bousquet en signe d'une déjà vieille amitié et en hommage de François Mitterrand ».

71.
Jean Moulin, l'ultime tabou

« Mon cher François, il me faut te remercier de tout cœur de t'être si promptement porté à mon aide dans cette affaire d'autorisation accordée par Jack Lang à la diffusion d'un film infâme qui n'a pas d'autre objet, à l'instigation de Vergès le défenseur de Barbie, que de salir la Résistance, moi et les Aubrac. Je te reconnais bien là, fidèle, sensible et généreux... »

Ainsi commence la missive manuscrite que Bénouville adresse à Mitterrand le 4 novembre 1985[1]. Rédigée de sa main sur son papier à en-tête portant l'adresse du 9, rond-point des Champs-Élysées, siège de la direction du groupe Dassault, cette lettre semble indiquer que le président de la République est intervenu pour empêcher la diffusion d'un film qui déplaît à son vieil ami. En réalité, les trois chaînes de télévision l'ont refusé avant même cette intervention. Mais la missive de Bénouville indique que François Mitterrand a sensibilisé son garde des Sceaux, Robert Badinter, à ce sujet. « J'ai reçu l'appel téléphonique de Robert Badinter que tu avais alerté, poursuit Bénouville dans sa lettre du 4 novembre. Il m'explique et je le crois que je ne dois pas te placer, à mon sujet, dans la position de quelqu'un qui applique la censure. Il a raison. Je te remercie donc fraternellement mais je ne peux pas te laisser exercer ta générosité. »

Le ministre de la Culture, Jack Lang, lui, se fait houspiller par le général. Ce dernier lui reproche vertement la lettre qu'il a envoyée à la société de production lui annonçant qu'elle pouvait diffuser son film. « Comme vous le savez mieux qu'un autre, nos rapports étaient excellents et je n'ai jamais manqué de vous soutenir au sujet des grands projets du Président de la République que vous étiez chargé de mettre en œuvre, lui écrit-il le 29 octobre 1985. Je pouvais donc croire que vous seriez courtois à mon endroit. Ou bien vous êtes complice de l'inimaginable manœuvre montée par Barbie et Vergès, ou bien, ne regardant pas vos dossiers, vous avez fait preuve d'une légèreté incroyable en lui donnant votre appui. De toute façon, votre position met un terme définitif à nos relations. » On reconnaît là le style éruptif de Bénouville et son tempérament sanguin. En post-scriptum, il ajoute : « Je vous signale, par une loyauté que je ne vous dois pas, que je communique cette lettre au Président de la République. La loyauté en question est chez moi un réflexe instinctif. » Jack Lang se souvient de cet épisode : « Je n'étais pas un commissaire politique ! J'avais aboli toutes les censures », me dit-il.

Mais quel est donc ce film qui met le résistant dans un tel état ? Et dans lequel il voit « un complot odieux contre la Résistance et son unité » ?

Celui-ci s'intitule *Que la vérité est amère* et a été réalisé par Claude Bal. Sur le site d'Unifrance, on le trouve ainsi présenté : « Sous forme d'enquête, le récit de la fin de la vie de Jean Moulin, président du Conseil national de la Résistance, arrêté le 21 juin 1943 par la Gestapo de Caluire ». Autrement dit le grand mystère de la Résistance. Que l'on peut factuellement résumer de cette manière : le 21 juin 1943, huit policiers allemands investissent une maison de Caluire, dans la banlieue de Lyon. Celle-ci abrite le cabinet du docteur Dugoujon. Les Allemands arrêtent douze personnes, des malades venus en consultation ainsi que huit résistants qui devaient tenir là une réunion. Objet de leurs discussions : le remplacement du général Delestraint, ex-chef de l'Armée secrète, arrêté à Paris quelques jours plus tôt.

Dans leur filet, les gestapistes ne le savent pas encore, mais ils ont fait une prise de choix : Jean Moulin, l'ancien préfet à qui le général de Gaulle a demandé d'unifier les différents mouvements de la Résistance intérieure. Ils ont aussi capturé René Hardy (alias Didot), un autre héros de la lutte contre l'occupant nazi. Mais celui-ci a réussi à s'évader dans des conditions mystérieuses. Cet ingénieur de la SNCF fut chargé par Henri Frenay, le chef de Combat, de l'exécution technique des sabotages des chemins de fer en zone Sud. Il prit part à la mise sur pied du fameux plan vert de neutralisation des voies ferrées pour le jour du débarquement. Ce plan vert fut appelé ainsi car toute sa partie action était tapée sur du papier vert.

Grand, très mince, le visage osseux, les yeux d'un bleu d'acier ne se fixant jamais, telle est l'image de lui qu'a retenue la presse d'après-guerre. À deux reprises, on le jugea. Avait-il « donné » la réunion de Caluire et, par conséquent, provoqué l'arrestation de Jean Moulin ? Par deux fois, il répondit : « Je ne suis pas un traître. » Par deux fois, il fut acquitté.

Il a pourtant bien été arrêté par les Allemands quelques jours avant la réunion de Caluire. Le chef de la Gestapo de Lyon, un certain Klaus Barbie que l'on s'apprête à juger au mitan des années 1980, l'interroge. Puis le relâche.

Quelques heures plus tard, le 11 juin 1943 au matin, Hardy rencontre Bénouville, son chef dans la Résistance, avec qui il a été emprisonné en 1941 à la prison militaire de Toulon. Tous deux devaient comparaître comme gaullistes devant le tribunal.

Dans le film de Claude Bal qui scandalise Bénouville, René Hardy apparaît une dizaine de minutes. « Il parle par monosyllabes le plus souvent, raconte le journaliste Henri Amouroux, auteur de *La Grande Histoire des Français sous l'Occupation*, et offre le spectacle affligeant d'un vieillard gâteux à qui ses interlocuteurs tirent des phrases qu'ils donnent parfois l'impression d'inspirer et même de guider[2]. »

Hardy enfonce un clou qu'il a commencé à planter dans un livre de souvenirs publié quelques mois plus tôt, *Derniers mots*[3], ainsi que dans une déclaration signée le

1er décembre 1983. Lors de leur entrevue de juin 1943, il dit avoir appris à Bénouville son arrestation ainsi que celle du général Delestraint. À cette occasion, il prétend avoir conclu avec lui un « pacte de silence » ayant pour objet de « découvrir comme (ces événements) avaient pu se produire ».

« Je me suis tu quatre décennies durant, écrit-il à son éditeur Claude Durand, le 1er mars 1984, tenu par ce silence scellé avec Bénouville, en sachant pertinemment que si je venais à le violer, c'est la Résistance tout entière qui en pâtirait. Le procès Barbie va à nouveau déchaîner les passions. J'ai donc rompu ce pacte de silence. » Hardy dit autre chose : Bénouville lui aurait « donné l'ordre » de se rendre à Caluire le sachant en liberté surveillée. L'accusation est très grave.

Le 17 juillet 1985, Hardy s'adresse à Bénouville pour exprimer ses regrets tout en maintenant ses propos. « Qu'au reçu de cette lettre tu aies pu lui donner ton pardon c'est une affaire de conscience que je ne juge pas, écrit Henri Frenay à Bénouville le 23 septembre 1985. Je suis sans doute moins bon chrétien que toi car je n'aurais pas pardonné un renouvellement de l'injure [...] Je pense que ta générosité habituelle t'aura entraîné trop loin. »

Bénouville, lui, se défendra contre ces accusations jusqu'à son dernier souffle. Il soutiendra que René Hardy, lors de leur rencontre à Lyon, lui avait dit « avoir été reconnu et interpellé dans le train par deux hommes de la Gestapo – Moog et Multon – et avoir réussi à leur fausser compagnie en sautant du train à contre-voie ».

À un professeur qui le sollicite au printemps 1998 sur cette affaire, il répond que son « sentiment a été et sera toujours que René Hardy n'a pas trahi et n'a pas "donné" à la Gestapo la réunion de Caluire ». Sur quoi se fondet-il ? Le jour de son arrestation, il a rencontré René Hardy aux bains d'Ainay. Ils ont déjeuné ensemble, puis se sont rendus dans l'appartement qu'il habitait. René Hardy y a rencontré Henri Frenay et Claude Bourdet. Hardy aurait ainsi pu le dénoncer facilement aux Allemands, comme tous les traîtres le faisaient en gage de leur bonne volonté.

Selon le journaliste Pierre Péan, dans son livre *Vies et morts de Jean Moulin*[4] « au fil des ans, Bénouville a changé insensiblement de discours en assumant une part de responsabilité dans le drame de Caluire. Une responsabilité qu'il partage avec Jacques Baumel et Henri Aubry (présent lui aussi dans la maison du docteur Dugoujon). Ce qu'il déclare aujourd'hui (en 1998) apparaît ainsi comme la justification d'une décision ou tout le moins d'une attitude collective ». Pierre Péan rapporte un des propos qu'il lui a tenus : « Caluire, c'est un hold-up de Moulin pour mettre la main sur l'Armée secrète. »

Nombre de ceux qui accusent Bénouville – c'est notamment le cas de Daniel Cordier, l'ancien secrétaire de Jean Moulin – insistent sur le refus de celui que l'on appelait « Barrès » et de ses compagnons de « retomber sous la tutelle de Londres ».

D'autres accusateurs, écrivains ceux-là – notamment Dan Frank dans *Les Champs de bataille* –, mettront en avant les supposées motivations politiques de Bénouville et consorts. Venus de la droite extrême, ils auraient voulu empêcher le « rouge » Moulin de mettre la main sur la Résistance intérieure. Et aux anciens partis de la IIIe République de reprendre le pouvoir après-guerre. Caluire aurait donc été l'épilogue d'une bataille engagée dans les années 30, le 6 février 1934 puis au moment de la guerre d'Espagne. « Pendant que Bénouville, Magescas, mais aussi Jehan de Castelane, Michel de Camaret et leurs amis s'activent frontalement contre Léon Blum et le Front populaire, et se démènent secrètement pour aider Franco, Jean Moulin – au contraire très engagé à gauche – devient le chef d'orchestre de l'aide secrète de Blum aux républicains espagnols en collaborant avec des communistes, des agents du Komintern et du Gru... », écrit Pierre Péan dans ses *Mémoires impubliables*.

Si les relations de Moulin avec les chefs de la Résistance furent bien conflictuelles, leurs sources de différends étaient nombreuses. Parmi celles-ci, la question du financement. Au début de 1943, l'affaire dite de « la filière Suisse » provoqua de fortes tensions. Pierre de Bénouville avait noué des relations à Berne, en Suisse, avec les services secrets américains. Ces derniers proposèrent, en échange de renseignements sur la France occupée, une aide financière conséquente. Frenay et Bénouville y étaient favorables. Moulin refusa. Les Américains soutenaient encore le rival de De Gaulle, le général Giraud.

Dans ses archives, Bénouville a consigné soigneusement tout ce qui concerne cette affaire suisse ainsi que la tragédie de Caluire : lettres, jugements, agendas... L'argus de la presse lui signalait le moindre articulet sur ces sujets. Autant de pièces à conviction engrangées par un homme sur le qui-vive. « Mon oncle était très meurtri par les attaques contre lui, se souvient Jacques Hogard. Dans les années 80 et 90, la gauche en a fait son coupable idéal. Celle-ci a toujours prétendu avoir le monopole de la Résistance. C'est une légende, comme l'ont établi les historiens sérieux. Les premiers résistants étaient de droite. Et mon oncle était là pour le rappeler aux mystificateurs. Il dérangeait. »

Dans ses *Mémoires interrompues*, François Mitterrand est interrogé sur l'arrestation de Caluire. « Il faut parler à Pierre Guillain de Bénouville, répond-il. C'est lui qui était chargé de la sécurité. En tout cas, il est vrai qu'il y avait un véritable conflit entre de Gaulle et Moulin d'une part, la Résistance intérieure d'autre part. Tout n'a pas été dit sur cette période durant laquelle le gaullisme s'est emparé de la Résistance intérieure. »

Mais que faisait donc Bénouville au moment où fut capturé Jean Moulin ? Il se mariait dans le Gers avec Georgie…

72.
Le bouclier

Dans la nuit du 1er au 2 février 1984, un incident éclate à l'Assemblée nationale. Une poignée de députés de droite, Jacques Toubon, François d'Aubert et Alain Madelin, évoquent publiquement ce passé de François Mitterrand qui ne passe pas : la Cagoule, Vichy, *Votre beauté*… Le 2, le bureau de l'Assemblée se réunit pour évoquer les « insinuations injurieuses » de ces députés et les sanctionner.

Le président, Louis Mermaz, leur demande de « bien vouloir retirer les paroles qu'ils ont prononcées et de s'en excuser sans détour devant la représentation nationale ».

Pierre de Bénouville, député RPR, qui siège, comme les trublions, sur les bancs de l'opposition, s'est déplacé pour l'occasion. Son ami est mis en cause. Il va le défendre. Comment ? En livrant son récit de la Résistance de Mitterrand.

« En 1943, s'élance-t-il, après qu'il se fut évadé, il a pris contact avec nous et un jour à la gare de Lyon-Perrache, Pascal Copeau – c'était le second dans l'ordre hiérarchique du mouvement Libération – m'a conduit à un homme avec chapeau et moustache en me priant de l'emmener à Cluny, lieu de résidence clandestine d'Henri Frenay, chef national, qui a créé tout ce qui dans la Résistance était armé et paramilitaire, ainsi que de Bertie Albrecht, pure martyre de notre cause. Ce n'est que dans le wagon du train que j'ai reconnu mon camarade d'enfance. Si ce jour-là, à Cluny, chez M. et Mme Gouze, parents de Danielle Gouze, aujourd'hui femme du président de la République, François Mitterrand avait été arrêté avec nous, comme a été arrêtée Bertie Albrecht, quelque temps plus tard, il serait certainement mort de la même mort que Bertie Albrecht… »

Son témoignage inspire le respect. Le général en profite pour porter l'estocade : « Puisque nous avons en commun ces souvenirs et que, je le dis en toute liberté devant mes jeunes camarades de l'opposition – M. Alain Madelin avait un an à l'époque de Bir Hakeim –, j'ai été témoin de ces événements que j'ai vécus avec François Mitterrand, dit-il solennellement, je viens leur demander, à ces camarades de l'opposition – car je suis un député de l'opposition, j'ai battu un socialiste, en deux fois bien sûr, mais enfin je l'ai battu – de retirer leurs propos […] Mes jeunes camarades de l'opposition, pleins de talent et de chaleur, on a mal interprété leurs propos. Je crois qu'ils parlaient d'autre chose. S'il s'agit de la Résistance, l'homme que je suis est venu ce soir apporter son témoignage, qu'aucun d'entre mes camarades ne récusera : François Mitterrand fut l'un des nôtres. »

Bénouville sait que sa parole est d'or sur cette période. Elle s'impose d'elle-même dans le brouhaha. Elle sonne aussi comme un avertissement à tous ceux qui voudraient chercher des poux sous la couronne de roses de Mitterrand.

Quelques jours plus tard, celui-ci préside à Cluny la cérémonie du souvenir en mémoire des résistants Bertie Albrecht et Jacques Guéritaine. L'atmosphère est tendue, rapporte la presse locale[1]. D'anciens résistants ont refusé de participer à l'événement. Certains Compagnons de la Libération « choisissent d'orchestrer une manifestation parallèle officieuse en déposant leur propre gerbe ».

L'ancien maire de Cluny, le docteur Pleindoux, demande à prendre la parole. « Et alors là, surprise, relatent les témoins, il s'adresse à François Mitterrand comme à "un ancien du maquis de Cluny", de quoi faire parler dans les chaumières le soir. Or Mitterrand – et le docteur Pleindoux le sait très bien puisqu'il a œuvré pendant les années de guerre – n'a jamais appartenu à un quelconque maquis dans le Clunisois. » Dans une envolée lyrique, l'ancien maire termine ainsi : Cluny, qui a accueilli jadis « des grands abbés, des papes, des rois, des empereurs, le général de Lattre de Tassigny, pourra ajouter [le nom] d'un président de la République ». Il n'y a qu'à Dieu que l'ancien édile ne compare pas Mitterrand. Cluny est le berceau de la famille Gouze-Rénal : ce qui explique sans doute la tonalité de ce discours.

Pendant que le docteur Pleindoux prononce son dithyrambe, un tract circule. On y lit : « Sans sous-estimer le contexte désagréable pour tous dans lesquels ils sont intervenus, nous marquons notre totale désapprobation à l'égard des propos et commentaires oraux ou écrits tenus à l'encontre de François Mitterrand, président de la République, à l'occasion de la dernière session parlementaire, tendant, par des sous-entendus ou des amalgames, à mettre en cause le patriotisme du président de la République et à faire oublier qu'il fut un des responsables de la Résistance et le président du Mouvement national des prisonniers de guerre et déportés. Nous estimons que cette campagne inqualifiable est néfaste pour la France. »

Neuf signatures sont apposées au bas du texte. Parmi celles-ci, celles de ses amis Pierre de Bénouville et André Bettencourt. Mais aussi celle de Roger-Patrice Pelat.

Mitterrand a connu ce dernier lors de sa détention dans un stalag allemand en 1940-1941. Homme d'affaires, Pelat sera inculpé en 1989 dans l'affaire Pechiney-Triangle. Mitterrand le soutiendra mordicus. Pelat avait consenti un prêt sans intérêts à Pierre Bérégovoy, qui défraiera la chronique. L'affaire poussera l'ancien Premier ministre au suicide.

À ses amis, Mitterrand paiera toujours ses dettes. Morales en tout cas.

73.
Une chevalerie de notre temps

« Ceux qui ont combattu dans la Résistance en s'y donnant tout entiers forment vraiment une confrérie, écrit l'historien Jean-Pierre Vernant. Il suffit d'un mot, d'une remarque, d'une allusion, on se reconnaît aussitôt, on se retrouve entre soi. »

La Résistance se vit comme une chevalerie, avec ses mythes, ses symboles, ses héros et ses rites. Il ne suffit pas d'avoir joué sa peau pour elle pour être adoubé. Il faut être reconnu par ses pairs. D'où l'importance, après-guerre, de ces décorations, véritables lettres de noblesse, et attestations de bonne conduite délivrées comme de précieux parchemins.

Comme dans toute chevalerie, il y a un ordre hiérarchique dans la Résistance. On distingue notamment le résistant « de la première heure », qui a rallié Londres dès 1940 (ils furent peu nombreux) de celui de la « vingt-troisième heure », engagé à partir de novembre 1942, date à laquelle les Allemands occupent la zone libre.

Le premier est paré de toutes les vertus tandis que le second est suspect d'opportunisme. « Les questions de la "date d'entrée" et de l'antériorité sont indissociables des définitions données à la Résistance et, au-delà, des représentations du Bien par les acteurs eux-mêmes et par la société[1] », résume l'historienne Johanna Barasz.

Bénouville a sauté le pas assez tôt. Dalle a aidé certains résistants à franchir la ligne de démarcation sur la Loire[2] avant d'intégrer l'entreprise Monsavon.

La Résistance a beau être une communauté, elle n'en demeure pas moins divisée entre gaullistes et communistes notamment. Quand on n'est ni l'un ni l'autre – c'est le cas de Mitterrand et de Bettencourt – à cette époque-là, on n'est nulle part.

N'ont-ils pas pleinement sauté le pas qu'en 1943 ? Jusqu'à la fin de sa vie, Mitterrand cherchera à être reconnu par la « confrérie ». Le journaliste Éric Conan et l'historien Henry Rousso racontent dans leur livre *Vichy, un passé qui ne passe pas*[3] comment la gauche au pouvoir se démena dès 1981 pour faire accorder au Mouvement national des prisonniers de guerre (MNPG) – dont Mitterrand fut le maître d'œuvre dans la clandestinité, en 1944 – le titre suprême d'« unité combattante ». Une distinction qui lui avait été refusée en

1951... Il faudra onze ans de bataille juridico-administrative pour que les thuriféraires du président y parviennent. Conan et Rousso évoquent des « manœuvres grossières ». Il s'agit pour eux d'une « réécriture fantasmée » de l'Histoire.

74.
Les pastilles du bonheur

Moi aussi, j'étais à Vichy ! Ma grand-mère habitait à une vingtaine de kilomètres, dans un petit village de la montagne bourbonnaise, Nizerolles. Mes parents me laissaient chez elle un mois pendant les grandes vacances.

Vichy, c'était notre sortie de la semaine. Le mercredi ou le vendredi : ça dépendait de qui était disponible pour nous y conduire. Le plus souvent, le boulanger nous « descendait », car Nizerolles culminait à 450 mètres d'altitude.

Pour ma grand-mère, Vichy, c'était la grande ville. Elle sortait sa plus belle robe de la naphtaline. La veille de la visite, elle faisait arranger sa coiffure.

Pour moi, Vichy, c'était le comble du luxe. Les façades pas tout à fait défraîchies des palaces m'intimidaient. Je me souviens de nos déambulations dans les parcs de l'Allier. Nous nous asseyions sous les arcades de la galerie Napoléon pour boire une limonade. Et nous suivions la grande procession des curistes vers les sources d'eau thermale.

Ma grand-mère achetait de temps en temps une boîte

de pastilles de Vichy dans une des belles confiseries de la ville. Ma patience était récompensée d'un sucre d'orge. Vichy reste pour moi une bonbonnière. Elle a un goût de sucre.

Ma grand-mère n'avait pas beaucoup d'instruction. Elle ne m'a pas expliqué l'histoire de Vichy. Un jour, si, je me souviens, elle m'a montré le bâtiment qui abritait autrefois l'hôtel du Parc, le siège du gouvernement de Vichy. « C'était la maison de Pétain », m'a-t-elle annoncé en fronçant les sourcils. Sans rien dire de plus.

Elle n'aimait pas parler de la guerre. Et, lorsque, après avoir vu *La Grande Vadrouille*, j'exerçais ma curiosité d'enfant, elle me livrait quelques bribes de sa mémoire.

Le salon où nous regardions la télévision était, entre 1939 et 1945, la salle du bar-épicerie que tenaient ses parents. Elle se souvenait des « Boches » qui venaient boire. « Je ne les aimais pas. »

Ma grand-mère voyait le monde depuis son village. À Vichy, elle avait l'air un peu perdue.

Mitterrand, lui, s'y était senti comme un poisson dans l'eau. Ce théâtre d'ombres était fait pour ce personnage multiple. Je retourne de temps en temps à Vichy. La cité des bords de l'Allier se passerait bien de ce passé. Quelques nostalgiques demandent encore à visiter l'appartement qu'occupait Pétain, et qui a été racheté par une association de défense de sa mémoire.

Après la guerre, m'a expliqué l'ancien maire, Claude Malhuret, le nom de Vichy n'avait pas cette connotation. Il symbolisait au contraire la santé et la vitalité. Témoin le succès de la marque Vichy, dont L'Oréal a fait l'acquisition quelques mois avant la mort d'Eugène Schueller…

75.
Le testament

Mitterrand lui a confié ses mémoires. Pierre de Bénouville aurait aimé faire de même, mais il tenait à ce que ce soit elle, en personne, qui recueille ses propos. Elle avait décliné, faute de temps. François Dalle l'avait choisie pour publier ses pensées économiques. Cela avait été plus simple avec lui. L'éditrice Odile Jacob, qui a publié les plus grands chefs d'État du monde et la plupart des prix Nobel de la planète, connaît bien cette drôle de bande[1].

Dalle ? « Intelligence hors du commun », « très brillant », « très rapide ». « C'était un visionnaire, son objectif était de vendre un rouge à lèvres à chaque Chinoise. » Bénouville ? « Très complexe », « un homme à tiroirs », « assez seul ». Elle n'a pas publié André Bettencourt, mais elle l'a connu, ainsi que son épouse Liliane. Elle se souvient d'un homme « discret ».

Et Mitterrand alors ? À l'évocation de son nom, elle place son index sur ses lèvres. J'y vois un signe d'encouragement. Elle proteste.

Le président était bluffé par cette pionnière de l'édition scientifique. Le jour où on décore son père, François Jacob, Prix Nobel médecine 1965, il expédie son discours, pressé de la retrouver dans l'assistance, à l'Élysée.

C'est vers elle qu'il se tourne à la fin de son second septennat pour répondre aux attaques sur son passé et fixer son image dans la postérité. Le 11 avril 1995, quelques mois après les révélations du journaliste Pierre Péan sur sa jeunesse d'extrême droite, il publie un livre d'entretiens avec le Prix Nobel Elie Wiesel. Le judaïsme, la foi, l'éternité, le passé, René Bousquet : c'est un dialogue de haute volée quoique guidé par les circonstances. Odile Jacob a organisé les dialogues, travaillé le texte. Mitterrand a tout relu. Un ultime coup de fil doit décider du titre. Elie Wiesel a songé à *Deux amis se souviennent.* Mitterrand tranche : ce sera *Mémoire à deux voix.*

En parallèle, le président se confie à plusieurs reprises au journaliste Georges-Marc Benamou, dont l'essai autobiographique *Jeune homme, vous ne savez pas de quoi vous parlez* m'a passionné. Leurs entretiens vont servir de première trame aux *Mémoires interrompus*, son dernier livre, qu'Odile Jacob publie en avril 1996, après sa mort.

L'éditrice aide Mitterrand car il est très affaibli par la maladie. Elle taille, ajoute, reconstruit... Ils ont convenu de travailler à Latche sur certains chapitres de ses mémoires. Elle découvre devant la maison des dizaines de poules en liberté. Mitterrand dira à l'un de ses visiteurs les avoir installées là pour que leur caquètement recouvre celui de Danielle et de sa sœur Christine Gouze-Rénal.

À Paris, leurs séances d'écriture ont lieu dans l'appartement de l'avenue Frédéric-Le-Play, près de la tour Eiffel, où le président vivra ses derniers jours.

Le manuscrit est achevé quelques jours avant Noël. Mitterrand s'envole pour Assouan, en Égypte. Son dernier voyage.

Ces *Mémoires interrompus* disent tout de Mitterrand. C'est-à-dire pas grand-chose. Il élude, feinte, botte en touche. Lorsque Georges-Marc Benamou lui demande s'il est vrai qu'on lui a proposé une place au Commissariat aux questions juives, à Vichy, et qu'il a refusé, il met en doute la fiabilité des témoins, pourtant ses amis, qui ont donné cette information.

« Rien de moins sûr qu'un vrai témoin, rétorque-t-il. Demandez-lui donc la couleur de votre cravate le jour du crime ! » L'art mitterrandien de l'esquive résumé d'une phrase.

76.
La liste noire

Le 16 février 1995, les journalistes américains sont conviés à une conférence de presse par l'Alliance d'action juive, une organisation qui a lancé un appel au boycott des produits de L'Oréal aux États-Unis.

Le principal orateur prend place. Il s'agit de Serge Klarsfeld, le célèbre chasseur de nazis. Avec son art consommé de la mise en scène, le spectacle promet d'être savoureux. Le président de l'association Fils et Filles des déportés juifs de France brandit une lettre. Celle-ci vient de lui être adressée par le directeur du Bureau d'enquêtes spéciales (OSI) du département américain de la Justice, Eli Rosenbaum. Cet organisme est chargé de traquer les collaborateurs nazis aux États-Unis. Sa nouvelle enquête concerne André Bettencourt, annonce Klarsfeld. À la suite de l'exhumation de ses articles dans l'hebdomadaire collaborationniste *La Terre française*, l'OSI souhaite « vérifier si [l'homme d'affaires] pouvait être autorisé à entrer aux États-Unis ».

Après avoir lu à haute voix le contenu de cette missive, Serge Klarsfeld prend un ton solennel et demande qu'« André Bettencourt soit inscrit sur la "*watch list*", qui interdit l'entrée sur le territoire américain ». En effet, pour obtenir alors un visa américain, il faut répondre à la question : « Avez-vous été impliqué d'une manière quelconque, entre 1933 et 1945, dans les persécutions perpétrées par l'Allemagne nazie ou ses alliés ? ».

Serge Klarsfeld attaque la « soi-disant » participation d'André Bettencourt à la Résistance. « Je n'ai retrouvé trace de cette Résistance qu'en juillet-août 1944, à

Genève, ce qui n'est quand même pas une bataille extrêmement... remarquée », dira-t-il à un journaliste du *Monde*[1].

Selon lui, Bettencourt s'est rendu en Suisse pour « ramasser de l'argent ». « Il s'agissait de 2,5 millions de francs [de l'époque]. C'est M. Mitterrand qui [lui] a confié une mission. M. Bettencourt a immédiatement transmis la somme à son chef de réseau François Mitterrand. Donc, Bettencourt a été un "courrier". Personne ne sait ce qu'est devenu cet argent. »

Un homme est assis à côté de Serge Klarsfeld : Jean Frydman. Depuis plusieurs années, l'homme d'affaires poursuit de sa vindicte le groupe L'Oréal, qu'il a accusé notamment de « discrimination raciale ». C'est lui qui a révélé l'existence des articles d'André Bettencourt dans *La Terre française.* « Je ne m'arrêterai que lorsque [Bettencourt] aura été démis de toutes ses responsabilités », déclare-t-il.

Quelques jours plus tard, André Bettencourt répond à ses détracteurs : « C'est un piège terrible, confie-t-il à Edwy Plenel. Pensez un peu à ma dignité. C'est effrayant que l'on laisse entendre que j'ai pu participer au génocide ! J'ai seulement écrit des articles que je regrette infiniment, je me suis excusé, que voulez-vous de plus[2] ? »

L'honorabilité, la prescription... Ce sont les deux axes de sa défense, dont il ne s'éloignera pas. Mais il croit utile de fournir des alibis. Notamment celui-ci : « Quand on me dit antisémite, que fait-on de ma participation au gouvernement Mendès France ? »

C'est François Mitterrand qui l'a recommandé pour qu'il intègre l'équipe de Mendès. Savait-il qu'un jour son ami André aurait à se servir de ce portefeuille comme d'un bouclier ?

77.
Dans leurs petits papiers

« On va se payer une bonne tranche ? » Dans leur langage codé, cela veut dire : aller faire un tour chez le bouquiniste. C'est Mitterrand qui, souvent, lance l'invitation. À Bénouville.

Même à l'Élysée, ça lui prend comme ça. Il décroche son téléphone. Et hop ! On se retrouve dix minutes après. Aux Arcades, rue de Castiglione, à la librairie Gallimard, boulevard Raspail. Mitterrand et son complice du jour poussent la porte de l'échoppe, comme d'autres celle d'un bordel. À peine sont-ils entrés que leur regard scrute les rayonnages et détaille le galbe des tranches.

Mitterrand fait signe au libraire : il a jeté son dévolu sur une édition originale de *La Colline inspirée*, de Maurice Barrès. Il la caresse délicatement puis la respire comme il le ferait d'un sous-vêtement féminin. Ensuite, il la tend à son ami. Avec Bénouville, ils apprécient cet écrivain, chantre de la terre et des morts. L'un des noms de résistant de celui-ci était Barrès (il y eut aussi Lahire et Duroc). Henri Frenay l'avait surnommé ainsi car il portait souvent sur lui un exemplaire des *Cahiers* de l'écrivain lorrain.

Un jour, ils tombent sur une édition rare des *Deux Étendards*, le roman de Lucien Rebatet. Un fasciste qui a été condamné à mort à la Libération puis gracié ! Mitterrand partage le monde entre ceux qui ont lu ce livre et les autres.

Bénouville ne se fait pas prier pour sortir son portefeuille. Mitterrand ressort avec son paquet sous le bras. Après avoir assouvi son désir bibliophile, il a envie de marcher. Le général ne peut pas le suivre. Sa jambe droite est en capilotade depuis un accident de voiture survenu à la fin de la guerre. Et son état n'a cessé de se dégrader. Un certificat médical établi le 17 novembre 1965, après une fracture au niveau du tiers inférieur du fémur, constate notamment chez lui une ankylose du genou droit à 110 degrés, avec amyotrophie et raccourcissement de la jambe.

Mitterrand, seul, ou avec un autre compagnon de promenade prévenu entre-temps, pousse jusque chez le relieur Jean-Paul Miguet, 106 *bis* rue de Rennes. « Il lui arrivait souvent de passer à l'improviste, se souvient l'artisan. Nous n'avions même pas le temps de nettoyer l'atelier[1]. »

Mitterrand a connu Miguet par l'intermédiaire d'Antoine Riboud, le patron de Danone, qui lui avait offert vingt-sept des trente-trois volumes des *Hommes de bonne volonté*, de Jules Romains. Une fresque foisonnante galopant de 1908 à 1933, qui a captivé le jeune Mitterrand. Notamment les deux personnages principaux, qui se rencontrent à l'École normale, rue d'Ulm : Jean Jerphanion, le fils de paysans, et Pierre Jallez, le Parisien.

Depuis qu'il a reçu ce cadeau, Mitterrand a pris l'habitude de confier à Miguet ses livres par trois. Du Barrès, du Cendrars, du Drieu La Rochelle… Les maîtres de sa jeunesse. Miguet a revêtu son exemplaire de *Comme le temps passe…*, de Robert Brasillach, d'un beau maroquin rouge. Pour *Eva ou le journal interrompu*, de Jacques Chardonne, il a préféré une reliure janséniste : maroquin bleu, tranches dorées sur témoins. *Bonjour tristesse*, de Sagan, et *Belle du seigneur*, d'Albert Cohen, ont aussi bénéficié d'un bel écrin. Miguet a relié en tout une centaine d'exemplaires appartenant à cet illustre client.

« Mitterrand préférait les reliures classiques, se souvient-il, moitié à bande ou moitié à coins. » Une seule fois, il a décoré un livre pour lui : un album du peintre Jean Cortot offert par l'écrivain Michel Déon, l'auteur des *Poneys sauvages.* « Ma femme et moi-même avons été chargés de remettre ce cadeau à François Mitterrand, raconte Miguet. Spontanément, il a demandé une reliure. »

En guise de remerciement, le président aurait écrit à Michel Déon, écrivain qui fut le secrétaire de Charles Maurras : « Vous n'avez pas mes idées, mais moi j'aime votre littérature. »

Une partie de cette bibliothèque a été vendue aux enchères, à l'automne 2018, par la maison Piasa. Le fils du président défunt, Gilbert, cédait 1 000 ouvrages de littérature du XXe siècle, tous en édition originale, et quelques manuscrits et autographes. L'annonce du lot 91 ne passa pas inaperçue : *Le Sacrifice du matin,* récit autobiographique de Pierre de Bénouville sur sa Résistance. « Un des 150 exemplaires sur vélin chiffon de Lana, celui-ci numéroté 3, seul grand papier », annonça le libraire expert. Sur la page de garde, figurait un long envoi :

> *Pour Danielle et François Mitterrand, en souvenir de tant de souvenirs, et spécialement François en me remémorant le jour où tu me fus conduit à la gare de Lyon-Perrache par Pascal Copeau que nous venons de perdre. J'étais avec Bertie*[2] *et je devais, pour la première fois, te conduire à Cluny où vous alliez nouer vos destins. D'abord je ne te reconnus pas car un grand chapeau ombrait ton regard. En mémoire aussi de ton retour de Londres, quelques semaines plus tard. Nous eûmes rendez-vous non loin du Panthéon et ta première question fut : « As-tu des nouvelles de Danielle ? » À vous deux, en n'oubliant aucune des heures ardentes de la jeunesse comme de la maturité, celles de Saint-Paul comme celles du combat – heures*

ardentes dont l'espérance doit toujours dominer toutes nos voies. Affectueusement, Pierre

L'estimation était annoncée à 1 500, voire 2 000 euros. L'affaire fut adjugée à 71 040 euros ! L'un des gros montants de la vente. Je cherche encore l'identité de l'enchérisseur.

78.
Les reliures de Danielle

Pierre de Bénouville était en vacances avec Monique Legrand à Quiberon quand il a appris la mort de sa femme Georgie Thimonnier. « Je vais épouser votre fille », a-t-il annoncé à la mère de Monique. Elle lui a répondu : « Mais, Pierre, il est temps. » Le mariage n'a pu être célébré, Bénouville étant décédé deux mois après, le 4 décembre 2001.

Pour régler la succession de sa femme, il a fait appel à… Monique Legrand. Après tout, n'exerçait-elle pas la profession d'administrateur judiciaire ? S'il était mort avant Georgie, ses deux femmes se seraient retrouvées devant son cercueil, comme Danielle et Anne devant celui de François.

L'histoire de François avec Anne Pingeot n'était pas un secret d'État pour lui. C'était juste la vie privée de son ami.

André, lui, n'avait pas été très chaud à l'idée que François épouse Danielle. Il estimait qu'il aurait pu « viser plus haut ». Entre la fille d'instituteurs et celle d'Eugène Schueller, il y avait en effet un monde.

Danielle mettait de drôles d'idées dans la tête de François. Les femmes pensent qu'elles peuvent changer l'homme qu'elles aiment. Heureusement, il avait le cuir bien épais. Pierre s'était malgré tout pris d'affection pour elle.

Pour une socialiste, elle n'était pas bégueule. Il l'avait tout de même emmenée dîner avec Bousquet et ses amis cagoulards. Il lui faisait même relier ses vieux exemplaires de Drieu La Rochelle et de Rebatet.

Oui, mais en rouge.

79.
Le boycott

Après Mitterrand, Bettencourt. Durant l'hiver 1994-1995, la bande est mise à rude épreuve. Ils se parlent beaucoup. Bénouville passe en fin de journée à l'Élysée.

Depuis 1981, le général est comme chez lui au palais. Des consignes ont été passées pour lui faciliter l'accès. Les secrétaires du président l'adorent. Il les couvre de fleurs. « On ne pouvait pas les rapporter chez nous tellement ses bouquets étaient spectaculaires », se souvient une ancienne assistante. Il a une prédilection pour le lys blanc. Royaliste jusque chez le fleuriste…

Ces polémiques visant la bande le galvanisent. La castagne, c'est son sport favori. La gauche est à la manœuvre. « Tous ces gens sont indignes de toi. Tous des médiocres », répète-t-il à Mitterrand. Le sphinx de l'Élysée opine en grimaçant. À son vieux copain de Saint-Paul, Bénouville a donné un conseil : « Ne baisse pas ton pantalon. » Se justifier est vain. *Never explain, never complain.*

Mitterrand s'inquiète pour Bettencourt. Son copain du « 104 » a su qui était à l'origine de la lettre qu'il a reçue d'un *congressman* américain : l'homme d'affaires Jean Frydman. Le type qui a créé Europe 1. Le producteur du *Chagrin et la Pitié.* Il a envoyé des limiers dans toutes les bibliothèques pour retrouver des journaux de l'Occupation.

François Dalle l'aurait forcé à démissionner du conseil d'administration de Paravision, la filiale audiovisuelle de L'Oréal, dont il détenait 25 %. Et pourquoi donc François Dalle aurait-il fait cela ? Pour plaire au bureau du boycott arabe, qui interdit le marché des États membres de la Ligue arabe à toutes les entreprises liées de près ou de loin à Israël. Frydman est juif. Il a conseillé le Premier ministre israélien Yitzhak Rabin.

« C'est une histoire de fous ! a réagi Bénouville. On ne peut pas faire plus pro-Israéliens que nous. » N'a-t-il pas financé un camp d'entraînement pour les combattants de l'Irgoun, près de Fontainebleau ? Ne présida-t-il pas le groupe parlementaire d'Amitié France-Israël à partir de 1977 ? Il a passé quelques coups de fil à Jérusalem pour tenter de calmer l'affaire. « Frydman est incontrôlable, il ira jusqu'au bout. »

Si seulement Marcel Dassault était encore en vie. Frydman et lui faisaient partie du même convoi pour Buchenwald en août 1944. Frydman a réussi à s'échapper juste après qu'ils avaient fait connaissance.

Le 13 décembre 1995, Bettencourt quitte la vice-présidence de L'Oréal. Officiellement, cette décision n'a rien à voir avec les attaques qui le visent. Juste avant de faire cette annonce, il a appelé Mitterrand pour le prévenir de sa stratégie de défense : c'est un complot ! À travers lui, on veut affaiblir encore davantage le président.

Devant les journalistes, Bettencourt a rappelé leurs « liens forts dans la Résistance ». « J'ai gardé un grand respect et une grande affection pour lui, a-t-il dit aux journalistes. Je pense qu'on tente actuellement de faire un amalgame entre ma prétendue affaire et le passé du président pour lui porter atteinte. »

François était leur paratonnerre. Au soir de sa vie, il devient aussi efficace qu'un arbre pour se protéger de la foudre.

80.
Marcel et Pierre

« Bénouville a probablement distribué beaucoup d'argent aux politiques lorsqu'il travaillait aux côtés de Marcel Dassault, soutient l'historien Claude Carlier. Il a même donné au Parti communiste. Mais beaucoup de gens ont bénéficié de ses largesses, y compris dans votre profession[1]. » Du RPR, Marcel Dassault disait : « C'est une de mes danseuses. » Quant aux communistes, ils lui ont probablement sauvé la vie à Buchenwald.

Bénouville remplit d'autres missions, plus spirituelles, pour le grand homme. Il l'accompagna dans sa conversion au catholicisme. Dassault ne voulait pas se contenter d'un nouveau nom. Il prit une nouvelle religion. Marcel et son épouse Madeleine sont baptisés le 26 janvier 1957 à l'église des sœurs auxiliatrices des âmes du purgatoire, à Paris. Bénouville est leur parrain. Ce lien puissant se retrouve dans leurs vies professionnelles.

Une note que Marcel Dassault adresse à son missi dominici le 14 octobre 1970 permet de se rendre compte du rôle de ce dernier. Il s'agit d'une liste de choses à faire : « 1. Assister à la séance et au vote de confiance à Chaban-Delmas demain 15 octobre. 2. Me faire signer un pouvoir, n'ayant pas l'intention de voter à la tribune pendant la nuit. Je laisse ce soin aux noctambules. 3. Être présent entre 19 h et 21 h le même jour au cocktail de Dornier où il y aura beaucoup de monde de l'aviation. 4. Demander un rendez-vous à Pompidou pour la façade du Rond-Point pour la semaine prochaine. 5. Aller voir Giscard pour lui demander que la Financière Atlantique soit agréée à l'Office des changes pour pouvoir faire des achats et des ventes de titres sur la place de New York notamment. 6. Prévoir un voyage à Istres le 24. Il y aura une mission qui envisage d'acheter 30 F.1. Le prétendant désigné au trône d'Espagne doit être là. Il est donc intéressant de le voir pour la commande des F.1. » Cette feuille de route s'achève sur une remarque personnelle et piquante : « Je ne parle pas du reste, écrit Marcel Dassault, parce qu'étant en vacances une semaine sur deux et en week-end prolongé une autre semaine vous ne voulez pas vous en occuper. » Pourtant Bénouville ne chôme pas. Son ami Mitterrand élu à la présidence de la République, il ne manque jamais une occasion d'intervenir auprès de lui pour défendre les intérêts de l'entreprise Dassault. Témoin, cette lettre du 7 juillet 1981 : « Il est nécessaire que je te signale le problème actuel des avions pour l'Irak, dans la mesure où l'exportation me paraît une nécessité urgente. L'Irak demande 30 Mirage F.1 supplémentaires avec ravitaillement en vol [...] Si ce problème t'intéresse, parles-en à Cheysson de qui, je crois, vient l'objection. »

Marcel Dassault souffrait d'hypothermie. La température de son corps ne dépassait pas 36,5. L'amitié de Bénouville était pour lui un second manteau.

L'avionneur considérait Bénouville comme partie de sa famille. Le général devint le parrain de ses quatre petits-enfants : Olivier, Laurent, Thierry, Marie-Hélène. Ceux-ci furent choyés par le général. « Bénouville était en quelque sorte un fils adoptif pour Marcel Dassault[2] », me dit Laurent lors d'un déjeuner au Plaza Athénée. Un palace où son parrain aimait à se réfugier le week-end, alors que celui-ci n'était situé qu'à deux cents mètres de son domicile.

Au rond-point des Champs-Élysées, à Paris, le véritable siège de l'empire Dassault, on se souvient du vibrionnant petit homme chauve. Jean-Pierre Bechter, l'homme de confiance de Serge Dassault, qui connut Bénouville sur les bancs de l'Assemblée nationale, m'en parle avec beaucoup d'affection et d'admiration. Il m'emmène déjeuner dans leur restaurant de prédilection : Le Quincy, dans le XIIe arrondissement de Paris, dont Bénouville était le député.

Une adresse pour « Tontons flingueurs ». Accoudé à son comptoir de vieux bistrot, le patron, Michel Bossard, alias Bobosse, se souvient de ce client qui, bien que soucieux de sa ligne, venait déguster son museau de bœuf, son chou farci ou ses pieds et paquets.

Bechter était très proche de Bénouville. S'il connaît certains de ses secrets, il ne les livrera pas. Même sous la torture. En souvenir, Bénouville lui a laissé sa Mercedes. Et un sens de l'humour à toute épreuve.

Bénouville assurait la rédaction en chef de *Jours de France*, le « magazine de l'actualité heureuse » créé par

Dassault, dont les bureaux étaient installés dans le parc. Ce dernier y tenait une chronique baptisée « Le café du commerce ». Mais il veillait à tout. Il choisissait les robes des modèles photographiés et faisait la chasse aux hommes barbus. La table basse de la salle d'attente du médecin où ma mère me conduisait contenait assez d'exemplaires de ce journal pour nous faire patienter. J'en pinçais pour les Parisiennes dessinées par Kiraz. Avec leurs longues jambes et leur moue boudeuse, je les trouvais terriblement sexy.

Derrière les articles, il y avait parfois des arrière-pensées politiques. En 1984, Bénouville vient réconcilier le président guinéen Sékou Touré avec la France. Il propose à Catherine Nay de l'interviewer. Deux ans plus tard, c'est au tour du général syrien Tlass. Cette fois, il s'agit de libérer les otages français au Liban que l'on croit alors aux mains de la Syrie. Mitterrand est dans la confidence... Catherine Nay se souvient de son extravagant rédacteur en chef, « astiqué comme un sou neuf », et aux « manières d'Ancien Régime ». « Il était d'une grande gaieté, me dit-elle, qui faisait que Marcel Dassault ne pouvait se passer de lui. »

Le Tout-Paris défilait à *Jours de France*. Le rond-point des Champs-Élysées fut l'épicentre de la vie politique et économique des Trente Glorieuses. Et c'est Pierre de Bénouville qui assurait la circulation.

81.
Les drôles de dames

« Si vous voulez comprendre Mitterrand et ses copains, retrouvez les femmes qui les ont connus », m'a conseillé un mitterrandien de premier rang. Je me suis exécuté. Amies, veuves, filleules, maîtresses, confidentes... Certaines ont accepté de me parler.

D'autres, après m'avoir ouvert leur porte, se sont ravisées. « J'en ai trop bavé à cause de la Mite. Je veux oublier tout ça », me dit l'une d'elles au téléphone lorsque je repris contact avec elle en septembre 2022. J'aurais tant aimé rencontrer Guyonne, la fille de François Dalle, championne du monde de ski nautique à l'âge de quinze ans. J'ai retrouvé le numéro de *Paris Match* dont elle fit la couverture en septembre 1963. Son père l'entraînait à Formentera, où il logeait chez les Bettencourt. Mitterrand en pinçait encore pour la mère de Guyonne, que l'on appelait « Guitoune », quand elle épouse le patron de L'Oréal. Ce qui aurait causé un froid entre les deux François.

J'ai cherché Monique Legrand, la compagne de Pierre de Bénouville, durant dix ans.

« J'ai souvent eu l'impression d'avoir un homme de théâtre en face de moi, m'explique-t-elle. Pierre maîtrisait l'art de se forger plusieurs identités et il parvenait à vivre plusieurs vies en même temps. » Elle n'était dupe de rien. Et c'est avec amusement qu'elle me lut certaines lettres qu'il lui a adressées.

Pierre de Bénouville disparaissait souvent. « Il m'écrivait qu'il était hospitalisé, en Suisse ou ailleurs, le corps recouvert d'électrodes ou de cathéters ! » À la mort du général, ce dernier l'ayant désignée légataire universelle de son patrimoine, elle dut, comme l'exige la loi, faire contrôler par le tribunal de grande instance la validité du testament. Ce qu'on appelle un envoi en possession. Christine Gouze-Raynal, la sœur de Danielle Mitterrand, fut son témoin.

Bénouville, comme son ami Mitterrand, avait un grand talent pour la dissimulation. Tous deux étaient, sur ce plan-là aussi, barrésiens. « C'est par une incessante hypocrisie, par des manques fréquents de sincérité dans la conversation, que j'arrive à posséder encore en moi un petit groupe de sentiments qui m'intéressent », écrit Maurice Barrès dans *Un homme libre.*

Ces hommes évoluaient dans un roman d'espionnage. Ce goût des légendes et des couvertures remontait à la guerre. En 1945, ils n'avaient pas cessé de vivre comme des résistants. Sous des identités d'emprunt. Et avec des cachettes pour se réfugier. Les femmes en détenaient parfois les clés. Dans *L'Armée des ombres*, le roman de Joseph Kessel, Gerbier dit à Legras : « Sais-tu de quoi est faite la vie de l'homme illégal ? De l'homme de la Résistance ? Il n'a plus d'identité, ou il en a tellement qu'il a oublié la sienne. »

82.
Une ténébreuse affaire

François Mitterrand est-il intervenu dans l'affaire L'Oréal ? Dans son livre *Une histoire sans fard*, Michel Bar-Zohar raconte de quelle manière, selon lui. Le président aurait demandé à l'un de ses discrets conseillers, Charles Salzmann, de prendre contact avec Jean Frydman. Salzmann, encore un mystérieux locataire à l'Élysée. Depuis 1981, il était officiellement chargé des sondages d'opinion. Mais certains disent qu'il s'occupait de « missions délicates ». Notamment en Union soviétique, où Mitterrand l'aurait chargé d'établir des contacts. En 1989, il a quitté ses fonctions pour prendre la direction de la société qui exploite le tunnel du Mont-Blanc. Mais il a conservé un bureau à l'Élysée. Il est concerné par l'affaire L'Oréal. En 1981, il a été membre du comité qui a élaboré et exécuté la nouvelle stratégie antiboycott d'Israël de la France. « Je suis très fier, a-t-il confié à l'auteur d'*Une histoire sans fard*, d'avoir pu, entre 1981 et 1983, faire quelque chose qui puisse servir à la fois les intérêts de la France et d'Israël. » Salzmann est juif et admire Israël, précise Michel Bar-Zohar. « Que veut votre ami Jean Frydman avec cette histoire de L'Oréal ? » lui aurait demandé Mitterrand, furieux. Salzmann a compris le message. « Il faut que je vous voie, Jean. Vous vous approchez trop. » C'est ce qu'il aurait dit au téléphone à Jean Frydman, qui l'a raconté à Michel Bar-Zohar.

Un rendez-vous aurait été fixé au palais présidentiel. Salzmann aurait demandé à Frydman de retirer sa plainte contre L'Oréal. Selon Bar-Zohar, il lui aurait proposé un marché. En échange de son renoncement, il lui aurait promis la création d'une commission d'enquête soutenue par les principales organisations juives de France. Celles-ci abandonneront également leurs poursuites contre la multinationale. Cette commission sera conduite par Jean-Louis Bismuth, considéré comme « la plus haute autorité pour ce qui concerne le boycott arabe en France ». Bismuth établira si L'Oréal a enfreint ou non la loi française. Si tel est le cas, le président s'engage à renforcer la législation antiboycott. Frydman exige quelques jours de réflexion.

Entre-temps, Hubert Védrine et Charles Salzmann, selon Bar-Zohar, auraient rencontré plusieurs responsables d'organisations juives. À commencer par Jean Kahn, le président du CRIF. «Je n'ai aucun souvenir de cette histoire, dont je n'ai entendu parler indirectement que plusieurs années après, m'explique Hubert Védrine. Et de toute façon, je ne m'en suis jamais occupé.»

Jean Frydman serait revenu avec un projet de mémorandum dans lequel le président de la République devrait signer ses engagements. «C'est d'accord», lui aurait dit Salzmann. Selon Michel Bar-Zohar, Frydman a accepté car il considère Mitterrand, avec qui il a déjeuné quelques années plus tôt à l'Élysée, «comme un homme de parole et un ami d'Israël».

L'homme d'affaires prévient alors le juge Getti, qui instruit l'affaire, de son intention de retirer sa plainte. Le 13 décembre 1991, toujours selon Bar-Zohar le magistrat réunit François Dalle et Jean Frydman dans son bureau du palais de justice. Il les informe de son intention de renvoyer le dossier devant le tribunal correctionnel car il estime que les charges sont suffisantes. Il rappelle qu'il est également saisi d'une plainte pour «discrimination raciale dans le cadre d'une activité économique». François Dalle lève les yeux au ciel. Il sait qu'un procès pourrait faire beaucoup de dégâts.

«À présent, poursuit le juge, si M. Frydman croit, à la fin de l'enquête, que cette discrimination résulte d'une mauvaise compréhension des actes de M. Dalle et si quiconque dans cette affaire est décidé à suggérer un moyen de mettre fin à cette discrimination, je suis prêt à l'entendre.» François Dalle aurait demandé à parler à Frydman en tête à tête.

Le juge et les avocats se retirent. À leur retour, les deux hommes ont trouvé un accord. Dalle écrira une lettre d'excuses à Frydman et lui promet que L'Oréal retirera toutes ses plaintes contre son frère et lui. Un an plus tard, le juge Getti annonce la clôture de l'affaire. Le 4 décembre 1992, il rend une ordonnance de non-lieu en faveur de François Dalle.

À Michel Bar-Zohar, qui lui demandera pourquoi L'Oréal n'a pas cherché à régler cette affaire à l'amiable plus tôt, le magistrat fera cette réponse : « Je me suis posé moi-même la question. Je crois que c'est un peu la bêtise des puissants. Quand vous êtes trop puissants, vous êtes bêtes parce que vous êtes trop sûrs de vous... Ils ont pensé : "Nous sommes L'Oréal, je suis François Dalle, je suis puissant, etc., Frydman est petit, nous l'écraserons et l'affaire sera terminée." »

Une vision angélique et caricaturale aux yeux de certains témoins de l'affaire. « Frydman était une fripouille. Il a baisé François Dalle », me glisse l'un d'eux.

François Mitterrand, s'il est intervenu, comme le soutient Bar-Zohar, n'a pas eu besoin d'un motif amical : l'intérêt économique de la France n'était-il pas en jeu ?

83.
Les preuves disparues

Après la guerre, face à ceux qui le cherchent sur sa francisque, François Mitterrand adopte, on l'a vu, une attitude de dédain. Lorsqu'il reconnaîtra plus tard avoir été décoré, il donnera une explication tout en mentant éhontément : « Je me suis retrouvé titulaire de la francisque comme bien d'autres membres importants de la Résistance, par exemple mon ami le futur maréchal de Lattre de Tassigny. Lorsqu'elle m'a été attribuée en 1943, j'étais en Angleterre. Ce fut très pratique à mon retour, un bon alibi[1]. » Non seulement il était à Vichy pour recevoir sa décoration, mais de Lattre n'a jamais eu la francisque...

Avec Pierre Péan, qui l'interrogera en 1994, il réitérera son mensonge : « On voulait me la remettre officiellement et cérémonieusement alors que j'étais [déjà] à Londres. » Avant de minimiser cette décoration : « J'ai fait partie d'une fournée. Vichy faisait une campagne de séduction auprès des mouvements sociaux [...] Cet insigne m'a aidé à voyager sans difficultés. J'ai bien porté l'insigne de la NSDAP [le parti nazi], lors de ma première évasion[2]... »

« Un bon alibi[3] », cette francisque... Le mot est révélateur dans la bouche de Mitterrand, personnage ambigu et dissimulé. Qui donc lui fournira ses « alibis » au cours de sa vie ? Ses amis pardi ! En attendant, celui-ci semble imparable. Comment le contredire ?

Le service secret de la France libre, le Bureau central de renseignements et d'action (BCRA), n'avait-il pas conseillé à ses agents de « se faire décerner la francisque pour écarter toute suspicion sur eux[4] » ?

Cela valait donc bien la peine de prêter serment dans la formule consacrée : « Je fais don de ma personne au maréchal Pétain comme il fait don de la sienne à la France. Je m'engage à servir ses disciplines et à rester fidèle à sa personne et à son œuvre ».

Au terme de son enquête, Pierre Péan en arrivera à la conclusion que c'est un autre ami de Mitterrand, Jean Védrine, le père du futur ministre des Affaires étrangères socialiste, Hubert, qui a monté le dossier de candidature à la francisque pour offrir une protection à son ami. Védrine et Mitterrand ont fait connaissance et se sont liés en 1942 au Commissariat au reclassement des prisonniers de guerre, que dirigeait à Vichy Maurice Pinot, un « maréchaliste hostile à la collaboration ».

Une couverture pour le résistant Mitterrand, cette francisque ? Ce serait la raison pour laquelle il ne cherchait pas à la dissimuler dans les rues de Vichy, bien au contraire.

Un de ses anciens condisciples du « 104 », Pol Pilven, a confié à Pierre Péan se souvenir de l'avoir vu arborer sa distinction en sortant du bar Le Cintra, « un repaire de collaborationnistes et de gestapistes », selon ses dires. Pilven lui demanda des explications. « Il a rigolé… C'était un peu surprenant. Il adorait aller dans les endroits où ça grenouille, a-t-il raconté à Pierre Péan. Il la portait par provocation. »

Au cours de l'élection présidentielle de 1965, à laquelle il s'est porté candidat, Mitterrand sera attaqué sur sa décoration. Son « parrain » de francisque, Simon Arbellot, prend la plume dans une revue d'extrême droite, *Écrits de Paris*, pour disculper ce « dynamique » jeune homme, « dont la famille charentaise ne [lui] était pas inconnue et qui avait été, lui, l'élève de nos "bonnes maisons" dans un pays où [il] compte beaucoup de parents et d'amis ». Comme quoi, une nouvelle fois, se vérifie une règle intangible du petit monde de Mitterrand : les bons contes font les bons amis !

Dans ce texte, Simon Arbellot, qui deviendra ensuite consul du régime de Vichy à Malaga, en Espagne, affirme avoir deviné très tôt que Mitterrand et ceux qui s'occupaient avec lui des prisonniers « se livraient à certains petits jeux qu'un fonctionnaire vichyssois n'avait pas à connaître ». C'est Mitterrand lui-même qui lui aurait demandé la francisque... Une décoration dont le port, selon sa formule pour le moins audacieuse, « équivalait à Vichy à une sorte de brevet de Résistance » !

Tout au long de sa carrière, Mitterrand portera sa francisque comme le capitaine Haddock son sparadrap. Cette décoration sera souvent mentionnée, notamment dans la littérature d'extrême droite. Sans que des documents soient fournis à l'appui. Ce n'est guère étonnant. Pierre Péan révèle dans son livre que la quasi-totalité des archives du conseil de l'Ordre de la francisque, à commencer par la fiche de François Mitterrand, ont disparu au ministère de l'Intérieur. À quel moment ? Avant ou après le passage de François Mitterrand, du 19 juin 1954 au 5 février 1955 ? C'est l'un des mystères que le grand enquêteur n'a pu élucider.

84.
Un courrier inquiétant

Sur la garde de son épée d'académicien, finement ciselée dans le métal, on peut lire la devise des Bettencourt : *De forti dulcedo* (« À partir de la force par la douceur »). C'est l'artiste Pierre-Yves Trémois qui la lui a dessinée pour sa réception à l'Académie des Beaux-Arts, en 1988. Il avait tant apprécié ses illustrations des œuvres de Claudel et de Montherlant. Deux auteurs qu'il affectionne avec Mitterrand et Bénouville. Il aime son trait épuré, sa ligne claire. Comme il se figure la trajectoire de sa propre existence.

Sa fiche personnelle, archivée au service de documentation de l'Assemblée nationale, décrit une ascension sans détour. « 1938 : secrétariat général de la Jeunesse catholique à Paris ; 1942 : entre dans la Résistance ; 1943 : arrêté par les Allemands ; en 1944 : membre de la délégation du Conseil national du Mouvement national de la Résistance à Genève ; 1945 : membre du comité directeur du Mouvement national des prisonniers de guerre et déportés et du comité directeur de l'Association nationale des déportés et internés politiques ; depuis 1946 : maire de Saint-Maurice-d'Ételan. »

À partir de cette date-là, il a occupé tous les postes : ministre, député, sénateur, conseiller général... Dans le cadre de ses fonctions ministérielles, il voyage beaucoup : Nigéria, Inde, Guinée... À l'été 1970, la presse donne un grand écho à sa visite en Chine où, ministre du Plan et de l'Aménagement du territoire, il est reçu par Mao Tsé-toung. Au cours de leur entretien, il sera notamment question du général de Gaulle. « Tous les deux, au fond, sont des moralistes », dit-il aux journalistes de *L'Express*, qui l'interrogent à son retour.

Féru d'agriculture, il a été frappé par ce qu'il a vu dans les campagnes chinoises. « La Chine est entretenue comme un immense potager où la moindre parcelle de terre serait méticuleusement soignée. »

Sur sa fiche de parlementaire, il est indiqué, à la rubrique « profession », journaliste. Il est juste mentionné qu'il a cofondé le journal *La France agricole*. Pense-t-il encore aux articles qu'il a semés dans *La Terre française*, entre 1942 et 1944 ? Leur récolte serait dramatique. Ils avaient bien été mentionnés dans une de ces feuilles de chou d'extrême droite. Mais rien de plus.

En 1994, le vent tourne mauvais. Dans la bande, François Mitterrand était en quelque sorte l'arbre qui cachait la forêt. Que l'on vienne à l'élaguer, et lui, André, se retrouverait à découvert. Les secrets de François, ce sont aussi les siens. Si les journalistes commencent à les déterrer, les racines peuvent les mener loin.

Quelques jours après la sortie du livre de Pierre Péan, Bettencourt reçoit à son domicile de Neuilly-sur-Seine un courrier inquiétant. Rédigé en anglais, il est signé d'un élu démocrate de la Chambre des représentants du Congrès des États-Unis, Eliot L. Engel.

André Bettencourt déploie la lettre : « Comme vous le savez, toute demande de visa pour le territoire des États-Unis, de même que la déclaration exigée au moment de l'entrée, exige une réponse sincère à la question suivante : "Entre 1933 et 1945, avez-vous été impliqué de quelque façon dans les persécutions associées à l'Allemagne nazie ou à ses alliés ?" »

À la lecture de ces mots, il sent ses jambes devenir cotonneuses. « Les réponses négatives que vous avez faites à cette enquête, les nombreuses fois où vous êtes entré aux États-Unis, pourraient ne pas avoir été pertinentes », poursuit le *congressman*. Le ventre de Bettencourt se noue. Les trois mots qu'il ne voulait plus revoir lui sautent alors aux yeux : « *La Terre française* ». L'Américain a pris connaissance de ses articles. Il les a lus en détail. « Politique collaborationniste », « pronazie », « dénonciations »... Est-ce bien de lui que l'on parle ?

Avec le temps, il s'est confortablement installé dans le déni. Ce qui survit dans l'ombre finit par mourir, pensait-il. Au pire espérait-il qu'une lumière tardive, projetée sur son « misérable petit tas de secrets », selon l'expression d'un autre André, Malraux, n'aurait pas assez d'intensité pour lui redonner de l'éclat. Jusque-là, tout avait si bien tenu. Leur jeunesse, c'était leur jardin secret. Des sauvages avaient décidé de le souiller.

André Bettencourt pensait pourtant que François Dalle

avait réglé l'affaire avec ce Frydman. Dans quoi Dalle s'était-il embarqué avec ce type ? En 1984, il avait quitté la présidence de L'Oréal. Il aurait dû s'en tenir là.

« Je pense que Dalle fera le grand L'Oréal », avait annoncé Eugène Schueller à ses représentants lors d'un congrès. Neuf ans durant, il a vu son cadet à l'œuvre. Dalle a tellement appris de ce manager exigeant. Ensemble, ils ont convaincu les Français qu'il fallait se laver les cheveux. Ce n'était pas une mince affaire.

Mitterrand connaît par cœur les slogans publicitaires de l'entreprise et les susurre parfois lors de leurs déjeuners. « Parce que vous le valez bien. » Le président a un faible pour *Anaïs Anaïs*, le spot pour le parfum Cacharel. Dalle a conservé la photo de son ami prise, à la Libération, devant une affiche pour Monsavon : une vache prenant son bain.

Pour lui succéder, Dalle avait choisi un Britannique, formé par lui : Lindsay Owen-Jones. Au début, il l'a conseillé. Ça n'occupait pas ses journées. En 1988, il est revenu le voir avec une idée : investir dans le cinéma. Jean Frydman, que Dalle a connu lors du lancement de la radio Europe 1, dont Frydman dirigera la régie publicitaire, est de la partie[1].

Dès les années 1960, Frydman a pressenti « le besoin d'images de notre fin de siècle, leur pénurie, l'envolée de leur valeur marchande ». L'une des sociétés de son groupe est déjà détentrice du catalogue de la *major* américaine RKO, où l'on trouve notamment *Citizen Kane* d'Orson Welles. Il s'associe tout naturellement à Dalle pour lancer une société de droits audiovisuels, Paravision International. Celle-ci achète aux producteurs leurs films anciens pour les revendre aux chaînes de télévision et aux éditeurs de vidéos. Un montage financier complexe est pensé. Paravision achète une partie des catalogues.

En échange, le groupe Frydman reçoit 25 % du capital de Paravision, qui est de 880 millions de francs, et une soulte de 175 millions. Un prix très élevé. Trop, selon les experts de L'Oréal. Qui s'inquiètent de cette aventure dans un métier qui leur est étranger. Le groupe se retrouve actionnaire à 75 % de Paravision. Mais que ne ferait-on pas pour satisfaire François Dalle ?

Celui-ci court les festivals de cinéma. « Il découvrait les actrices ! » ironise un de ses proches. Paravision dépense beaucoup d'argent pour racheter des droits et expertiser des catalogues. Entre Dalle et Frydman, des dissensions apparaissent. Une bataille financière s'engage.

Et là, coup de théâtre. Au cours d'un comité stratégique de la société, en mars 1989, Frydman affirme qu'on lui a demandé de se retirer provisoirement de ses activités en Israël ou de démissionner pour un an de Paravision.

« Sidéré, je demande pourquoi, raconte-t-il au *Point*. On m'explique que L'Oréal et la société américaine Cosmair, qui commercialise les produits L'Oréal aux États-Unis, ont acheté Helena Rubinstein et qu'en conséquence on risque de tomber sous le coup du boycott par la Ligue arabe. Car il faut, pour l'éviter, fournir aux Arabes la liste des filiales de L'Oréal – dont Paravision – et celle des administrateurs, dont je suis… Mes liens avec Israël posent évidemment un problème[2]. »

La rupture avec L'Oréal est consommée. L'homme d'affaires franco-israélien fait estimer par un arbitre le montant de ses actions Paravision. Pour sortir de l'affaire, L'Oréal doit en effet lui racheter ses parts. Le groupe conteste le prix des actions. François Dalle estime avoir été roulé par son ex-ami, qui lui « a refilé des catalogues de films pourris, un vrai bordel ingérable ».

Un premier arbitre, André Rousselet (ami de François Mitterrand), se récuse « à la suite de manœuvres[3] ».

Frydman récuse le second, Jacques Mayoux, ex-patron de la Société générale, car il a été « conseiller financier » de L'Oréal. L'arbitrage tombe à l'eau.

Frydman en fait une « affaire de principe absolu ». Le 23 décembre 1990, il porte plainte au civil contre X pour « faux, usage de faux et discrimination raciale ».

François Dalle s'énerve : « C'est un chantage financier immonde. Frydman utilise la Shoah pour faire du pognon, c'est tout ! » Il regrettera publiquement cette phrase. Mais pour lui, et, par ricochet, pour André Bettencourt, c'est le début des ennuis.

85.
« Une maison ailleurs que chez son épouse »

« Au fond, il n'a pas eu une vie très heureuse, parce qu'il ne s'est pas permis ce qu'il voulait faire ni la façon dont il voulait vivre. » Pierre de Bénouville a cette phrase sibylline dans son livre d'entretiens avec Laure Adler. Mitterrand, le jouisseur, qui s'interdit de faire ce qu'il veut faire ? Le général raconte que lorsqu'il lui a annoncé s'être installé « dans une maison ailleurs que chez [son] épouse », chez Monique Legrand, « [Mitterrand] n'en revenait pas ». Chaque fois que François Dalle lui a annoncé son divorce, il lui a dit : « Tu es sûr ? »

« André Bettencourt avait beau être un homme, il n'en demeurait pas moins un homme de devoir », me dira Monique de Libouton. Lui non plus ne « s'est-il pas permis ce qu'il voulait faire » ? Dans *La Belle Époque*[1], le deuxième tome de son *Histoire intime de la Ve République*, Franz-Olivier Giesbert affirme qu'il était « fasciné par le pacte qu'avaient passé François et Danielle Mitterrand ». Le journaliste rapporte, à ce propos, un dialogue entre l'époux de Liliane Schueller et lui-même. Giesbert : « Ce n'est pas le premier de ce genre. Autour de nous, il y a tellement de mariages arrangés et pas consommés. » Bettencourt : « Vous n'y êtes pas ! Dans cette histoire, Mitterrand est sincère : il aime les deux femmes, d'une manière certes différente, mais il n'est pas question pour lui d'en abandonner une seule. C'est un homme qui ne cesse de pousser les limites et qui veut toujours tout, sans jamais s'embarrasser du qu'en-dira-t-on. »

Avec les dames, Mitterrand restera cet homme qui s'arrête au milieu du gué. Il ne veut renoncer à aucune de ses vies. Le changement, c'est bon pour les slogans socialistes. Au lit, il dort à droite. L'hypocrisie n'est-elle pas le ciment de la civilisation ? Tant que les apparences sont sauves, tout est possible.

On le voit comme un personnage de Laclos, alors qu'il demeure une créature de Chardonne. Il aimait citer l'auteur des *Destinées sentimentales* à ses copains quand leur conversation s'aventurait sur le couple et l'amour. « Le principal pour un homme est la femme qu'il aime : il en retire tout le bonheur et toute la souffrance possibles », « Un homme, ce n'est pas assez pour une femme, ou bien c'est trop », « Vivre ensemble, c'est se meurtrir l'un l'autre », « On ne sait jamais qui on épouse : le mariage nous l'apprendra ».

Quand il disait « Il faut laisser du temps au temps », il parlait d'amour en réalité. « Il faut beaucoup d'années pour apprendre certains mots d'amour », écrivait aussi Chardonne. Certains ne nous viennent jamais à la bouche. Mitterrand éprouvait ces contretemps du cœur.

« François était fait pour les adieux, les arrivées tardives, les rattrapages de l'histoire et de l'espoir », selon Bénouville.

À la fin de sa vie, le président regrettait devant ses copains de ne pas avoir pu réunir toutes les femmes qu'il avait aimées au cours d'un repas. Bénouville s'amusait de cette idée farfelue. Il aurait fallu louer tout le collège Saint-Paul d'Angoulême pour toutes les accueillir.

86.
« Les forces de l'argent »

« Mitterrand, dans une tradition bien française, détestait ceux qui gagnent de l'argent et aimait ceux qui en ont[1] », résume Jacques Attali d'un trait cinglant.

« Mitterrand n'avait jamais de quoi payer sur lui. Il se tournait vers Hernu. Et, au final, c'est moi qui payais », me raconta la journaliste Jacqueline Chabridon, qui avait épousé l'homme politique Charles Hernu, futur ministre de la Défense de Mitterrand. Ce dernier les avait mariés à Château-Chinon.

Mais pour faire de la politique, il fallait bien de l'argent. « Comment voulez-vous ? On ne peut pas aller au bureau de poste pour chercher des mandats », avait répondu Pierre de Bénouville à Laure Adler, qui l'interrogeait sur le financement des campagnes de Mitterrand. Finalement, les fonds secrets, ce n'était pas si mal. Quand le Premier ministre Lionel Jospin, en 2001, avait annoncé leur suppression, Bénouville avait manqué s'étouffer.

De la guerre, il avait conservé l'habitude de trimballer des valises remplies de liquide. Mitterrand pouvait toujours compter sur les copains quand il peinait à boucler une fin de mois ou un budget de campagne. À la présidentielle de 1965, Bettencourt l'avait aidé. Pas seulement. « Au moment de sa traversée du désert, à la fin des années 60, on m'a raconté que Bettencourt lui avait racheté sa bibliothèque de manière fictive, car Mitterrand manquait d'argent », me confie Catherine Nay.

Quand, en novembre 1980, le candidat socialiste avait lancé sa campagne victorieuse à Carmaux, la ville de Jean Jaurès, en déclarant : « Je suis libre au regard des forces de l'argent, que je défie le regard clair », les copains avaient ri sous cape.

Mais ces quatre enfants de la province et du catholicisme avaient été élevés dans le mépris des « deux cents familles » et des « nouveaux riches ». Bien que ne manquant pas de moyens, « ils tenaient les hiérarchies fondées sur les privilèges de l'argent pour le pire des désordres, écrit Mitterrand des siens dans *Ma part de vérité*. L'argent, c'était l'ennemi, le corrupteur avec lequel on ne fraie pas. Leur foi chrétienne renforçait cette disposition ».

Venant de la droite anticapitaliste, Mitterrand put sans trop de difficulté rejoindre la rive gauche. François Dalle fut un patron pragmatique. Il défendait la participation et dénonçait les groupes « qui font de l'argent pour faire de l'argent ». Avec Antoine Riboud, autre ami de Mitterrand, il créera, au sein du CNPF, une cellule pensante baptisée Entreprise et Progrès. « Dalle se préoccupait des sujets sociaux, m'explique Marc Ladreit de Lacharrière. Il s'opposait au patronat traditionnel avec une vision plus humaniste ». Social mais pas socialiste. « Il était en désaccord complet avec la politique de nationalisation de 1981. Il l'a dit à Mitterrand », se souvient Jean-Baptiste Dalle.

Dalle avait fait d'une PME dynamique un groupe international florissant. Franz-Olivier Giesbert affirme que François Mitterrand détenait des parts dans l'entreprise. Après son élection en 1981, il aurait demandé à André Bettencourt de « lui apporter en "liquide" le résultat de la vente de ses actions ». En 1983, ce dernier a été nommé P-DG de Gesparal, holding contrôlant L'Oréal à 58, 3 %. Le vieux copain, avec son allure de gentleman british, aurait donc traversé la cour de l'Élysée « avec deux valises pleines de billets », qu'il laissera au secrétariat du chef de l'Etat. Parce que François le vaut bien…

87.
Le dernier rendez-vous à l'agenda : Jean d'Ormesson

Quoi de mieux qu'un immortel pour immortaliser ses derniers instants à l'Élysée ? Le 17 mai 1995, deux heures avant la passation de pouvoir avec Jacques Chirac, François Mitterrand convie Jean d'Ormesson pour un petit-déjeuner.

L'écrivain chéri de la droite et du *Figaro* ! De quoi désespérer Solferino… Les socialistes sont déjà bien chafouins depuis les révélations sur la jeunesse très droitière de leur héraut.

Mitterrand va remettre une pièce dans le bastringue au cours de sa conversation avec son invité. Alors que ce dernier l'interroge sur l'affaire Bousquet, il lui répond : « Vous constatez là l'influence puissante et nocive du lobby juif en France. » La phrase sera reproduite dans *Le Rapport Gabriel*, que Jean d'Ormesson publie cinq ans plus tard. On le traitera de menteur et d'affabulateur. Mitterrand avait donc choisi cet académicien qu'il dépeignait ainsi : « Il a le nez de Raymond Aron et les yeux de Michèle Morgan. »

Après son élection du 10 mai 1981, « Jean d'O. » avait pourtant été l'un des rares à tremper sa plume dans l'acide. Le nouveau président avait ressenti quelques picotements en lisant son éditorial dans *Le Figaro*, « François Mitterrand au tribunal ». Dommage qu'un si bon écrivain fût si stupide politiquement, avait-il songé. Il avait des ennemis à droite, mais il savait apprécier leur style. Il pardonnait à Louis Pauwels, le patron du *Figaro Magazine*, ses écrits à la sanguine car il aimait son roman *L'Amour monstre*.

Mitterrand eut-il vent d'un projet d'article sur sa francisque que Jean d'Ormesson avait commandé ? « Robert Hersant, le propriétaire du *Figaro*, m'a appelé : "Pas vous, pas ça !" m'a-t-il dit. Mitterrand protégeait Hersant. Tous les deux ont eu un lien avec Vichy. »

L'écrivain ne retint que la première partie de la sentence présidentielle. « Mitterrand aimait mes livres, me raconta-t-il lors d'un de nos déjeuners dans son hôtel particulier, à Neuilly-sur-Seine. Il m'appelait parfois après m'avoir lu. Il m'a invité une vingtaine de fois à l'Élysée alors que Giscard une seule fois. »

Je me souviens de les avoir vus débattre à la télévision lors du référendum sur le traité européen de Maastricht. S'il est une conviction constante que l'on peut reconnaître à Mitterrand, c'est l'Europe. Dans l'amphithéâtre de la Sorbonne, ce soir-là, Jean d'Ormesson avait été bondissant, tout en esprit. « Je n'ai jamais su qui, de nous deux, était le meilleur comédien », me confia malicieusement l'auteur de *La Douane de mer.* On venait de lui proposer d'incarner le chef de l'État dans un film de cinéma : *Les Saveurs du palais.*

« On me dit que Mitterrand s'est converti au socialisme, je veux bien le croire. Mais l'homme qui m'a reçu juste avant de quitter le pouvoir avait bien encore un tempérament de droite. Sa culture est restée de droite. »

Leurs conversations littéraires étaient parfois à fronts renversés. « Je lui vantais Aragon, il me parlait de Brasillach, dont il appréciait *La Nuit de Tolède.* Il avait un faible pour Paul Bourget. Et il avait bien lu Emmanuel Berl, qui était un écrivain de gauche très à droite. »

Il faut toujours se méfier des apparences. « Non, François Mitterrand ne prenait pas ses ordres à Moscou ou place du Colonel-Fabien, mais à Latche, à Jarnac et à Château-Chinon, dans cette France bucolique et poétique, qu'on dira, avec le temps, mitterrandienne », comme l'écrit Saïd Mahrane dans un article du *Point*[1].

J'ai interrogé de nombreux écrivains ayant connu le chef de l'État pour savoir comment ils interprétaient son invitation à d'Ormesson. « Il est le dernier président à avoir eu cette dévotion, cette fascination pour la chose écrite, me dit un jour Philippe Sollers devant un œuf mayonnaise à la brasserie parisienne de la Closerie des Lilas[2]. Il a rêvé que le pouvoir était là. »

Pour son portrait officiel, Mitterrand n'avait-il pas choisi de poser devant une bibliothèque sous l'objectif de la photographe Gisèle Freund, connue pour ses images de peintres et d'écrivains célèbres ? Deux séances de pose, une cinquantaine de minutes au total, avaient été nécessaires. « Cette image est considérable », s'exclame Sollers. Après la parution de son roman *Femmes*, en 1983,

Mitterrand avait voulu déjeuner avec lui. « Il était curieux de savoir si j'organisais des fêtes galantes ! »

Et d'Ormesson, alors ? « Les goûts de Mitterrand étaient encore beaucoup ceux d'un bourgeois de province, très attaché à la terre, martèle Sollers. On ne l'imagine pas portraituré, monarque vieillissant, par un auteur du Nouveau Roman ! »

Je posai la même question sur le choix de d'Ormesson à Edmonde Charles-Roux. « Il admirait sa prose, me dit-elle. Il a dû se dire : si c'est lui qui raconte ma sortie, au moins, je suis à peu près sûr que ce sera bien écrit[3] ! » Jean d'Ormesson ne dira pas le contraire.

Lorsqu'il avait reçu l'appel de l'Élysée, il avait d'abord cru à un canular de son ami Jean Dutourd, bien connu des auditeurs des Grosses Têtes. Piqué par mes interrogations, il s'essaya à un exercice d'analyse métapolitique. « Mitterrand croyait aux messages subliminaux. À travers moi, il en adressait peut-être un à la France d'où il venait. Une France pas très socialiste. »

Entré par la gauche à l'Élysée, Mitterrand en sortit donc par la droite. La boucle était bouclée. Et avec style.

88.
La guerre des roses

Quand Mitterrand a dévoilé le nouvel emblème du Parti socialiste, après qu'il en eut pris la tête au congrès d'Épinay, Bénouville a vu un signe de sa part. Une rose dans un poing ! François ne pouvait que s'être inspiré des armoiries de leur collège Saint-Paul d'Angoulême. Une rose rouge ornait leur blouse de pensionnaire.

L'évêque d'Angoulême, Mgr Sebaux, avait choisi cet emblème au moment de la création de l'école, en 1878, m'explique l'historien Jacques Baudet, qui a enseigné dans cet établissement. L'évêque voulait attirer les jésuites et ce symbole leur parlait. Ceux-ci donnaient en exemple dans leurs collèges un jeune novice du XVIe siècle, saint Louis de Gonzague, mort à vingt-trois ans de la peste après avoir soigné les pestiférés. « Selon une biographie de Louis de Gonzague, un malade qui sollicitait sa guérison auprès de lui aurait vu tomber du ciel une pluie de roses sur son lit, symbole de la grâce qui allait lui être accordée [1]. »

Bénouville voulait croire à ce message subliminal de Mitterrand. Alors que cette rose était bien socialiste : ses concepteurs s'étaient inspirés de l'emblème du PSOE espagnol.

Mitterrand avait beau avoir conservé ses tiges d'avant-guerre, il avait donné d'autres fleurs ensuite. La fleur de lys avait laissé place à la rose. Bénouville et les autres copains de la bande ne voulaient pas l'admettre.

Il n'était pas rare, lorsque le président venait prendre le thé chez le général, avenue Montaigne, qu'ils aient des conversations horticoles. L'appartement de Bénouville embaumait souvent les roses odorantes. Quand le général quittait une de ses fiancées, il lui faisait livrer de gros bouquets consolateurs, qu'il faisait composer chez une fleuriste près de l'Alma.

89.
Confession devant un plateau d'huîtres

« François, je t'en prie, ne pars pas sans dire pardon. Chacun de nous souhaite le pardon, tu le sais bien[1]. » Comme s'il regrettait le ton autoritaire de sa voix, Pierre de Bénouville prend François Mitterrand dans ses bras. Cette étrange impression d'enlacer un spectre.

François pousse un cri de douleur sec. Son cancer a attaqué les os et s'est déjà faufilé dans son cerveau. Il ne prend plus les médicaments que son médecin, Jean-Pierre Tarot, lui a prescrits. Ni même les pilules homéopathiques de son acupuncteur Philippe de Kuyper.

« Tu sais, tout peut arriver, j'ai une rémission de la tumeur pour le moment, mais tout peut arriver », lui a-t-il dit. Bénouville sait depuis longtemps lire les messages cryptés de son ami. En un mot : adieu.

Bénouville laisse Mitterrand appuyer sa tête contre son crâne chauve. Ainsi connectés l'un à l'autre, ils semblent échanger leurs pensées. Nous sommes le jeudi 4 ou le vendredi 5 janvier 1996. Le matin même, François a appelé Pierre : « On va déjeuner tous les deux. » Pierre détestait qu'il y eût d'autres personnes avec eux.

Lorsqu'il l'a accueilli, dans l'appartement mis à sa disposition par l'État, à deux pas du Champ-de-Mars, il lui a dit : « J'ai composé un menu spécial qui va nous plaire à tous les deux. » Il y avait des huîtres en entrée. François a picoré. Depuis quelques années, Pierre avait perdu son « appétit d'ogre ». Mais pour son dernier repas à lui, il exigera quelques années plus tard des truffes d'Alba.

Leur conversation s'est conjuguée à leur temps préféré : le passé. « Tu te souviens ? » Ils aimaient bien, lorsqu'ils étaient ensemble, commencer leurs phrases par cette question. Leurs souvenirs communs formaient une pelote de laine qu'ils ne finissaient jamais de dérouler.

Le déroulage s'arrêtait toujours sur les années au collège Saint-Paul d'Angoulême. François et son frère aîné Robert se souvenaient de l'arrivée des Bénouville (Pierre et François, mort en déportation), flanqués de leur précepteur, l'abbé Journiac.

« Leur respect intraitable pour les valeurs de la patrie et de la religion n'avait d'égal que leur désinvolture à l'égard des règles du collège », écrit Robert Mitterrand dans son autobiographie[2].

Les Bénouville étaient aussi expansifs que les Mitterrand étaient peu loquaces.

La vie à Saint-Paul était austère, mais tous s'en souviennent comme d'un temps heureux. Au réfectoire, le repas était précédé d'un rituel. Au signal qui donnait le Deo Gratias, tout bruit cessait immédiatement et tous les élèves répondaient en chœur au Benedicamus Domino.

La nourriture servie aux repas était bien éloignée des fruits de mer du dernier déjeuner de l'avenue Frédéric-Le-Play. Il n'y avait qu'une seule assiette par élève dans laquelle entrée et plat se mêlaient. Certains la retournaient pour manger leur dessert. Les repas commençaient en silence. Un collégien, choisi parmi les aînés, montait en chaire et lisait *recto tono* cinq ou six pages des Saintes Écritures. Ensuite seulement, ils avaient le droit de parler.

Durant les récréations, on jouait à la pelote basque et on faisait des courses d'échasses. François excellera au ping-pong, disputant des championnats dans toute la région. Dans l'équipe de football de Saint-Paul, il occupera le poste de gardien de but. Déjà ce besoin de garder sa cage intacte…

Pierre lui rappelle combien il était assidu aux activités religieuses du collège. Lorsqu'ils servaient la messe ensemble, il ne pouvait s'empêcher de l'observer : l'adolescent de Jarnac semblait littéralement transporté par un élan mystique.

De temps en temps, on faisait une retraite dans un couvent voisin. La fête de Jeanne d'Arc, avec ses chants patriotiques, résonnait particulièrement dans les cœurs de Pierre et de François.

« Je me disais que si, par extraordinaire, ma foi venait à faiblir dans les années futures, il suffirait que je revienne dans ces lieux, ne serait-ce que quelques heures, pour qu'elle retrouve intacte sa vigueur », écrit Robert Mitterrand.

Tout en gobant ses huîtres, Pierre mène la discussion vers le dortoir du collège aux longues rangées de lits, où ils devaient, sur un simple signal, s'endormir et se réveiller loin des tendresses familiales. Il lui suffit d'évoquer l'odeur d'encaustique des couloirs et d'encens dans la chapelle pour remettre son ami dans « le droit chemin ». Bénouville a une âme de comploteur mais aussi de précepteur. « Ce chrétien couvert de péchés mais agrippé à sa foi », comme il se définissait, a accompagné Marcel Dassault dans sa conversion au catholicisme. Ce dernier n'était pas dupe de la religiosité de son homme de confiance. Visitant ensemble une église, arrivés devant le confessionnal, il lui avait glissé : « Vous feriez bien d'y entrer plus souvent. »

Au fond, Pierre avait brossé son autoportrait dans son livre *Baudelaire le trop chrétien*, en 1936. Ce catholique aimant le péché parce qu'il aime la grâce, approchant Dieu par la voie tortueuse du mal qui aboutit à la rédemption, c'était lui.

Pierre veut désormais aider François à mourir dans la foi de son enfance. Au-dessus de toutes ses croyances politiques, Pierre place le dogme catholique de la communion des saints. Cette solidarité entre tous les chrétiens, morts et vivants. François a beau avoir emprunté des chemins spirituels de traverse, il croit au fond de lui à ce credo.

Dans le tome II de *Verbatim*, Attali rapporte, à la date du 15 mars 1986, un propos que lui tint le président sur la prière : « Il faudrait vraiment beaucoup de vanité pour prétendre conduire toute sa vie en ne comptant que sur ses propres forces. Je crois qu'on a besoin de prières, c'est-à-dire de rechercher une communication, par la pensée, avec quelque chose de plus haut. C'est peut-être déraisonnable. Une des belles choses de la religion catholique, c'est ce qu'on appelle la "communion des saints", qui est au fond la communauté de la prière, ce qui rejoint beaucoup de pratiques ésotériques. »

Alors que son ami s'apprête à prendre congé, il demande à Jean-Pierre Tarot, le médecin qui l'accompagnera jusqu'à son dernier souffle, de prendre les dispositions nécessaires. Celui-ci demande au prêtre de la paroisse voisine de venir. François Mitterrand reçoit l'extrême-onction l'après-midi même. Il a choisi son exécuteur testamentaire : André Rousselet. Le testament qu'il lui remet se termine par ces mots : « Une messe est possible. »

Notes

Introduction

1. « Mitterrand raconté par Mauroy, Séguin, Jospin, Barre… », *Le Nouvel Observateur*, 8 janvier 2011.

2. Pierre Péan, *Une jeunesse française*, Fayard, 1994 ; rééd. Pluriel, 2011.

3. *Les Mitterrandiens*, Pierre-Guillaume de Roux, 2020.

4. Entretien avec l'auteur, 9 janvier 2023.

2. Veillée funèbre

1. Entretien avec l'auteur.

2. Pierre de Bénouville, *Avant que la nuit ne vienne*, entretiens avec Laure Adler, Grasset, 2002.

3. Christophe Barbier, *Les Derniers Jours de François Mitterrand*, Grasset, 2006.

3. 46, avenue Montaigne

1. Entretien avec l'auteur.

2. *Journal intime de Jacques Chirac*, Albin Michel, 1995.

3. Entretien avec l'auteur, 20 décembre 2022.

4. Le verbatim retrouvé de Jacques Attali

1. Trois volumes, Fayard, 1993, 1995.
2. Entretien avec l'auteur, 2022.
3. Cité dans Jacques Follorou, « Bettencourt-Mitterrand : les dettes de l'amitié », *Le Monde*, 21 septembre 2010.
4. Entretien avec l'auteur.
5. Fayard, 2005 ; rééd. « Pluriel », 2016.
6. Entretien avec l'auteur, 25 novembre 2022.
7. Fayard, 1986.
8. Entretiens avec l'auteur, les 2 mars 2011 et 3 octobre 2022.

5. Les archives du ministre

1. Entretien avec l'auteur, 21 mai 2013.

6. Ces gens sont à moi

1. *François Mitterrand. De l'intime au politique*, Robert Laffont, 2015.
2. La Pensée universelle, 1982.
3. *Une jeunesse française, op. cit.*
4. Entretien avec l'auteur, 2 février 2022.
5. Entretien avec l'auteur.

7. Voulez-vous en être ?

1. *François Mitterrand, une vie*, Seuil, 1996 ; rééd. Points, 1997.
2. Entretien avec l'auteur.
3. Jean Lacouture, *François Mitterrand. Une histoire de Français*, 2 vol., Seuil, 1998.
4. Entretien avec l'auteur, 1er novembre 2022.

8. L'homme qui avait été acquitté par la haute cour de justice

1. *Avant que la nuit ne vienne, op. cit.*
2. Entretien avec l'auteur.
3. Réponse de François Mitterrand à Jean-Pierre Elkabbach lors de l'interview télévisée du 12 septembre 1994.
4. *Ibid.*
5. *François Mitterrand, de l'intime au politique*, Robert Laffont, 2015.

9. Sur la piste de la Cagoule

1. *La Cagoule. Histoire d'une société secrète du Front populaire à la Ve République*, Albin Michel, 1992.
2. *Avant que la nuit ne vienne, op. cit.*
3. Selon l'expression utilisée par les cagoulards.

10. La bande vue par Jack Lang

1. Entretien avec l'auteur, 22 septembre 2022.

11. Le mépris

1. « Bloc-notes » de *L'Express*, 1959.
2. Catherine Nay, *Le Noir et le Rouge ou l'histoire d'une ambition*, Grasset, 1984.
3. *Le Général Pierre de Bénouville. Le dernier des paladins*, Le Rocher, 2005.
4. Entretien avec l'auteur.
5. *Un milliard de secrets*, Robert Laffont, 2011.
6. *Ibid.*

12. Le sacrifice du matin

1. Correspondance de François Mitterrand, consultée par l'auteur.
2. Fayard, 1961 ; rééd. De Borée, 2011.
3. *Avant que la nuit ne vienne, op. cit.*
4. *Ibid.*
5. *Vichy, 1940-1944*, Perrin, 1997 ; rééd. « Tempus », 2004.

13. Écrits de jeunesse

1. *La Terre française*, 16 août 1941.
2. Entretien avec l'auteur, 25 octobre 2022.
3. *Une jeunesse française, op. cit.*
4. *Ibid.*
5. *Ibid.*
6. *La Rose & le lys. François Mitterrand et le comte de Paris, 1986-1996*, Plon, 2012.

14. Eugène nous voilà

1. Dossiers 115W41 et 111W270, Archives de Paris.
2. *Ibid.*
3. Ian Hamel, *Les Bettencourt. Derniers secrets*, Archipel, 2013.
4. *Ibid.*
5. *Une jeunesse française, op. cit.*

15. On ne résiste pas à Bénouville !

1. Archives de Pierre de Bénouville.
2. *Vichy, 1940-1944, op. cit.*

16. Technique du coup d'État

1. *Malaparte, vies et légendes*, Grasset, 2011.
2. Voir Jean-Claude Valla, *La Cagoule, 1936-1937*, Dualpha, 2010.

17. Les premières attaques

1. *François Mitterrand ou la tentation de l'histoire*, Le Seuil, 1977.

18. Un programme cagoulard

1. Exhumée par l'ancien correspondant du *Guardian* en France, Paul Webster, dans son livre *Mitterrand, l'autre histoire* (Le Félin, 1995).
2. *François Mitterrand, de l'intime au politique, op. cit.*
3. Nay, *Le Noir et le Rouge, op. cit.*
4. Le Seuil, 1994.

19. « Je n'ai pas à faire le tri des bulletins »

1. Entretien avec l'auteur.
2. Fayard, 1966.
3. *La Main droite de Dieu, op. cit.*
4. Entretien avec l'auteur.

20. « Cela mettrait en cause trop de gens connus »

1. Odile Jacob, 1995 ; rééd. 2013.
2. Marie-France Etchegoin, *Un milliard de secrets, op. cit.*

21. La francisque

1. *François Mitterrand, de l'intime au politique, op. cit.*

22. Guerre d'Algérie, l'autre trou de mémoire

1. *François Mitterrand et la guerre d'Algérie*, Calmann-Lévy, 2010.
2. Entretien avec l'auteur.
3. Entretien avec l'auteur.
4. Entretien avec l'auteur.
5. Entretien avec l'auteur.

23. Un homme libéré

1. Robert Laffont, 1983.

24. Coucou, le revoilà !

1. Archives de Pierre de Bénouville.
2. *Ugly Beauty*, Harper Collins, 2010; trad. française : *La Guerre de la beauté*, Denoël, 2011.

25. Résister à… de Gaulle

1. *Avant que la nuit ne vienne*, Grasset,
2. Lettre du général de Gaulle au général de Bénouville, 14 mai 1948, archives privées Bénouville.
3. Archives Bénouville.
4. Roussel, *François Mitterrand, de l'intime au politique*, Robert Laffont, 2015.
5. Entretien avec l'auteur.
6. Roussel, *François Mitterrand, op cit.*
7. *François Mitterrand ou la tentation de l'Histoire, op. cit.*
8. Propos rapportés par l'un de ses proches.

26. Le Démon du bien

1. *François Mitterrand, de l'intime au politique, op. cit.*

27. Son genre de beauté

1. Entretien avec l'auteur.
2. Éric Roussel, *François Mitterrand, de l'intime au politique, op. cit.*

28. Vichysto-résistants

1. *Les Vichysto-résistants*, Perrin, 2008.

29. La bande vue par Roland Dumas

1. Le Cherche-Midi, 2015.
2. Entretien avec l'auteur.

30. La dynamo

1. *Mitterrand, une histoire de Français*, Le Seuil, 1998.

31. La présidentielle de 1965, côté face

1. Claude Llabres, *La Dépêche du Midi et René Bousquet. Un demi-siècle de silences*, Fayard, 2001.
2. *La Main droite de Dieu, op. cit.*

35. Les déjeuners du « 104 »

1. *Le Noir et le Rouge, op. cit.*

36. Vers la Résistance

1. Pierre Péan, Laurent Ducastel, *Jean Moulin, l'ultime mystère*, Albin Michel, 2015.
2. *Ibid.*
3. *Avant que la nuit ne vienne, op. cit.*

37. Le mensonge

1. Entretien avec l'auteur le 21 novembre 2022.
2. Albin Michel, 2008.

38. « Ma vieille amitié toutefois attristée »

1. Claude Carlier, *Marcel Dassault, la légende d'un siècle*, Perrin, 1991.
2. Guy Perrier, *Le Général Pierre de Bénouville*, *op. cit.*
3. Archives Dassault.

39. Dans le jardin du Bien et du Mal

1. Minuit, 2012.

41. Une taupe ?

1. Selon Éric Roussel, *François Mitterrand, de l'intime au politique*, *op. cit.*
2. *Une jeunesse française*, *op. cit.*
3. Éric Roussel, *François Mitterrand, de l'intime au politique*, *op. cit.*
4. Pierre Péan, *Une jeunesse française*, *op. cit.*
5. *Ibid.*
6. *Ibid.*

42. Une passion nommée Liliane

1. *Un milliard de secrets*, *op. cit.*
2. Entretien avec l'auteur, 19 janvier 2022.
3. Nay, *Le Noir et le Rouge*, *op. cit.*

43. L'onction refusée

1. *François Mitterrand ou la tentation de l'histoire*, *op. cit.*

44. Le réseau Carte

1. Thomas Rabino, *Le Réseau Carte*, Perrin, 2008.
2. *Ibid.*
3. *Ibid.*

45. Manigances

1. Pierre Péan, *Une jeunesse française, op. cit.*

47. Bréviaire mitterrandien

1. Dans une lettre que Pierre Péan s'est fait lire, voir *Une jeunesse française, op. cit.*

48. Le bureau des légendes

1. *Un paradoxe français, op. cit.*
2. Entretien avec l'auteur le 17 novembre 2022.

49. « La main droite de Dieu »

1. Entretien avec l'auteur.
2. Entretien avec l'auteur.

50. « Vaguement de gauche »

1. *Avant que la nuit ne vienne, op. cit.*
2. *François Mitterrand ou la tentation de l'histoire, op. cit.*
3. Entretien avec l'auteur.

51. La bande vue par Michel Rocard

1. *François Mitterrand, de l'intime au politique, op. cit.*

52. Sous la teinture

1. Pierre Péan, *Une jeunesse française, op. cit.*
2. Michel Bar-Zohar, *Une histoire sans fard. L'Oréal, des années sombres au boycott arabe*, Fayard, 1996.
3. Dépêche de l'AFIP, 23 novembre 1941, citée par Michel Bar-Zohar, *Une histoire sans fard, op. cit.*
4. Philippe Bourdrel, *La Cagoule, op. cit.*
5. Odile Jacob, 2013.

53. Le cimetière de Passy

1. Entretien avec l'auteur.

57. Le paradoxe français

1. Simon Epstein, *Un paradoxe français, op. cit.*
2. Alain Griotteray, *1940. La droite était au rendez-vous. Qui furent les premiers résistants*, Robert Laffont, 1985.

58. Quand Bénouville compose le gouvernement

1. Pierre Favier et Michel Martin-Roland, *La Décennie Mitterrand*, t. II, « Les épreuves, 1984-1988 », Le Seuil, 1990.
2. *Ibid.*
3. Archives du colonel Jacques Hogard, neveu de Pierre de Bénouville.
4. Archives de Pierre de Bénouville.
5. Guy Perrier, *Le Général Pierre de Bénouville, op. cit.*

59. Le mystérieux monsieur Corrèze

1. Jean-Claude Valla, *La Cagoule, 1936-1937, op. cit.*
2. Michel Bar-Zohar, *Une histoire sans fard, op. cit.*

3. « Jacques Corrèze ou la reconversion d'un cagoulard », *Le Monde*, 6 juin 1991.
4. *Ibid.*

61. Chirac et Le Pen dans la « garçonnière »

1. Balland.
2. Entretien avec l'auteur.

62. Edmonde

1. Entretien avec l'auteur, 1er mars 2011.

64. « Dalle a pris une balle pour Bettencourt »

1. « Jacques Corrèze ou la reconversion d'un cagoulard », *Le Monde*, 6 juin 1991.

65. L'art de monter des « coups »

1. *Le Général Pierre de Bénouville*, *op. cit.*

66. Musée Mitterrand

1. Entretien avec l'auteur, 12 octobre 2022.
2. Albin Michel, 1982.
3. Entretien avec l'auteur le 25 novembre 2022.

67. L'eau de Vichy se trouble

1. *Les Vichysto-résistants*, *op. cit.*
2. Témoignage de Georges Beauchamp recueilli par Bruno Abescat dans *La Saga des Bettencourt*, Plon, 2002.

68. « Je suis d'une autre trempe »

1. Éric Roussel, *François Mitterrand, de l'intime au politique, op. cit.*

69. La foi dans son destin

1. *Une jeunesse française, op. cit.*
2. *François Mitterrand, de l'intime au politique, op. cit.*

70. Dédicaces

1. Julliard, 1961.

71. Jean Moulin, l'ultime tabou

1. Archives privées Bénouville.
2. *Le Figaro Magazine*, 19 mai 1984.
3. Fayard, 1984.
4. Fayard, 1998.

72. Le bouclier

1. Archives disponibles sur le site Cluny histoires d'Histoire.

73. Une chevalerie de notre temps

1. *De Vichy à la Résistance. Les vichysto-résistants 1940-1944*, thèse.
2. Entretien de l'auteur avec son fils, Jean-Baptiste.
3. Fayard, 1994.

75. Le testament

1. Entretien avec l'auteur, 13 septembre 2022.

76. La liste noire

1. Interview de Serge Klarsfeld, *Le Monde*, 23 février 1995.
2. « Le passé de résistant de M. Bettencourt est mis en doute », *Le Monde*, 9 mars 1995.

77. Dans leurs petits papiers

1. Entretien avec l'auteur.
2. Albrecht, la résistante.

80. Marcel et Pierre

1. Entretien avec l'auteur.
2. Entretien avec l'auteur, 20 mai 2022.

83. Les preuves disparues

1. Pierre Jouve et Ali Magoudi, *Mitterrand, portrait total*, Carrère, 1986.
2. *Une jeunesse française, op. cit.*
3. *Ibid.*
4. *Ibid.*

84. Un courrier inquiétant

1. «Jacques Corrèze ou la reconversion d'un cagoulard », *Le Monde*, 6 juin 1991.
2. 6 mai 1991.
3. Jean-Marie Pontaut, *Le Point.*

85. « Une maison ailleurs que chez son épouse »

1. Gallimard, 2022.

86. « Les forces de l'argent »

1. *L'Obs*, 5 janvier 2006.

87. Le dernier rendez-vous à l'agenda : Jean d'Ormesson

1. « Jean d'Ormesson-François Mitterrand, une amitié de droite », 5 décembre 2017.
2. Entretien avec l'auteur.
3. Entretien avec l'auteur.

88. La guerre des roses

1. Entretien avec l'auteur.

89. Confession devant un plateau d'huîtres

1. Témoignage de Pierre de Bénouville recueilli par Éric Roussel dans *François Mitterrand, de l'intime au politique, op. cit.*
2. *Frère de quelqu'un*, Robert Laffont, 1988.

Remerciements

Ma gratitude va tout d'abord à Monique Legrand, qui m'a ouvert les précieuses archives de son compagnon Pierre de Bénouville.

Je tiens également à remercier chaleureusement Jean-Pierre Bechter, François-Guillaume Lorrain et Frédéric Mitterrand.

Outre les personnages cités dans ce livre et, en premier lieu, Jean-Baptiste Dalle, Éric Roussel, ma reconnaissance va à Jérôme Béglé, Matthieu Balescut, Marisa Bruni-Tedeschi, Jean Bothorel, Philippe Colombani, François Constantin, Jérôme Cordelier, Gilles Denis, Paulette Decraene, Frédéric Douat, Victor Habert-Dassault, Caroline Lang, Élise Longuet, Anne-Marie Mitterrand, Jean-Gabriel Mitterrand, Olivier Mitterrand, Hélène Morin, Anthony Palou, Patricia Picard, Vincent Tuchais, Redon, Rudi Roussillon, Jean-Marc Turc et Stella de Santis.

Un merci particulier à Bernard-Henri Lévy. Il sait pourquoi.

Comment pourrais-je oublier mon éditeur, Alexandre Wickham. On n'arrête plus !

DU MÊME AUTEUR

Reste à ta place !... Le mépris, une pathologie bien française, Albin Michel, 2021

La Fabrique du chef-d'œuvre. Comment naissent les classiques (dir.), Perrin, 2022

Composition : IGS-CP
Impression : CPI Firmin Didot en février 2023
Éditions Albin Michel
22, rue Huyghens, 75014 Paris
www.albin-michel.fr

ISBN : 978-2-226-47387-5
N° d'édition : 24962/01 – N° d'impression : 173621
Dépôt légal : mars 2023
Imprimé en France